1991 年与著名学者钱锺书教授合影于北京南沙沟钱寓。

2002 年与著名学者饶宗颐教授合影于香港“学艺双携——饶宗颐画展”。

1986 年与我的研究生导师、厦门大学中文系郑朝宗教授合影于厦门大学郑寓。

2011 年与著名学者周有光先生合影于北京周寓。

2011 年与钱锺书先生的夫人，著名学者、作家杨绛先生合影于北京南沙沟钱寓。

2007 年与著名作家金庸先生合影于解放军艺术学院教学楼。

2006年与日本著名作家、诺贝尔文学奖得主大江健三郎先生合影于中国社会科学院。

2011年与厦门大学中文系1973级的老同学合影于福州。此五人即后来“五读”的五位作者。左起：两海轩孙立川、三径庐史振中、一子厂陆文虎、五朋馆于吉阳、四明斋曾利明。

陆文虎

1950年生，甘肃榆中人。厦门大学中文系硕士，1968年参军，少将军衔。曾任《解放军文艺》编辑，解放军艺术学院院长、教授、研究生导师，辽宁师范大学博士生导师。被全国政协教科文卫体委员会等九单位评为“中国十大教育英才”。著有《风格与魅力》《围城内外——钱锺书的文学世界》《管锥编谈艺录索引》《荷戈顾曲集》等。编有钱锺书《谈艺录》、钱锺书《人生边上的边上》、《钱锺书研究》、《钱锺书研究采辑》、《中国当代军事文学选（英文版）》等。译有钱锺书《中国古代戏曲中的悲剧》、Nathan K. Mao《〈围城〉英译本导言》、Ron Egan《〈管锥编〉英文选译本导言》等。

一子厂閑話

陆文虎 著

黄山书社

图书在版编目（CIP）数据

一子厂闲话 / 陆文虎著. -- 合肥：黄山书社，
2022.12
（松下文丛 / 朱航满主编）
ISBN 978-7-5737-0618-8

Ⅰ. ①一… Ⅱ. ①陆… Ⅲ. ①随笔—作品集—中国—
当代 Ⅳ. ①I267.1

中国版本图书馆CIP数据核字(2022)第251960号

一子厂闲话 陆文虎 著

YIZIAN XIANHUA

出 品 人 贾兴权
丛书主编 朱航满
扉页题签 周焜民
责任编辑 张月阳
责任印制 李 磊
装帧设计 有品堂_刘 俊 张俊香
出版发行 黄山书社（http://www.hspress.cn）
地址邮编 安徽省合肥市蜀山区翡翠路 1118 号出版传媒广场 7 层 230071
印 刷 安徽联众印刷有限公司
版 次 2023 年 3 月第 1 版
印 次 2023 年 3 月第 1 次印刷
开 本 880mm × 1230mm 1/32
字 数 187 千字
印 张 10
书 号 ISBN 978-7-5737-0618-8
定 价 68.00 元

服务热线 0551-63533706
销售热线 0551-63533761
官方直营书店（https://hsss.tmall.com）

序言

辛丑清明，适逢厦门大学百年校庆，文虎兄应母校之邀来闽，特地提前几天到泉州与我相聚。这是自 2019 年秋以来我们的第一次见面，免不了一番感慨！新型冠状病毒肆虐，改变了这个世界数以十亿计人民的生活、工作、出行。我在春节前回到泉州度岁，且一住两个半月。想起这三十多年来播迁海隅，我们也都从当年的学子踏入了古稀之龄，从来也不敢奢望还有机会在母校百年校庆中聚首，共此寂寥。感恩母校，让我们竟有机会重回她的怀抱。我不由地想起文虎兄十年前对我说过的一句话：对比起父辈，我们都是时代眷顾的幸运儿！

临别之际，文虎兄嘱我为他即将锓版的新书《一子厂闲话》写序。不敢违命，漫应之而已。回港后，又因遵守特区政府的“格检毋论”之禁令，杜门不出二周，故能在家静读这份书稿。《庄子》曰：“年齿长矣，聪明衰矣。”聪明者，耳聪目明也。今我等已耳不聪，重听；目不明，老眼昏花也。幸好此书的大部分文章早已读过，书中纪事有不少也是我亲历过的，所以有现场感，或谓目击证人之一。凡存文五十四篇，历时十七年之久而成。从其自跋文来看，这是他离开总政艺术局，到解放军艺术学院工作的七年，以及致仕之后重回书斋的十年间写就的一些随笔，正是集非虚构写作的文章之大成，亦是他的军旅文化与学术研究并重的两种“终生”事业的另类作品。集中所记之人有海涵地负的硕儒巨匠及当代文学界的佼佼者。钱锺书研究是他学术研究中的重中之重，为海内外所瞩目。而亲炙钱锺书、饶宗颐、周有光、大江健三郎、杨绛、金庸、郑朝宗、冯其庸、许怀中、陈祥耀、黄炳辉以及老领导刘白羽、徐怀中等文坛大家的教诲，对这些恩师与大儒，他始终怀着高山仰止、景行行止的钦仰之心；所作评论的对象既有当今文坛上叱咤风云的作家们，如莫言、朱苏进、王树增等军旅作家，又有闻名文林的贾平凹、王安忆、王仁杰、濮存昕、孙绍振、栾贵明、丁荫南等名宿，亦都为文学艺术界的一时之选；所记均为先生们远去的背影与凛然的风骨，可嘉慧于后学者溥矣！所论有小说界精英新锐，亦有“在人耳目，虽耕夫贩妇、牛童马走，共能称道”的磊磊者。其所论所见自树一帜，弥多创获，且谭及域外，飙轮所至，不忘考论古今，乃见其军人本色，书生意气，文如其人也！

文虎兄在卷首“自序”中云及二〇一八年十月与吾等四位大学同窗共创“五读”公众号，以“一日不读书，面目可憎”

自警，也以交流心得、以文会友为人生一大快事。朱晦厂（熹）诗句云：“旧学商量加邃密，新知培养转深沉。却愁说到无言处，不信人间有古今。”只是吾等皆入“愚公”之年，纯以读书自娱与交流好书而相勉，既无鸿图大志，又欠移山心力，是所谓：笔砚未焚，缟纻愈亲而已。《梁书·王筠传》云：“余少好书，老而弥笃。虽偶见瞥观，皆即疏记，后重省览，欢兴弥深，习与性成，不觉笔倦。”我读此书，也引起多少旧事忆念，却无文虎兄的笔花四照，自叹弗如也！兴言及此，我们这五个人与共和国几乎同龄，来自天南地北，庸碌也罢，高蹈也罢，蛰伏也罢，命运各异，却能友谊地久天长，实属不易，想来是拜爱读书之所赐。以书为伴乃我们共同的爱好，厦大是我们永远难忘的家园，想起我们的读书人生路上可以幸遇上述那么多的恩师，不禁感慨系之！感慨系之矣！同侪之中，文虎兄在学业上用功最勤，成就最大，我们一班同学都以他为傲，这次母校校庆他被列为百年杰出校友，实至名归。如陈祥耀丈为他所撰冠名联所云：“文情落纸饶高致，虎气从戎见烈风”，正是的评。

谨此略缀赘言，以志盍簪之谊兼为一子厂主的文采点赞！

两海轩主孙立川识于香港

二〇二一年五月十二日

目录

自序

“一子厂闲话”是我在报纸和公众号上所开的栏目。所谓“一子厂”原来只是图其笔画俭省，结果闹出了笑话。著名书法家周焜民先生为我题写“一子厂”时，有客见曰：彼合资乎？事何生产也？亦有朋友问我其中可有深意？其实，用意极其浅近直白：“子”是人，“厂”与“庵”音同义亦同，“一子厂”就是一个人的书斋，如此而已。当然，由于机缘巧合，有了另外一个含义。几位挚友的书房名为：两海轩、三径庐、四明斋和五朋馆，我的一子厂便很自然地得以厕身其间。

收入本书的，是我二〇〇三年以来所写文章的一部分，篇幅长短不齐，内容拉杂不一，多为读书得间，卑之无甚高论，聊以记吾曾耳。

我一生无他好，唯对读书乐此不疲，曾作《好读书铭》，置之案头以自励：

> 余好读书而浅尝辄止，不过是拂拭积尘，翻动书叶而已；读好书而不求甚解，不过是得睹独树，未见连林而已；书好读而不识精妙，不过是扣盘得声、扪烛得形而已。余尝自诩活到老读到老，春读诗、夏读史、秋读文、冬读经，然时至今日，虽已读书有年，犹未通儒、莫解释、不知道也。得失寸心，略拾其流风余韵也。有此自知，书或尚可读欤？

明年我将进入人生第七十一个年头，当然还会继续读书，因为有些书还没有读懂，许多一直想读的书还没有读。如果可能的话，打算继续说一些“闲话”。

“文化昆仑”钱锺书

钱锺书先生已离开我们十多年了，作为“钱学”爱好者，我反复读着他的遗著，对他的学养、气节和大彻大悟，逐渐有了真正的理解。

打通与比较

钱先生学术方面的不朽贡献，不仅在于写成了许多传世的重要著作，而且在于创立了一种连接传统与现代的独特治学方法。

钱先生的治学方法很独特，主要是打通和比较。钱先生在学术研究当中，数十年不懈地从事着打通学术壁障的工作。他说，我一辈子干的，就是要使小说、诗歌、戏剧，与哲学、历史、社会学成为一家。钱先生的一个显著特点就是以小说家观点解读古今中外的文史著作。所谓比较，就是对大量的文学现象甚至包括非文学现象进行比较、分析和综合，揭示其间的相同或相异处，用以研究文学发展的历史和加深读者的理解。

钱锺书先生既是一位实践着的理论家，又是一位学者化的作家。他的创作印证着他的理论，他的理论包含着创作的亲身体验。

钱锺书先生在文学研究和文学创作方面的卓越成就，对于我们建设中国新文化，特别是在科学地、有选择地借鉴外来文化方面，具有重要的启示意义。钱先生给予中国文化的主要影响是：

第一，以一种文化批判精神看待中国与世界。在精熟中国文化和通览世界文化的基础上，钱先生在观察中西文化事物时，总是表现出一种清醒的头脑和一种深刻的洞察力。他不拒绝任何一种理论学说，也不盲从任何一个权威。他毕生致力于确定中国文学艺术在世界文学艺术宫殿中的适当位置，从而促使中国文学艺术走向世界，加入世界文学艺术总的格局中去。为此，他既深刻地阐发了中国文化精神的深厚意蕴和独特价值，也恰切地指出了其历史局限性和地域局限性。他既批评某些中国人对本土文化的妄自尊大，又横扫了西方以欧美文化为中心的偏见。这对于推进中外文化的交流，对于使中国人了解西方的学术，使西方人了解中国的文化，起到了推动的作用。

第二，以一种新的学术规范发展和深化中国学（以前叫汉学）研究。中国是诗书礼仪之邦，中国的学问源远流长，世界上有很多学者在研究中国学。在这个领域，一方面是硕果累累，另一方面却是难以出新。思想方法上的僵化和学术方法上的保守，极大地影响了发展的速度。钱先生数十年间所实践的“打通”“比较”的方法，努力使中国学自觉地成为一个科学的、开放的体系，从而得到更深、更广、更新的发展。

第三，以一种现代意识统领文学创作。钱锺书先生生长在一个农业国，但是，他却没有小生产者所固有的狭隘保守；他的专业是中国古代文学，但是，他却没有学究老夫子的迂腐做派。钱先生在诗歌、散文、小说创作中，都贯注着一种强烈的现代意识。譬如，他在散文名篇《魔鬼夜访钱锺书先生》一文中记叙了现代人对现代文明的批判和抗议；在短篇小说《上帝的梦》中描写了人的孤独和人际关系的疏离；在长篇小说《围城》中则表现了人类理想的破灭……这些都是中国现代文学中并不多见的、有别于同时代一般作品的、与世界文学潮流颇为合拍的创作。特别值得重视的是，钱锺书先生的文学创作都不是那种赶时髦、模仿西方的东西，而是具有真正中国风格、中国气派、为中国人也为外国人所喜爱的作品。

第四，以一种高尚的形象为中国知识分子树立了人格上的榜样。在 20 世纪三四十年代，钱锺书先生用文学作品辛辣地嘲弄了那个黑暗社会。此后，作为知识分子，他被迫接受思想改造，受过不少罪。但是，智者是不可征服的。钱先生在任何时候都没有忘记他作为一个学者，要为祖国和世界文化做出贡献的历史使命。他反对树立宗派，反对宣传自己，只是一心一意地搞研究、出成果。在当今之世，这种品格是非常难能可贵的。

做实在而聪敏的君子

钱先生 28 岁就当了清华大学的教授，后来在国立师范学院担任外文系主任，有趣的是，当时他父亲钱基博教授是这个学校的国文系主任。钱先生自称“是一个闭门不管天下事的人”，他总是力图站在“人生边上”，对名利二字取避之唯恐不及的态度。就是在推辞不掉，出任中国社会科学院副院长，并且担任全国政协常委后，他仍不觉得自己是个“官”，还是一如既往地专心著作，丝毫不为名利所动。有一次，香港中文大学鉴于钱先生在文学创作和学术研究上取得的卓越成就，决定授予他荣誉博士学位，钱先生却坚决不肯接受；香港中文大学以为他是因为年事已高、行动不便而推托，就说可以委托他人代领证书。其实，钱先生的女儿钱瑗教授当时就在香港，钱先生却没有透露这个情况，坚持婉言谢绝了他们。钱先生博览群书，学贯东西，有很多家学会、刊物邀请他担任顾问，钱先生都不肯答应。他多次说过，那些所谓“顾问”，常常是只顾虚名而不问实务；顾此而失彼，问东而答西；一顾倾人城，一问三不知，因此，大可不必设“顾问”之类的职务。前些年，开各种纪念会成为风气，钱先生也很不以为然，认为凡是这种会议，都是找来一些不三不四的闲人，说些不痛不痒的废话，花费不明不白的冤钱。所以他一次也不参加。

钱先生从小上教会学校，在清华大学学的是英语，后来又到英国伦敦和法国巴黎留学，他的外语功力极为深厚。但是，我在钱先生待过的一个单位，看到钱先生填写的一份表格，在“懂何种外语”一栏中，写着的是：“粗通英、法、德、意语。”我们平常见过的一些人，并不认识几个外文单词，就敢自称“精通几国外语”，他们的胆子真够大的。

钱锺书先生是纯粹的做学问的人，以他极为丰富的经历和广博的知识，钱先生什么不知道、什么不明白？他对浪费时间的应酬非常讨厌，对说套话、假话的人非常反感。他认为：“大抵学问是荒江野老屋中二三素心人商量培养之事。”他之所以不愿意见记者，不喜欢热闹和张扬，就是为了专心致志做学问，为中华文化做建设性贡献。但是，他的这种境界为许多人所不理解，有人硬是要把他拖到是非圈中来。例如，前些年，钱先生曾遭遇盗版问题的困扰。20 世纪 80 年代初，《围城》由人民文学出版社出版，很快就有了盗版，开始钱先生并不打算理睬，但是，事情越闹越凶，盗版书竟然出了十几种。甚至还出版了《围城大结局》《围城续集》等书。钱先生被侵害得太过分，他实在无法再保持沉默，这才迫不得已站出来，在拿起法律武器的同时，发表讲话进行谴责。他说，对于一个出版社也好，一个新闻记者也好，一个责任编辑也好，不能只顾眼前，也应该讲一点职业道德。法律应该是公正而周到的，但不应忘记高于法律的还有道德准则，它的价值，它的力量，会更高更大，它需要通过作品来体现，更要以文化人的自我铸造来换取。崇高的理想、凝重的节操和博大精深的科学、超凡脱俗的艺术，均具有非商化的特质。强求人类的文化精粹，去符合某种市场价值价格的规则，那只会使科学和文艺都“市侩化”，丧失真正进步的可能和希望。历史上和现代的这种事例还少吗？我们必须提高觉悟，纠正“市侩化”的短视和浅见。大家都要做有高尚品格的人，做有文化的人，做实在而聪敏的君子。这段话在学术界引起很大的震动。

钱锺书先生作为文学大师，几乎是在 20 世纪 80 年代才被中国学术界和一般读者所认识。许多人过去不知道或不了解钱锺书其人，然而，一旦读了他的书，都能够立刻感受到他独特的魅力。当我们从他的小说、散文中发现，他书中的人物，无论是上帝还是魔鬼，也无论是伟大人物还是小小老百姓，从动作到语言，从外表到内心，几乎都无法逃脱地被钱先生用极为辛辣的文字，讽刺了一通。例如，《围城》中描写高松年老于世故、骗人有术，有这样的句子：“高松年直跳起来，假惊异的表情做得惟妙惟肖，比方鸿渐的真惊惶自然得多；他没演话剧，是话剧的不幸而是演员们的大幸……”于是，想象中便可能以为钱先生是一个很尖刻的人。当我们读他的学术著作，见他对古今中外的重要文化经典几乎没有遗漏地读过，并且常有非同凡响的心得，特别是读到他痛斥德国大哲学家黑格尔看不起汉字是因为不懂中文，读到他批评王国维引用西方哲学著作解释《红楼梦》理解有错误，等等。于是，想象中便又可能以为他是一个非常严厉的人。其实，钱先生是一个非常温和宽厚的人，他的面容睿智而慈祥，他有着一对能够看透历史迷雾的慧眼和一双善于舞凤飞龙的巧手，不管什么时候去看他，他都是俯身在他那巨大的书桌上读书写作。

钱先生的妙语非常多。《围城》里随手就能摘出来。比如写方鸿渐和鲍小姐进了一家看着还不错的西餐馆：“谁知道从冷盆到咖啡，没有一样东西可口：上来的汤是凉的，冰淇淋倒是热的；鱼像海军陆战队，已登陆了好几天；肉像潜水艇士兵，会长时期伏在水里；除醋以外，面包、牛油、红酒无一不酸。”再如：“事实上，一个人的缺点正像猴子的尾巴，猴子蹲在地面的时候，尾巴是看不见的，直到他向树上爬，就把后部供大众瞻仰，可是这红臀长尾巴本来就有，并非地位爬高了的新标志。”大家看看书，类似的话，一段连着一段，非常精彩有趣。

钱先生对“大名气和大影响”保持着高度的警惕，因为他认为:“大名气和大影响都是90%的误会和曲解搀和成的东西。”他在《围城》中对伪学者假文人的欺世盗名有深刻的揭露。对学术界某些人不认真做学问、写文章，而一味热衷于投机取巧、争名逐利，钱先生也很不以为然。钱先生常常给人以热情鼓励，意在激励后辈学者。他没有想到有人却借此进行自我标榜。我知道有一个人为了证明自己同钱先生关系密切，见人就拿出钱先生的来信给人家看，钱先生听说这件事后对我说，我给他的信里对他有批评，实际上他没有看懂。这个人闹出了笑话，自己还不知道。还有一个人更出格，竟然自我吹嘘说：“我的学问非常高超，连钱先生都说他不如我。”后来问钱先生有没有这回事，钱先生的回答很妙，他说：“我不如他，是事实；我没说过这话，也是事实。”就这个回答，不是一般人能说出来的。真不知道那个吹牛的人怎么收场。

钱先生的幽默无处不在，每次去他家里看望他，他都会说很多高级笑话，也就是幽默。在他生命的最后一段时间，他住在医院里，也还是非常幽默。比如，他形容一位护士说话声音太大，就说：“她把我的病都吓跑了。”

钱锺书先生是我们这个时代有世界影响的伟大的思想家和作家。我举一个例子。钱先生逝世后，收到国内外大量唁电，其中法国总统雅克·希拉克说：“在钱锺书先生的身上体现了中华民族最美好的品质：聪明、优美、善良、开放和谦虚。”他还说：“我向这位伟人鞠躬致意，他将以他的自由创作、审慎思想和全球意识被铭记在文化历史中，并成为对未来世代的灵感源泉。”

钱锺书曾答复要求见他的人说，你要见我，不如去读我的书。钱先生离开我们已经十年，我们认真读书，包括认真读钱先生的书，我想，这就是对他最好的纪念。

2009.3.21

孤独的境界：对钱锺书先生的一种理解

如果把精神病学意义上的孤独排除在外的话，世上至少还有两种孤独。第一种是庸常的、痛苦的孤独，是一种人类不得已而身处其中的生存处境，也是一种人们总想逃脱，却总不能成办的心理感受。第二种是自觉的、崇高的孤独，是文化人或曰知识分子千方百计所追求的一种理想境界，一种高蹈自在的精神状态。我阅读钱锺书先生的著作，想见他的为人，以为可以用“孤独的境界”来理解他。

一

钱锺书先生的生平事迹正与此说契合。

业师郑朝宗先生曾说过：“钱锺书幼承家学，在钱（基博）

老直接指导下，博读群书，精于写作，古文根底非常雄厚。进入学校后，他念的中学、大学及国外的高等学府全是第一流的。”[1]钱锺书少时形迹，杨绛先生曾以“痴气”名之。所谓“痴气”，也正是其禀赋异于常人之处，其表现是“专爱胡说乱道”，“好臧否古今人物”。考上东林小学后，父亲钱基博为其改字“默存”，意思是叫他“少说话”[2]。钱基博还告诫他“切须善自蕴蓄”，不可“自炫聪明”[3]。14 岁上桃坞中学后因看课外书太多影响学业，被钱基博痛打一顿，从此用功读书，学业大进。此处颇可见出钱基博陶冶塑造儿子之用心良苦。

钱基博是文史大家，自谓“生平无营求，淡嗜欲而勤于所职；暇则读书，虽寝食不辍……而性畏与人接，寡交游，不赴集会，不与宴饮；有知名造访者，亦不答谢，曰：‘我无暇也！’文章只以自娱，而匪以徇声气。学道蕲于自得，而不欲腾口说。不为名士，不赶热客，刚中狭肠，孤行己意，而不喜与人为争议；人亦以此容之。饱更世患，又欲以宁静泯圣知之祸”[4]。看来钱锺书在个性和为学态度上均与其父一脉相承。

钱锺书自述中多次讲到自己孤独处世的风格。他说：“本来我的朋友就不多。”“我有大学时代五位最敬爱的老师……以及其他三四位好朋友，全对我有说不尽的恩德；不过，我跟他们的友谊，并非由于说不尽的好处，倒是说不出的要好。”[5]他对吴忠匡说：“平生素不喜通声气，广交游，作干乞，人谓我狂，不识我之实狷。”[6]其人“本寡交游”，素喜“独索冥行”[7]“悄焉寡侣”[8]。晚年更以洪迈诗“不将精力做人情”[9]自律并以劝人。

二

钱锺书虽为学问大家，然向以小说家自居，盖因小说家是创作者，可以如上帝般创世。当然，这个新创的文学世界并不曾脱离作者所生存的现实世界。作者的写作，也只是为了表达他对现实世界的认识和感慨。钱锺书站在人生边上，向红尘滚滚的人间世望去，他所见到的，只是一个个形影相吊的孤独人和一座座无法逃避的“围城”。人类为了生存与发展而进行种种冲进或逃出“围城”的努力，也不过是为了摆脱孤独而已。

长篇小说《围城》立意于两句欧洲古话。英国人说：“结婚仿佛金漆的鸟笼，笼子外面的鸟想住进去，笼内的鸟想飞出来；所以结而离、离而结，没有了局。”法国人说，结婚犹如“被围困的城堡 fortresse assiégée，城外的人想冲进去，城里的人想逃出来。”[10]这两句话所表达的意思，不仅是说结婚，更是说整个人生，说人的孤独，“无意中包涵对人生的讽刺和感伤，深于一切语言、一切啼笑”[11]。该书主人公方鸿渐本来根本没听说过“围城”的说法，后来却“对于人生万事，都有这个感想”[12]。方鸿渐与朋友交往扫兴而心生感慨：“天生人是教他们孤独的，一个个该各归各，老死不相往来。……聚在一起，动不动自己冒犯人，或者人开罪自己，好像一只只刺猬，祇好保持着彼此间的距离，要亲密团结，不是你刺痛我的肉，就是我擦破你的皮。”[13] 与唐晓芙的恋爱，“譬如黑夜里两条船相迎擦过，一个在这条船上，瞥见对面船舱的灯光里正是自己梦寐不忘的脸，没来得及叫唤，彼此早距离远了。这一刹那的接近，反见得暌隔的渺茫”。追求唐晓芙失败后，他更“感到一种深宵旷野独行者的恐怯。”[14] “觉得天地惨淡，至少自己的天地变了相。他个人的天地忽然从世人公共生活的天地里分出来，宛如与活人幽明隔绝的孤鬼，瞧着阳世的乐事，自己插不进，瞧着阳世的太阳，自己晒不到。人家的天地里，他进不去，而他的天地里，谁都可以进来……”[15] 与孙柔嘉的婚姻，让方鸿渐进入“围城”，真正体会到了“拥挤里的孤寂，热闹里的凄凉，使他像许多住在这孤岛上的人，心灵也仿佛一个无凑畔的孤岛”[16]。方鸿渐的孤独无奈，正是近世西方存在主义对人生的定义。

短篇小说集《人·兽·鬼》共收作品四篇，其主题都是无一例外地表现了人的孤独。《上帝的梦》里，在历史演化的某一高级阶段，人类作为一种过时的生物已经全部消亡，整个宇宙中只剩下了物种进化的唯一最高产物——上帝。上帝寂寞难耐，决定要造一个伴侣，一方面替自己解闷，另一方面享受被人颂扬的快乐。上帝在梦想中造了一对男女。他们向上帝提出各种要求，都得到了满足。然而，“这样好多次后，这一对看惯了他的奇迹，感谢得也有些厌了，反嫌他碍着两口子间的体己”。上帝成了讨人嫌的“第三者”。上帝是为自己而造出他们，“谁知道他俩要好起来，反把他撇在一边”[17]。上帝宽严皆失，他们更加亲近，上帝愈行孤独。上帝震怒，便用灾难折磨他们，他们没能经受得住考验而丧命。上帝又孤独地后悔起来，因为他的本意是要他们服从，而不是要他们死。这篇小说既写人与人之间疏远隔离、不可沟通的普遍现象，又写希望的目标在达到的过程中变质，创造物是创造意愿的异化这样一类严重情况。《猫》写了夫妇之间、情人之间、朋友之间的深刻隔阂，即使是在人堆里仍然不能摆脱孤独，人生途程上偶然事件中所蕴含着的必然性，得到的并不是原来想要的……

由于“围城”意象准确地概括了人生的孤独处境和人心的孤独况味，有效地开拓了当代人的思维途径和思维空间，文学的“围城”已经成为文化的“围城”、哲学的“围城”、思想的“围城”和心灵的“围城”，从而深入人心，成为当代人思维的重要范畴。我们对钱锺书“围城”内外的小说世界进行考索，可以发现，孤独乃是人生的一种常态。我们常常身处孤独中而不自知，或者发现人在孤独中欲逃出而不能。

三

如果要对李白“古来圣贤皆寂寞”的论断有所补充的话，

我想说的是："古来圣贤尽孤独。""寂寞"是身后名，而"孤独"是生前事。钱锺书在著述中对古来之孤独贤哲多所征引称赏，并往往有别具只眼的独特解会。

庄子是中国历史上最伟大的孤独者，他在《天下》篇中宣称："独与天地精神往来，而不傲倪于万物。不谴是非，以与世俗处。"在《知北游》篇中说："天地有大美而不言，四时有明法而不议，万物有成理而不说。"何其雄豪，无人能匹。在《秋水》篇中却说："吾在天地之间，犹小石小木之在大山也。"渺小微末感溢于言表。庄子以"孤独"自许："我宁游戏污渎之中自快，无为有国者所羁，终身不仕，以快吾志焉。"[18]钱锺书论庄子专著尚未刊行，而从其称赞庄子"于一世学术能概观而综论"，"豁达大度，能见异量之美"，尊"为广大教化主"[19]中，我们也可窥见他对庄子的深许之意。

"九死未悔"的屈原是中国知识分子心中永远的楷模，也是一位伟大的孤独者。钱锺书称其为"志士"[20]，在考论《离骚》时，"读'又何怀乎故都'……安料其……非'远逝'而为长逝哉！令人爽然若失，复黯然以悲。盖屈子心中，'故都'之外，虽有世界，非其世界，背国不如舍生。眷恋宗邦，生死以之，与为逋客，宁作累臣。"[21]"背国不如舍生"，于钱锺书心中必有戚戚焉。

三国魏李康为另一孤独者，史称其"性狷介不能和俗"，有《运命论》。其中隽语如"故木秀于林，风必摧之；堆出于岸，流必湍之；行高于人，众必非之”等，广为传诵。钱锺书称该文“波澜壮阔，足以左挹迁袖，右拍愈肩，于魏晋间文，别具机调。李氏存作，无他完篇，物好恨少矣！”复引其“处穷达如一”，故虽“前鉴不远”，而“志士仁人犹蹈之而弗悔，操之而勿失”等语，而评曰：“不计利钝，故不易操守，不为趋避。”[22]犹夫子自道。

竹林七贤的领袖人物嵇康“为人也，岩岩若孤松之独立；其醉也，傀俄若玉山之将崩”[23]。嵇康“龙性未驯”，号为狂士，放浪形骸，我行我素，“非汤武、薄周孔，所以忤世。”[24]为篡国之司马氏所不容，“嵇中散临刑东市，神气不变。索琴弹之，奏《广陵散》。曲终，曰：‘袁孝尼尝请学此散，吾靳固不与。《广陵散》于今绝矣！’”[25]钱锺书分析道：“忤世之狂则狂狷、狂傲，称心而言，率性而行……安望世之能见容而人之不相仇乎？”[26]

陶渊明“孤生介立”[27]，“其文章不群”，“独超众类”。[28]陶渊明一生孤独，除《饮酒》《杂诗》以外，更赋《感士不遇》、传《五柳先生》、歌《归去来兮》、记《桃花源》，看透“惆怅而独悲”的官场“尘网”，厌倦俯仰由人的樊笼生活，不愿再为“五斗米折腰”，毅然回归“方宅十余亩，草屋八九间”的“旧林”“故渊”，享受“采菊东篱下，悠然见南山”的田园生活。陶渊明的创作，影响了李白、杜甫、白居易、欧阳修、苏轼、王安石等一干人。钱锺书不仅赞同他们的好评，而且他本人更与陶旷世相契，其自署“容安馆主”“容安斋居士”等，就取自陶渊明《归去来兮辞》“倚南窗以寄傲，审容膝之易安”。并盛称《五柳先生传》“示狷者之‘有所不为’”。“正激于世之卖声名、夸门第者而破除之尔。”推爱之情跃然纸上。[29]

陈子昂饱读诗书，却怀才不遇，茫茫人海，知音难寻，深感“众人皆醉我独醒”，遂仰天长啸，歌诗抒愤。其《登幽州台歌》因道尽孤独诗人之心声而成为千古绝唱。“前不见古人，后不见来者，念天地之悠悠，独怆然而涕下！”钱锺书体味陈子昂“前瞻不见，后顾无覩，吊影孤危，百端交集”，极写“苍茫独立”，读之“或亦会心不远，有萧条异代之怅乎？”认为其诗“抒写此情最佳，历来传诵”[30]。

钱锺书所论及的古来贤哲，诸如此类的孤独者，不胜枚举。其实，何止这些人，举凡有成就者，无不孤独。中国的“大成至圣”“万世师表”孔子，生前“累累若丧家之狗”，是很孤独的。“上帝之子”基督耶稣的身后固然不寂寞，生前却四面都是敌意，连门徒都不敢相认，也是很孤独的。古今中外的大学者、大作家，几乎都是孤独者。孤独使他们深刻，孤独使他们专注，孤独使他们有创意，也正是孤独成就了他们。而那些自认为并不孤独，说话人云亦云、做事亦步亦趋、做人八面玲珑者，终究没有大出息，成就不了大事业。

四

“孤独”是一种比较含混的说法。人生活在某种环境当中，总需要与环境互动沟通，当这种沟通不协调的时候，人就感到不安。人在变化，环境也在发展，人的变化与环境的发展有时甚至经常无法同步，于是，对于人来说，孤独便是无法避免的处境。孤独固然是生活的常规状态、本来面目，但是，每个人的孤独其实是很不一样的。

一般人所谓“孤独”，包括主动的孤僻和被动的孤凄，指的是因人际交往的缺乏而产生的形单影只、孤苦伶仃的情绪。人在失怙、失恋、失助、离群时，容易产生这种不安的感觉。这种“孤独”只是肉体的孤独，而真正的“孤独”，应当是灵魂的孤独、精神的孤独。肉体的孤独是人人皆有的，灵魂的孤独、精神的孤独则是专属于文人、学者、思想家的，那不是弱者退避躲闪的呻吟，而是强者以守为攻的战略。

钱锺书对“孤独”别有解会，所拈出的“众里身单”说，对“孤独”有更深刻的诠释：“与人为群，在己无偶……聚处仍若索居，同行益成孤往，各如只身在莽苍大野中。”“所谓孑立即有缺陷之群居，群居始觉孑立。”[31] 虽然身非独处，但由于心理阻隔和思想疏离，产生了咫尺天涯的距离感和怅然若失的精神苦闷。钱锺书指出，西方现代哲学的“众里身单”说，在中国古代的诗文中，早就有所表现。他从曹植《求存问亲戚疏》“每四节之会，块然独处，左右惟仆隶，所对惟妻子，高谈无所与陈，发义无所与展，未尝不闻乐而拊心，临觞而叹息也”谈起，引述了大量诗文例证，如杜牧《上宰相求湖州第二启》：“在群众欢笑之中，常如登高四望，但见莽苍大野，荒墟废垄，怅望寂默，不能自解”[32]，等等，“皆言有侪侣而仍茕独”[33]。这种“孤独”是一种居高临下的孤独。细细品味，此孤独并非常人的孤立寂寥，其中另外隐含着一种俯视同侪、神思悠远的优越感。

德国哲人叔本华在《论了解自我》中说：“伟大人物命中注定要成为孤独者——尽管他也多次为此命运而深感痛苦，却又总是选择它，因为成为孤独者的命运，毕竟要比成为粗鄙者的命运少一些痛苦。随着年龄的增长，可以更容易地说‘敢于成为智慧的人’。”虽然孤独是悲剧性的，但对于伟大人物来说，退守孤独正是他们的一种人生战略。

据杨绛先生说：“锺书小时最喜欢玩‘石屋里的和尚’。我听他讲得津津有味，以为是什么有趣的游戏；原来只是一人盘腿坐在帐子里，放下帐门，披着一条被单，就是‘石屋里的和尚’。我不懂那有什么好玩。他说好玩得很；晚上伯父伯母叫他早睡，他不肯，就玩‘石屋里的和尚’，玩得很乐。所谓‘玩’，不过是一个人盘腿坐着自言自语。”[34]这段回忆非常重要。钱锺书呈现给我们的，是一个完美的孤独者形象。现在看来，这件“小时候干的营生”，虽然是一种常人认为了无意趣的游戏，钱锺书却乐此不疲，竟然玩了一辈子。

这里的“石屋”，就是“冷屋”“容安馆”（又称“容安室”“容安斋”），也可包括牛津大学“饱蠹楼”等钱锺书生活、读书、思索、写作的地方或他理想中做学问的好地方——“荒江野老之屋”。钱锺书认为：“人声喧杂，冷屋会变成热锅，使人通身烦躁。”因此，叔本华所说“思想家应当耳聋，大有道理”[35]。钱锺书说：“让灵魂自由地去探胜，安静地默想”，“小屋子可成极乐世界”。[36]这里自由、独立，犹如佛祖冥想的菩提树下、穆罕默德避隐的洞窟、耶稣时常需要的独处所在。

“和尚”，就是自署“容安馆主”（又称“容安斋居士”“槐聚居士”）的钱锺书，少儿时期英姿勃发、自命为“项昂之”的钱锺书，写《管锥编》《谈艺录》时好学深思的钱锺书，写《槐聚诗存》时忧世伤生的钱锺书，写《围城》时“痴气”旺盛的钱锺书。[37]

“一人盘腿坐在帐子里，放下帐门，披着一条被单”，就是钱锺书使自己保持“众里身单”，用志不纷，“不以闲气力做人情”。《围城》中写女博士苏文纨曾自许“崇高的孤独”，虽有反讽的意味，却也反映出钱锺书认为有“崇高的孤独”[38]存在。钱锺书致彭祖年复信称：“三不朽自有德、言、功业在，初无待于招邀不三不四之人，谈讲不痛不痒之话，花费不明不白之钱也。”对郑朝宗教授说：“大抵学问是荒江野老屋中二三素心人商量培养之事。”[39]对我说：“大名气大影响都是百分之九十的误会和曲解掺和而成，听其自然最好，经吹嘘后成为‘重要’了，必然庸俗化。”[40]从对“不三不四之人”的排斥、对“大名气大影响”的警惕和对“二三素心人”的倾心，均可看出钱锺书对“崇高的孤独”的坚持。

“玩得很乐”“自言自语”，就是大孤独得大自在，钱锺书能够读自己想读的书，干自己想干的事，说自己想说的话，做自己想做的人，有不足与外人道的快乐。钱锺书二十几岁时，曾立下志愿：“但愿竭毕生精力，做做学问。”[41]

终其一生，钱锺书都是钟情于书。对钱锺书来说，不受干扰地读书、笔记、沉思，世间乐事，无逾此者。他于中国书籍，经史子集，无所不窥，而由于家学渊源，尤擅集部。他于西方经典，既细读要籍，也不放过浏览报刊。常能从不相干的书中读出无穷乐趣。他的中西文读书笔记有七万页之多。学术著作《管锥编》《谈艺录》《宋诗选注》《七缀集》和创作《围城》《人兽鬼》《写在人生边上》《槐聚诗存》等，都已成为当代经典。

英国小说家狄更斯在《双城记》中说过：“这是最好的时代，也是最坏的时代；这是智慧的时代，也是愚蠢的时代；这是笃信的时代，也是疑虑的时代；这是光明的季节，也是黑暗的季节；这是希望的春天，也是绝望的冬天；我们什么都有，也什么都没有；我们全都会上天堂，也全都会下地狱。”其实，任何时代没有例外，都是这样的。用这段话形容发展变化中的中国社会现状，我认为非常恰当。中国作为一个有 13 亿人口的大国，在科学、教育、文化方面，已经有了长足的进步，特别是经济发展很快，一部分人已经富了，但是，确实也还存在不少问题。社会的浮躁之气早已浸染了学界。我们实在太缺少脚踏实地、专注于自己学术领域的纯粹学者了。钱锺书先生不是革命家和社会活动家，只是一个孤独的学者，他在学术研究和文学创作中对于人生世事有难能可贵的深切关怀，表达了一个有良知的知识分子的鲜明态度。他知道自己毕竟是学者，因此，他把全部身心都投入自己的专业中，从来没有动摇过。钱锺书孤独的境界，我们可能永远都达不到，但他的学术精神和人生态度，我们每一个人都可以学习。

---

1 郑朝宗《但开风气不为师》，《海夫文存》第 2 页，厦门大学出版社，1994 年 9 月厦门第 1 版。

2 杨绛《记钱锺书与〈围城〉》第 18 页，湖南人民出版社，1986 年 5 月长沙第 1 版。

3 钱基博《题画谕先儿》，《南通报》1920 年 12 月 12 日。

4 钱基博《潜庐自传》，《钱基博年谱》附录，华中师范大学出版社，2007 年 2 月武汉第 1 版。

5 《谈交友》，《人生边上的边上》第 16 页。《钱锺书集》，生活 · 读书 · 新知三联书店，2007 年 10 月北京第 2 版。下同。

6 吴忠匡《记钱锺书先生》，《随笔》，1988 年第 4 期。

7 《槐聚诗存》，第 1 页。《钱锺书集》。
8 《谈艺录》，第 1 页。《钱锺书集》。
9 《顾颉刚日记》1978 年 5 月 5 日、7 月 18 日，台湾联经出版公司，2007 年 5 月版。
10 《围城》，第 96 页。人民文学出版社，1980 年 10 月北京第 1 版。下同。
11 《围城》，第 359 页。
12 《围城》，第 141 页。
13 《围城》，第 216 页。
14 《围城》，第 148 页。
15 《围城》，第 113 页。
16 《围城》，第 324 页。
17 《上帝的梦》，《人 · 兽 · 鬼》第 6 页。《钱锺书集》。
18 《史记 · 老子韩非列传》附庄子传。
19 《管锥编》第二册，第 618 页。《钱锺书集》。
20 《管锥编》第二册，第 920 页。《钱锺书集》。
21 《管锥编》第二册，第 910 页。《钱锺书集》。
22 《管锥编》第三册，第 1714 页。《钱锺书集》。
23 山涛语，《世说新语 · 容止》。
24 《竹林七贤论》。
25 《世说新语 · 雅量》。
26 《管锥编》第三册，第 1726 页。《钱锺书集》。
27 颜延之《陶征士诔并序》。
28 萧统《陶渊明集序》。
29 《管锥编》第四册，第 1934 页。《钱锺书集》。
30 《管锥编》第二册，第 952 页。《钱锺书集》。
31 《管锥编》第三册，第 1685 页。《钱锺书集》。
32 同上。
33 同上，第 1686 页。

34 杨绛《记钱锺书与〈围城〉》第 27 页。

35 《一个偏见》，《写在人生边上》第 38 页。《钱锺书集》。

36 《窗》，同上，第 9 页。

37 杨绛《记钱锺书与〈围城〉》第 37 页。

38 《围城》第 12 页。

39 郑朝宗《钱学二题》，《海夫文存》第 50 页。

40 陆文虎《钱锺书其人其书》，《围城内外》第 29 页，解放军出版社，2004 年 1 月北京第 1 版。

41 杨绛《钱锺书对〈钱锺书集〉的态度》，《钱锺书集》卷首。

2010.6.27

《管锥编》论多难兴邦

钱锺书先生在《管锥编》中考论《左传正义》时，曾论及“多难兴邦”，大意如下：

《左传·昭公四年》记载，公元前538年春，楚灵王想称霸，派使到晋国，邀请晋平公会盟诸侯。晋平公自己也想称霸，便不打算同意。大夫司马侯说：“楚灵王目前正骄纵做大，也许是上天故意让他为所欲为，待把事做绝后再给予惩罚，也许上天保佑能够善终，这都是说不准的事。晋国、楚国谁能称霸，全看上天的意思，晋国不必与楚国武力争斗。请国君答应他们为好。”晋平公说：“晋国有三大优势，谁能与我为敌？一是地势险峻，二是战马成群，三是齐国、楚国灾难频发，有了这三条，还不是所向披靡吗？”司马侯说：“仅仅依仗险峻地势、战马和邻国的灾难是不行的，三大优势可能成为三大危险。邻国灾难的结果也是无法预测的，有的虽然经过多灾多难，却国家巩固，领土扩张；有的虽然没有灾难，却国家灭亡，领土丧失。为什么只看着邻国的灾难呢？”（晋侯欲勿许。司马侯曰：“不可。楚王方侈，天或者欲逞其心，以厚其毒而降之罚，未可知也。其使能终，亦未可知也。晋、楚唯天所相，不可与争。君其许之……”曰：“晋有三不殆，其何敌之有？国险而多马，齐、楚多难。有是三者，何乡而不济？”对曰：“恃险与马，而虞邻国之难，是三殆也……邻国之难，不可虞也。或多难以固其国，启其疆土；或无难以丧其国，失其守宇。若何虞难？）晋平公听了，便答应了楚灵王的要求。“多难兴邦”这句成语就从这里演变而出，用来指国家多难之时，上下团结奋发，促使邦国振兴。从人的主观角度看，没有人愿意主动接受灾难，灾难到来时也没有人能够幸免，与其受灾难的困厄折磨，不如团结起来，奋起抗争，或可有一个光明的前途。

有害的东西转化为有益，或者有害的东西本身就有有益的一面，这种思想在中国的先贤们那里，是十分明确的。不仅灾害如此，就是敌国的存在也是很有益处的。据《左传·成公十六年》和《国语》记载，晋、楚两军在鄢陵相遇，范文子不想作战。他说，晋国先君的屡次作战，是有原因的。当时秦、狄、齐和楚都很强大，不尽自己的力量，子孙就会削弱。现在三强已经服顺，敌人仅楚国而已。“只有圣人才能够外部、内部都没有祸患。如果不是圣人，外部安定，内部必然有忧患，何不放掉楚国把它作为外部的戒惧呢？”（鄢之役……栾武子欲战，范文子不欲，曰：“吾闻之，唯厚德者能受多福。无德而服者众，必自伤也。称晋之德，诸侯皆叛，国可以少安。唯有诸侯，故扰扰焉。凡诸侯，难之本也。且唯圣人能无外患，又无内忧。讵非圣人，不有外患，必有内忧。盍姑释荆与郑以为外患乎？”）《孟子·告子》也说：“一个国家，如果没有敌国和外患，就会灭亡。由此可以知道，遭逢忧患者可能长生，耽溺安乐者可能速死。”（无敌国外患者，国恒亡，然后知生于忧患而死于安乐也。）《春秋繁露》说：“顷公征服卫国、吓退鲁国后，再没有敌国寻衅滋事，结果身遭大辱，几乎亡国，为天下人所耻笑。”（深本顷公之所以大辱身、几亡国、为天下笑，其端乃从慑鲁胜卫起。）后来，柳宗元在他著名的《敌戒》中指出：“人们都知道敌人与我作对，却不知道对我还有特殊的帮助；都知道敌人对我有害，却不知道对我大有益处。”（皆知敌之仇，而不知为益之尤；皆知敌之害，而不知为利之大。）陆游《病起杂言》中有妙句：“一个国家不能没有灾害，正如人的身体不能没有疾病。”（国不可无灾眚，身不可无疢疾。）杨万里在《乙巳论对第一劄子》中说：“上天对于人君，讨厌他就用国泰民安来让他骄傲，爱护他就用变故来对他责备；想灭亡他就用国家强盛来让他误会，想成全他就用灾害来让他警惧。”（天之于君，厌之者则骄之以嘉祥，爱之者则谴之以变异；绝之者则误之以强盛，爱之者则惧之以灾害。）

多难兴邦是从历史中总结出的经验，也是在国家遇到多灾多难时，人们对于兴邦的一种美好期盼。

2008.6.5

读《钱锺书手稿集·容安馆札记》第一条

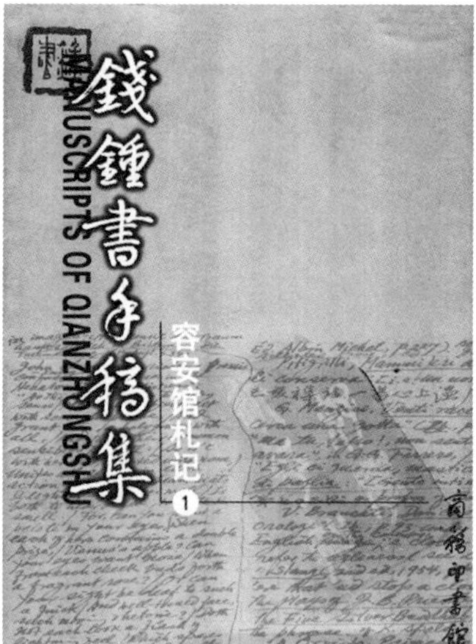

早就知道钱锺书先生除了已出版的《管锥编》《谈艺录》《旧文四篇》《宋诗选注》等著作之外，还有大量的读书札记，只是没有机会一睹为快。终于，2003年，商务印书馆出版了《钱锺书手稿集·容安馆札记》，皇皇三巨册。

我开始阅读。中国的典籍浩瀚无际，作为

读者的我，精力却十分有限。1979 年，《管锥编》的出版给我指引了读书的路径：我先读《管锥编》，然后读《管锥编》所考论的十种古籍（《周易正义》《毛诗正义》《左传正义》《史记会注考证》《老子王弼注》《列子张湛注》《焦氏易林》《楚辞洪兴祖补注》《太平广记》《全上古三代秦汉三国六朝文》），最后读《管锥编》提到的书。这些书构建了我的中国古代文化的知识图景。

钱先生说过，《管锥编》续辑中还将考论《礼记》《庄子》《全唐文》《杜少陵诗集》《玉溪生诗注》《昌黎集》《简斋集》等十种书。因此，我十分期待从他的手稿中发现他治学的路径。看看已经出版的《管锥编》曾有过怎样的雏形，也看看这些初期的心得可能会发展成怎样的《管锥编》续辑。看他怎样选书，读哪些书；看他怎样读书，怎样做笔记；看他的“读书得间”，即发现、发明、摘录和批评；看他从经典中摘出“碎锦”，看他从寻常书中发掘奇趣。记得有一次跟钱先生谈起非常期待读到续辑时，他说，做不了了，如果要做，会要老命的。于是，我知道，读书、笔记只是基础，真正成为《管锥编》续辑还要下极大的功夫。由于积劳成疾，晚年的钱先生一直在病中，无法重新着手管锥理董，用他的话说，就是“多病意懒，不能急就”。这一直是钱先生心中的一件憾事。

翻开《钱锺书手稿集·容安馆札记》第一页，首先映入眼帘的是“日札”二字，想必是钱先生逐日记录的读书心得。第一条可能就是第一天所读之书。此条可分为两节。开头一句："阅曹庭栋六圃《宋百家诗存》至卷四。"下文注："凡在《宜秋馆宋人集》《南宋六十家集》《武英殿丛书》中已见者，皆置不观。"想必是此三种书为钱先生所熟读，无须做无用功也。当日所读《宋百家诗存》前四卷，只有两首诗引起兴趣，被抄录下来。一是魏野《东观集》里的《赠三门漕运钱舍人》。评《东观集》为"乃晚唐体之俚犷者"。抄两句："我拙宜名野，君廉恨姓钱。"并评曰："岂非上门骂人耶？"这是发现了有趣处。二是彭汝砺《鄱阳集》里的绝句《泊真州新河亭》："鬓毛垂雪欲毵毵，道路风波老不堪。系缆短亭聊自慰，青山数点见江南。"他给是集的评语是"平直无味"，此诗算得从无味中拣选出的稍有意趣者。

曹庭栋生活于清康乾年间，享年八十六岁。自称忧虑宋人诗集传世者日渐沦灭，并认为吴之振等《宋诗钞》漏略尚多，且刊刻未竟，往往有录无书，因此搜采遗佚，编选《宋百家诗存》，共二十八卷。关于《宋百家诗存》，此日仅读至卷四，后来多次接续阅读。见《容安馆札记》"日札"第二十、二十二条。"日札"其他条目在《管锥编》《谈艺录》中偶有涉及，《宋诗选注》中提及略多。第八十四条谓："详见余读《宋百家诗存》札记。"

钱锺书先生撰有《谈艺录》《宋诗选注》《宋诗纪事订补》等，对宋诗下过的全覆盖功夫，由此可见一斑。

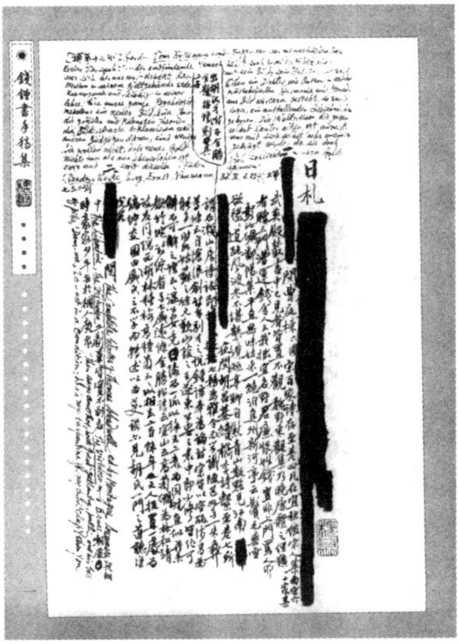

另一节开头一句："夜阅胡昌基《续檇李诗系》至卷七。"可知当晚并未继续读《宋百家诗存》，而改读是书。钱先生注："所谓《石濑山房诗话》即出胡氏手，附有金胜、金题按语，则其二子也。"对该书总的评价是："务为雅令而学识陋甚。"并举二例：一、卷一"朱彝尊"条云："自沧浪创'诗有别才'之说，钟、谭奉为论诗宗旨，以空疏浅易为能事，一时如姑苏之徐元叹，山阴之王遂东，公安之袁中郎、小修，皆作可解不可解之语。"云云。钱先生批评说："混公安、竟陵为一派，以徐、王、二袁为同时，直似并未覩竹垞《诗综》者。"二、卷七"盛远"条金胜按语云："宜山云：'高菊磵为林和靖诗友，同隐西湖，林种梅，高种菊。'"云云。钱先生批评说："以相去二百余年之人捉置一处为缟纻交，固由盛氏之不学，而转述以为美谈，亦见胡氏一门之道听涂说矣。"

胡昌基为清乾隆五十四年（1789）副贡，累试不第，课馆授业，并辑嘉郡康熙后百余年诗，作《续檇李诗系》。悉心蒐访，或以诗存人，或以人存诗，与《檇李诗系》遗或异也补之。保留一方文献，不可谓无功，然因“学识陋甚”而笑话百出。

钱锺书先生曾于集部用力最勍，少年时即“大量泛读家藏清代名家诗集”，一生不辍。故写作《谈艺录》时，得心应手，出口成章。

业师郑海夫先生说过，钱锺书读书是“最聪明的人偏要下最笨的功夫”。我读《钱锺书手稿集·容安馆札记》“日札”，一篇篇一笔一画写成的的笔记和不时灵光乍现的巧思妙语，始知此言之不虚。

2004.7.1

读《槐聚诗存·序》

在《槐聚诗存·序》中，钱锺书先生自述学诗历程，可知他作诗乃是童子功。在研读经、史、“古文”的同时，热爱并熟读了唐诗三百首。经过多年的用心揣摩，终于能够窥其堂奥，懂得了声律对偶；此时大量泛读家藏清代名家诗集，到初中毕业时，作诗技巧已经圆融，可以斐然成章了。钱先生所走过的学诗之路，其实是诗歌创作的必由之路，很值得今之欲学诗者借镜。

晚年编定《槐聚诗存》时，他对这批最早的诗歌创作实践却评价甚低。当时所作，有三类他最不满意。一是应酬诗。他虽然不好广交游，然仍不能完全免俗。二是玩笑诗。“俳谐嘲戏之篇，几於谑虐。”三是代笔诗。这些诗，他认为不过“如鹦鹉猩猩之学人语，所谓‘不离鸟兽’者也”。因此，他对这些篇什，“概从削弃”。由此可知钱先生眼光之高、标准之严。

在结尾处，钱先生感叹自己夫妇年事已高，且体弱多病。他笑谈身后“必有搜集弃馀，矜诩创获”者。足见他对世事人心的洞悉。

2018.9.15

关于《围城》，钱锺书说了什么?
——读《小说逸语》

栾贵明先生的《小说逸语》是研究《围城》的一本新书。我读了之后，颇受启发。

我喜读《围城》，读过《小说逸语》，感到有许多会心之处。虽然世上已经有了那么多“《围城》研究”“《围城》导读”“《围城》赏析”“《围城》批判”“《围城》论”之类的专著，但是，《小说逸语》仍有其重要的地位。作为后辈、同事、友人、学生和追随者，栾贵明先生曾经与钱锺书先生交往三十多年，成为钱先生事实上的学术助手。所以，他有机会聆听或者看到钱先生关于学术研究和文学创作的一些尚未公开发表的意见，当他把这些意见记录下来，就成为非常珍贵的研究资料。《小说逸语》没有如高头讲章般走平常路数，而是从细微处入手，如数家珍，娓娓道来，全书都是如是我闻，却真实可信，引人入胜。

《小说逸语》记述了钱锺书先生关于《围城》主题的明确表达，那就是“人，人类，人类的困境”。钱先生在本书中写了我国现代文学中落墨不多的“某一类人物”，所写到的只是一小群人物，但因能够充类至尽、穷神极相，所以深刻地描摹出了中国人历久积淀的文化-心理，以形而下示形而上，揭示出全人类的困境。作者旁观人生，指点世态，书中虽无大段说教之词，然而，读者却能为人物和事件所感染，对人生恍然如有所知，从而获得一种理性的快乐。“围城”所描绘的乃是人类理想主义和幻想破灭的永恒循环。经过作者的艺术想象和创造，《围城》中时起时伏，处处申说的，都是理想的不断升腾和一再破灭。经常是事将成矣而毁即随之，浪抛心力而已。人们终生处于“围城”境遇而不自知，经本书作者点破，始深然之。“道阻且长、欲往莫至”，“是浪漫主义遥远理想的象征”。

《围城》主题的另一种寓意，便是西方存在主义所谓的“众里身单”。钱锺书先生曾于20世纪30年代后半期在欧洲游学三年，亲身经历和体验过高度的现代物质文明社会，并且认真研究过包括存在主义在内的多种西方社会思潮。钱先生对存在主义哲学家海德格尔、雅斯贝尔斯、萨特及存在主义之父克尔凯郭尔十分熟悉，曾在《管锥编》《谈艺录》中多次征引。在存在主义者看来，现代社会固然是高度物质文明的社会，但是人却受到空前的挤压，人格与世界、身体与周围环境、自我与外部世界的严重对立以及世界的内在不合理性和分裂，等等，使人类坠入异化、隔膜、孤独、无助，即所谓“众里身单”的精神苦闷境地。《围城》中的方鸿渐自从留洋归国，尽管时时处处与人应酬，稠人广众之中也曾抛头露面，却“觉得天地惨淡”，深切地体会到“拥挤里的孤寂，热闹里的凄凉”，常常感受到一种难耐的内心孤独。

《小说逸语》不仅记录了钱锺书先生关于《围城》和文学创作的许多深层次思考，还详细地记述了钱先生的用字艺术。以成语为例。成语是比较复杂的汉语言现象，有的是词，有的是词组，有的是句子，有的甚至是文章（故事、掌故），钱先生却认为“成语不成”。于是，他不仅自铸伟辞，为现代汉语贡献了新词，还活用语词、成语，使得笔下的文字更加生动鲜活。我也曾常常到钱先生家里，听他指点文坛、谈笑世事，种种言说，不仅独具只眼、入木三分，而且不时将旧词新用，妙语连珠，美不胜收。

《小说逸语》还传达了许多极有价值的信息。例如，钱先生竟然早在 1984 年就提出用计算机处理中国文学的数据，他对于中国古典数字工程的先见之明，更是令人惊叹。他大力倡导、积极支持并具体指导了栾贵明、田奕诸先生的古籍电子数据化研究，取得了划时代的成果。

《小说逸语》还透露了钱先生要用小说打败小说的想法。这让我想起了塞万提斯想用骑士文学打倒骑士文学的用意。这是一个寓意深远、非常有价值、值得深入研究的课题。

栾贵明先生是北京大学古典文献专业出身，现在却成了文科电脑专家，举凡文献学、编程、统计、大数据……都驾轻就熟。书中各种数据统计随处可见。

说来有趣，1942年，钱先生曾讲到《谈艺录》的成书经过："余雅喜谈艺，与并世才彦之有同好者，稍得上下其议论。"友人冒景璠督撰诗话，曰："咳唾随风抛掷可惜也。"于是，钱先生逐条笔记，就有了《谈艺录》。栾贵明先生把钱先生谈话中关于《围城》的话一一记下来，于是，就有了《小说逸语》。

读了《小说逸语》之后，我十分期待栾先生记述《管锥编》诞生逸闻的《大书出世》早日问世。我深信此书必能助我真正读懂《管锥编》。

2018.1.10

钱锺书与郑朝宗的管鲍之谊

12 月 19 日，是钱锺书先生逝世二十周年祭日。

钱先生与业师郑朝宗先生友谊笃深。二人于 1910 年前后脚来到这个世界，又于 1998 年前后脚去了天国。今年，他们离开我们整整二十年了。我一直想写点什么，可是又感到茫然，事情那么多，写什么好呢？总觉得影响了我一生的这两位智慧、善良、纯粹的素心人就在我的面前。每次，只要是回顾起钱锺书与郑朝宗之间素交的点滴大略，我都非常感动。

钱锺书先生说：朋友还是旧的好。“时间对于友谊的腐蚀，好比水流过石子，反把它洗琢得光洁了。”“真正友谊的形成，并非由于双方有意的拉拢，带些偶然，带些不知不觉。在意识层底下，不知何处何月潜伏着一个友谊的种子。咦！看它在心里面透出了萌芽。在温暖固密，春夜一般的潜意识中，忽然偷偷钻进了一个外人，哦！原来就是他！真正友谊的产物，只是一种渗透了你的身心的愉快。没有这种愉快，随你如何直谅多闻，也不会有友谊。”

业师郑朝宗教授，字海夫，厦门大学中文系原系主任，是著名的学者和作家。他是钱锺书先生的挚友。郑、钱之间的友谊，就是这样形成的。

郑朝宗 1932 年考上清华大学外文系时，钱锺书已经是名满全校的四年级“老大哥”学霸了。学生们都在传闻，外文系的许多老师已经不把他看作弟子而当成顾问。郑朝宗虽然心存景仰，却并未主动接近。此时，他们两位只是同学而并非朋友。直至十年之后，1942 年，他们在上海重逢，过从始密，主要是谈论福州近代诗人林纾、严复、陈衍等的诗，这几位乡先贤都是郑朝宗父亲的前辈朋友，自是有谈不完的话题；除此之外，后来也谈及当时钱锺书正在撰写着的《谈艺录》。郑朝宗心目中的钱锺书天分极高，又好学不倦，故能思力敏锐，辩才无碍。彼时钱锺书生活困窘，还时常患病，但坚持撰写《谈艺录》，还说打算写小说。郑朝宗后来用诗句“穷年傲骨兼秋练，独夜诗心许月知”形容当时的钱锺书。在此次近距离接触的一年多里，有“口不能言”的快活，二人建立了深厚的交情，从此，终身不渝。

第二年，郑朝宗离沪归闽时，钱锺书送了一首五言古诗，诗云：

清华昔共学，踪迹竟相左。殆天故靳子，留慰今日我。
譬如蔗有根，迟食颐愈朵。当时少年游，流离感尾琐。
乱世夙难处，儒冠更坎坷。粃糠六籍人，身不禁扬簸。
今雨复谁来，子一已为夥。时时过陋室，书乱与争坐。
俨然意如山，道义克负荷。伊予何足算，说食腹未果。
诗书惯作祟，文字忧召祸。笔砚倘遭焚，灼天熊兵火。
子乡严又陵，才辩如炙輠。邱索有馀师，毋使先型堕。
陆沉与盲瞽，两免庶乎可。

诗中忆及二人清华同学，记述沪上相遇的愉快；谈到当时有文化人失足落溷，所谓“粃糠六籍人，身不禁扬簸”。也对不与日寇占领者合作，愤而去职的徐燕谋和郑朝宗表示赞赏：“俨然意如山，道义克负荷。”而诗中“诗书惯作祟，文字忧召祸。笔砚倘遭焚，灼天熊兵火”之句，竟然一语成谶，几乎预言了“反右”和“文革”。几十年间，钱锺书经过了“九蒸九焙”的境遇，郑朝宗则被打成右派。“文革”中二人皆斯文扫地，更不待言。此是后话。

此一别，又是十年才再得相见。

这十年间，钱锺书在上海震旦女子文理学院教学，也做些私家补习，工作不多，生活困难，就开始写作。抗战胜利后，担任南京中央图书馆英文馆刊《书林季刊》主编、暨南大学教授，还担任英国文化委员会的“英国文化丛书”编辑委员和留英学生的选派委员。《谈艺录》《人·兽·鬼》《围城》出版后，钱锺书马上寄给郑朝宗。新中国成立以后，钱锺书回到清华大学外文系任教授，1950年开始调到中宣部《毛泽东选集》英译委员会工作。郑朝宗离开上海后到福建长汀厦门大学任教，抗战胜利后，随学校迁回厦门。1947年，他见到上海、香港报刊上有许多文章从“左”的角度出发，指责、批判《围城》和钱锺书，实在看不下去，遂以“林海”为笔名写了《围城与汤姆·琼斯传》，分析作者的意图和创作手法，给该书以公允的评价。钱锺书知道林海是谁后，很是高兴，说郑朝宗是《围城》一书“赏音最早者”。1948年，郑朝宗去上海招生，因钱锺书去南京未遇。后来，郑朝宗赴剑桥大学圣约翰学院攻读现代小说博士学位，1952年，学业未及完成，就应厦门大学校长王亚楠之聘，回校担任中文系主任兼厦门市文联主席。

1953年，郑朝宗进京参加高等教育会议，与钱锺书重逢。此时钱锺书工作压力正大，给郑朝宗的诗中有云：“疲马漫劳追十驾，沉舟犹恐触千帆。”

1957年，“大鸣大放”时，郑朝宗以言语获咎，被打成右派，1960年摘帽重回教坛。钱锺书谨言慎行，得以默存。此时，他要郑朝宗以乡先辈严复、林纾为榜样作翻译，并推荐他翻译《德莱登戏剧论文集》。几年后，郑朝宗把译稿交到北京，获得文学研究所李健吾等专家的高度评价。稿子送到出版社后，却因“文革”爆发，不知去向。其间，钱锺书有赠诗：

乖违人事七年中，失喜书来趁便风。
虚愿云龙同上下，真看劳燕各西东。
敛才光焰终难闷，谐俗圭棱倘渐砻。
好与严林争出手，十条八备策新功。

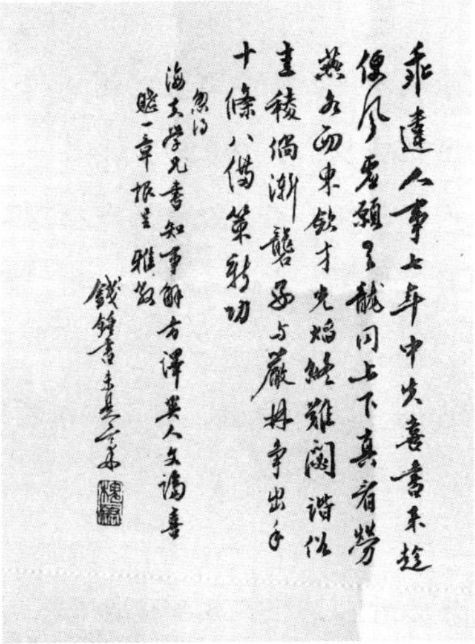

钱锺书先生诗手迹

郑朝宗所藏此诗在“文革”中被造反派抄走，1979 年钱锺书再次题赠。

“文革”前夕，钱锺书似有预感，赠诗云：“不定微波宜小立，多歧前路且迟徊。”用以相互诫勉。然而，两人最终都在劫难逃，被赶到乡下。

1972 年两人分别回到北京和厦门。钱锺书开始定稿《管锥编》，并在 1979 年出版。郑朝宗则直到 1978 年始获平反，次年重任厦大中文系主任。

在 1976 年粉碎“四人帮”后的第一封信中，钱锺书附上了写于“文革”中的一首诗：

徙影留痕两渺漫，如期老至岂相宽。
迷离睡醒犹馀梦，料峭春回未减寒。
耐可避人行别径，不成轻命倚危栏。
坐知来日无多子，肯向王乔乞一丸。

1979 年，郑朝宗到北京开会，到南沙沟看望钱锺书。因钱锺书访美而未遇，怅甚，赋诗一首：

摄衣来拜振奇人，叩户方知误却春。
廿载相思悭一面，可知俗骨佛难亲。

钱锺书出访归来立即致信：“知驾过相左，怅恨无已，此乃年内首屈一指之憾事也。”“兄终岁不出门，无术回俗士之驾，而偶出远门，便失此可人佳客。”

年底，郑朝宗进京出席文代会时，利用会议间隙，两人见面三次。钱锺书谓之："稍解积想。"

1979 年，郑朝宗教授开始在厦门大学中文系招考文艺理论方向硕士研究生，由他指导研读《管锥编》，开启了"钱学"研究的先路。我和另外三名同学有幸被他选中。学习期间，常听他讲起与钱锺书先生交往的轶事。

1980 年，由周振甫先生约郑朝宗写的《管锥编》评论稿发表，为"钱学"打下了一块坚固的基石。钱锺书读后致信说："感激之情，不亚于惭愧之情，而叹服之情，又不亚于感激之情。"

1981 年暑假，郑朝宗去北戴河参加中国文联读书班，路过北京时与钱锺书畅聊半日。酷暑劳累，郑朝宗心脏病暴发。

1981 年以后，他们再没有机会见面，但是鱼雁往还不断。

1982年我到北京工作后，有机会常到钱锺书家中当面请教，亲身感受到两位老先生之间的"素交"。钱锺书对"素交"极为称赏："在我一知半解的几国语言里，没有比中国古语所谓'素交'更能表现出友谊的骨髓。一个'素'字把纯洁真朴的交情的本体，形容尽致。素是一切颜色的基础，同时也是一切颜色的调和，像白日包含着七色。真正的交情，看来像素淡，自有超越死生的厚谊。"

1986 年，郑朝宗在给我的信中说："（文学界）目前正大鼓吹新文学理论，举国如狂。泡影空花终难持久。我国人做事总好刮风，每每落空。只有钱锺书为中流砥柱，不做风派。学问且不说，风格已是压倒一世矣。”为了警醒学界，他写了评《谈艺录》（补订本）的文章。钱锺书读后感慨道：“恃惠子之知我也。”在后来另一封信中称郑朝宗另一篇文章：“所谓‘处士道出祖腹中语’矣，感佩之至。”

1988年，郑朝宗的《海滨感旧集》出版，书名由钱锺书题签。钱锺书看过样书后回信说：“重读《海滨感旧集》，益叹服公胸中蕴万斛愁，笔下无一点尘，洁净深厚，真大作手。”

1993年，厦门大学隆重举行“庆祝郑朝宗教授从事文学创作和教学科研活动60周年”活动。我当时正在部队执行重要任务，无法请假。我向郑朝宗教授报告说：“我虽然无法到会庆贺，但我可以送您一个重要礼物。您见了一定比见到我还要高兴。”我到钱锺书家里，报告他有关这次活动的相关消息，并请他给郑朝宗写一封祝贺信，由我转寄。钱锺书高兴地答应了。此信全文如下：

海夫我兄道席：

陆君文虎来，忻悉海内外受业门下诸贤筹举盛会，志兄教学六十周年。恭维兄才士学士，经师人师。弟谊本同窗，恩深知己，而衰病颓唐，不能远道亲祝。敬修短简，聊表寸忱。

兄业垂不朽，寿享无疆，乃分内应有之事，无待弟之善颂善祷也。即叩大安不备。

令嫒均此致候

教弟钱锺书敬上

杨绛、钱瑗同叩

十一月廿四日

当我把这封信寄到厦门大学后，不但郑朝宗满意，整个中文系都非常高兴。

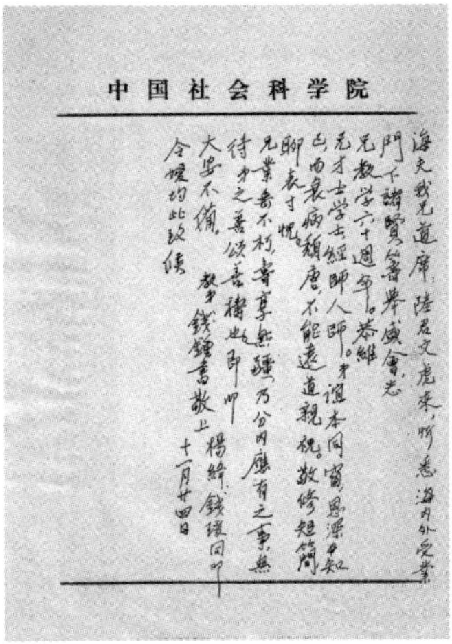
中国社会科学院

海天我兄道席：陸君文虎來，盼悉海內外受業
門下諸賢，籌舉盛會，志
兄教学六十週年。恭維
兄才士学士，經師人師。才謂本同窗，恩深知
己，而衰病頹唐，不能遠道親視。散修短簡
聊表寸悃。
兄業壽不朽，壽享無疆，乃分內應有之事，無
待才之善頌善禱也。即叩
大安不備。
令媛均此致候
教弟錢鍾書敬上
楊絳、錢瑗同叩
十一月廿四日

钱锺书先生信手迹

1994年钱锺书因病住院，我常常去探视，并把他在医院的情况向郑朝宗写信报告，同时，也把郑朝宗的来信关切向他报告。在医院的病房里，想起十几年前，我在撰写硕士论文时，碰到一些问题，就想到北京专门拜访钱锺书。钱锺书信中不仅多次称郑朝宗“真知我者鲍子也”，而且也告诉我：“知管仲者鲍叔，知我且胜我自知者郑子也。”嘱我不必来京，只须听从郑朝宗教导即可。钱锺书明确地把他和郑朝宗的交情定位为管鲍之谊。

2018.12.13

钱锺书先生赠我的几本书

1982年底，我从福建回到阔别15年的北京。蒙钱锺书先生惠允，准我“随时到访”，从此成为钱府的常客。十几年间，我有幸亲聆謦欬，不仅受到许多教诲启迪，而且常有意外之喜，得到他一些赠书。我家无长物，这些书就是镇宅之宝，也将是传家之宝。钱先生驾鹤西去已经22年，他的谈笑风生、微言妙义仍然如在目前；他赠我的那些书就摆在我书桌对面的书橱中，不仅抬头就能看到，而且方便随时取阅。

钱先生有超常的记忆力，因此，他不收藏太多的书，有些书读过后就随手送人。他给我的书，除了他的著作之外，有些就属于这类。他读的书，有一部分是出版社或者作者赠送的新书。有时，他拿起一本书会问我读过没有，我当然还没读过，于是，他可能就送给我了。当然，凡是他觉得值得一读的，就会郑重其事地签名题赠。下文提到的几本都属于此类。

一、汪荣祖的《史传通说》

汪荣祖是美籍华人，著名的中国近代史学家，曾任美国弗吉尼亚州立大学教授，有《史学九章》等多种著作在大陆出版，于中外文史才识兼茂。《史传通说》洞微得间，殊具妙悟，是一本钱先生比较欣赏的史学著作，他不仅为之题签，还为之作序，极口叹赏，奖勖有加。对此，汪荣祖感激莫名，他说：“钱先生默存视我为友，实我师表；赐我佳序，著我微意。诚作者之光宠。”钱、汪遂成为忘年交。交往中，汪荣祖发现钱先生是兼通中西学问的大家，堪称空前绝后。

钱先生序云：“古之常言，曰‘良史’，曰‘直笔’；其曰‘不尽不实’，则史传之有乖良直者也。窃谓求尽则尽无止境，责实则实无定指。积材愈新，则久号博稽周知之史传变而为寡见阙闻矣。着眼迥异，则群推真识圆览之史传不免于皮相畦执矣。斯所以一朝之史、一人之传，祖构继作，彼此相因相

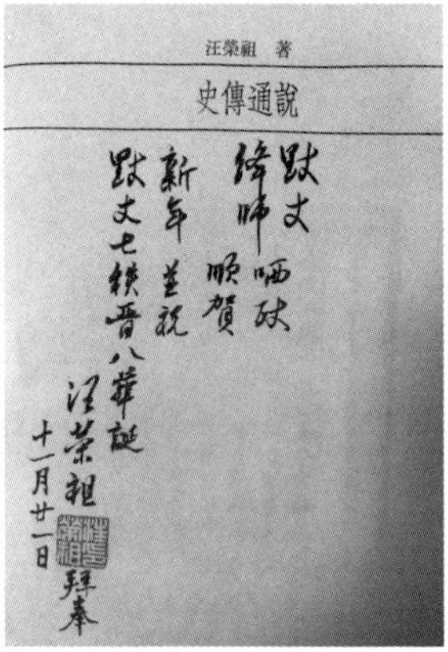

革而未有艾也。刘彦和《史传》一篇稍窥端倪，刘子玄《史通》穷源竟委，慎思明辨，卓尔成一家言，后来论者，只如余闰。海通以还，吾国学人涉猎西方论史传著作，有新相知之乐，固也，而复往往笑与抃会，如获故物、如遇故人焉。吾友汪君荣祖通识方闻，贯穿新故，出其绪余，成兹一编。于中外古今之论史传者提要钩玄，折衷求是，洵足以疏瀹心胸，开张耳目，笔语雅饬，抑又末已。余受而读之，赏叹之不足，僭书数语于简端。

钱锺书丙寅九月”

此书于 1988 年 10 月由台北联经出版事业公司出版。汪荣祖在第一时间就持赠钱先生，并在扉页上毕恭毕敬地写道：

“默丈、绛师

晒政

顺贺

新年并祝

默丈七秩晋八华诞

汪荣祖拜奉

十一月廿一日”

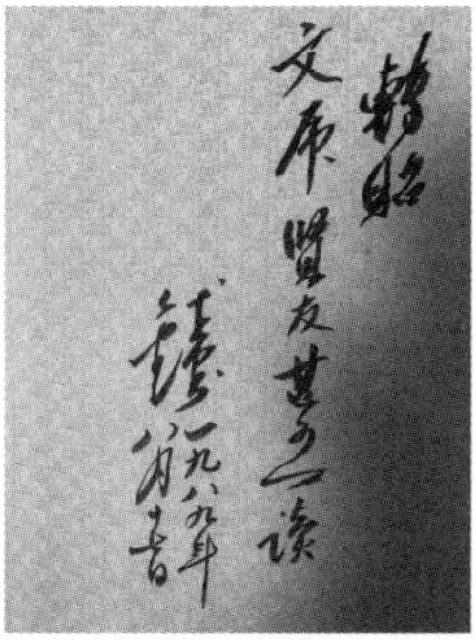

第二年，钱先生将此书转赠我时，在卷首空白页题字：

“转贻

文虎贤友，甚可一读。

钱锺书一九八九年八月十七日”

《史传通说》简体字版于 2003 年 12 月由中华书局出版。后来，汪荣祖更满怀尊崇，写成《槐聚心史——钱锺书的自我及其微世界》，2020 年 3 月由中华书局出版。这也是一本与众不同、值得一读的著作。

二、苏渊雷的《钵水斋近句论诗一百首附苏诗龚图风流人物无双谱》

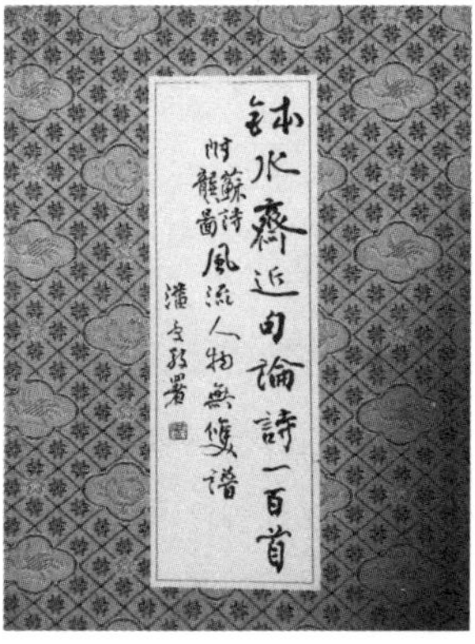

苏渊雷，字仲翔，晚署钵翁。上海华东师范大学教授，著名学者，学界向有“文史哲兼擅，诗书画三绝”之称。几十年间，钱先生和苏先生以君子之交，惺惺相惜，不仅常有书信往还，而且多有歌诗唱和。钱先生称赞苏先生是“大手笔”。

苏先生则“惊其才，佩其学，而服其实，以为古今一人而已”，并尝自称是当下知钱第一人。二人唱和的歌诗一部分后来收入《槐聚诗存》，其中列入1953年的《苏渊雷和叔子诗韵相简，又写示〈寓园花事〉绝句，即答。仍用叔子韵。渊雷好谈禅》，手稿原题《苏渊雷和孝鲁寄怀诗韵相简，又写示〈寓园花事〉绝句十六首，即答。仍用孝鲁韵。渊雷好谈禅。比闻尽弃所学，改名曰翻，以示从前种种之意。故诗语云然》，改动之处，似有深意焉。

关于此书，有许多佳话。苏先生1966年写就《论诗绝句》50余首（后来又有补作多首）。1983年由中州书画社出版后，钱先生即予以高度评价：“心平识卓，笔妙韵高。昔翁覃溪病渔洋拟遗山之作，论人多而谈艺少。公此编正面立论，而旁敲添致，洵可与元裕之争出手矣。”此书遂有定论。《风流人物无双谱》是苏先生对自己最仰慕的36位古今人物，各以诗颂之，意在宣扬前贤风范，以为后来楷模。由陈巨来先生的入室弟子龚仲龢先生为之造像。诗画合璧，堪称一绝。1989年，苏先生赴新加坡出席世界华文书展时，新加坡周颖南先生建议并出资，将《论诗绝句》与《风流人物无双谱》二书合成一册。周先生是著名的作家和成功的商人，以文名与商誉并称于海内外。他著有文学作品200多万字，与叶圣陶、俞平伯、巴金等巨擘为至交，“文革”期间，曾出资为故国作家、画家出版各类作品多种。二书合并后由新加坡文化学术协会出版。新加坡著名书

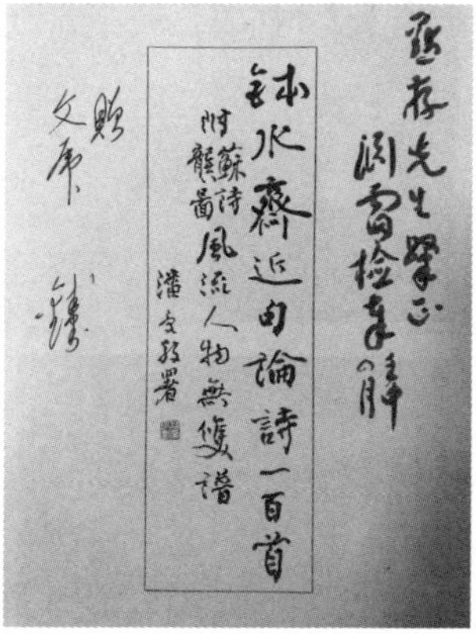

法家潘受先生为该书命名《钵水斋近句论诗一百首附苏诗龚图风流人物无双谱》并题签。潘先生本是福建泉州人，与启功、俞平伯等硕儒有交往，对钱锺书先生执礼甚恭，其书法集曾三请钱锺书先生为之题耑。一本书竟承载了如此之多的文字因缘。

1992 年，苏先生将此书赠钱先生。扉页题字：

“默存先生粲正
渊雷检奉
壬申四月”

钱先生赠我时则在扉页加题：

“赠
文虎
钱锺书”

三、《程千帆诗论选集》

程千帆，字伯昊，别号闲堂。

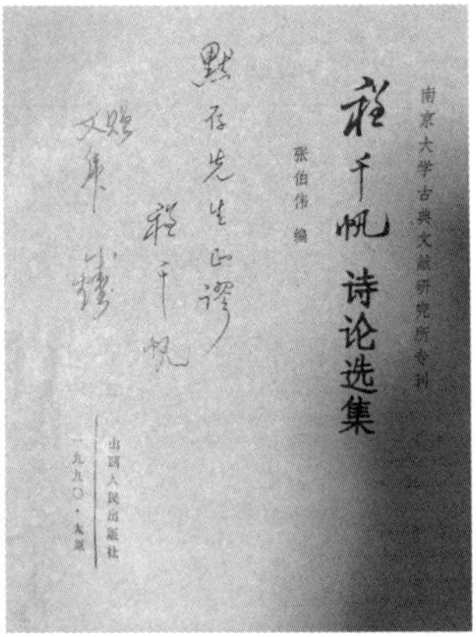

南京大学中文系教授，代表著作有《校雠广义》《〈史通〉笺记》《文论十笺》等多种。曾与钱先生同任两届全国古籍整理出版规划小组顾问。

60多年前，程先生的《宋诗选》与钱先生的《宋诗选注》几乎同时出版，但选目及旨趣均不同。程先生曾称赞钱先生“当世无双”，同时亦指其“能博而不能约”。钱先生曾称赏程先生“论昌黎以文为诗一文”，谓为“发蒙抉微，得未曾有”，但亦对其诗作略有微词。也许这就是学者之间的坦诚吧。

此书于1990年由山西人民出版社印行。程先生在本书扉页题字赠送钱先生：

“默存先生正谬
程千帆”

钱先生转赠我时加题：

“赠文虎
钱锺书”

四、张岱的《四书遇》

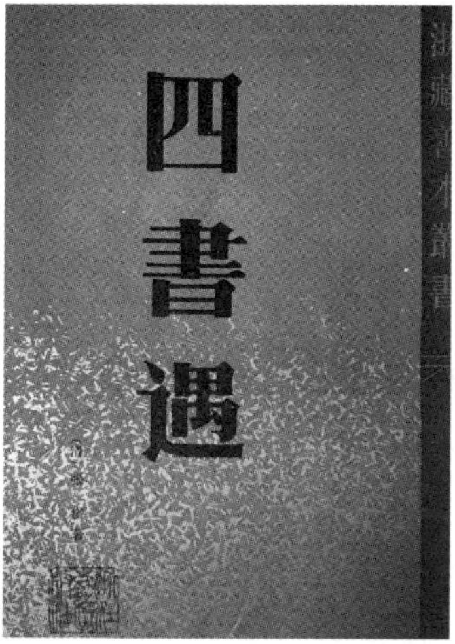

张岱，字宗子，号陶庵，浙江山阴（今绍兴）人。明末清初史学家、文学家。著有《石匮书》《琅嬛文集》《陶庵梦忆》等多种。钱先生虽对张岱诗颇有兴趣，表示钦佩，但是看到浙江古籍出版社《四书遇》校订本出版后，有点失望。认为此书不像想象中那么好，有八股味，但不枯燥乏味。他认为，张岱最好的作品还是《陶庵梦忆》《琅嬛文集》。钱先生对张岱的著述十分熟稔，曾在《管锥编》等书中引及十几处之多。

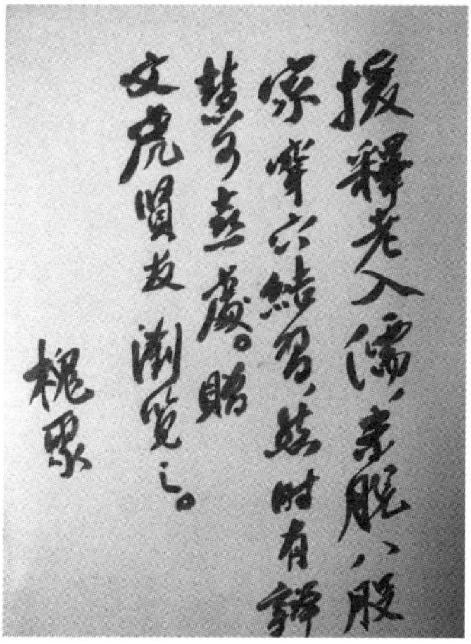

《四书遇》由浙江古籍出版社列入“浙藏善本丛书”，于 1985 年 6 月出版。钱先生当年就获出版社之赠，未久，即转赠我阅读。他在卷首空白页题赠词曰：

“援释老入儒，未脱八股家穿穴结习，然时有辩慧可喜处。赠文虎贤友浏览之。

槐聚”

今年 11 月 21 日是钱锺书先生 110 周年诞辰，12 月 19 日是钱先生离开我们 22 年纪念日。这些年来，我一直在想，小子何幸，竟能得此鸿儒良师的耳提面命！从与钱先生第一次见面起，我就把钱先生当作人生楷模，高山仰止，景行行止。虽不能至，然心向往之。在认真阅读了钱先生赠给我的每一本书之后，我又找到这些作者的其他著作来读。不仅读了书，还了解了与书相关的许多事情，这些书真是让我受益良多。我虽因资质鲁钝，后知后觉，而未能在学术上做出多少成绩，但是，至今对钱先生让我这个业余文史哲爱好者略窥读书门径，我总是满怀深深的感激之情。

2020.10.24

记杨绛先生二三事

对于“文化英雄”这个词，我们可以做两种解释，一种是有英雄气概的文化人，另一种是文化工作的模范。我觉得两种解释都适用于杨绛先生。关于前者，凡是读过《干校六记》《丙午丁未年纪事》和《从“掺沙子”到“流亡”》等纪实散文作品的人，都能够领略作者的英勇和坚韧；关于后者，看看她的那些剧本《称心如意》《弄真成假》《风絮》，小说《倒影集》《洗澡》，文论《春泥集》《关于小说》和译作《小癞子》《吉尔·布拉斯》《堂吉诃德》等精妙绝伦的精神产品，就完全可以认定是实至而名归。1998 年钱锺书先生去世后 16 年间，从 87 岁到 103 岁的杨绛先生，不但翻译了柏拉图以艰涩难懂著称的谈论灵魂的名著《斐多》，又有散文《我们仨》《走到人生边上》，更完成了《洗澡》的续篇。这些荦荦大者，已为世所公认，无须我再饶舌赘述。本文所记种种，仅限于闻见所及。如有不当之处，愿闻方家明教。

30 年前，在谈到傅雷先生时，杨绛先生说，傅雷很幸福，因为他娶得了朱梅馥那样的好妻子，“梅馥不仅是温柔的妻子、慈爱的母亲、沙龙里的漂亮夫人，不仅是非常能干的主妇，一身承担了大大小小、里里外外的杂务，让傅雷专心工作，她还是傅雷的秘书，为他做卡片，抄稿子，接待不速之客。傅雷如果没有这样的好后勤、好助手，他的工作至少也得打三四成折扣吧？”杨先生又何尝没有将这份幸福带给钱锺书先生呢？关于这一点，钱先生曾多次提到。散文集《写在人生边上》于 1941 年出版，当时，“作者远客内陆，由杨绛女士在上海收拾、挑选、编定这几篇散文，成为一集”。钱先生因此在本书卷首对杨先生表示感谢，并将这本书赠予她。小说集《人·兽·鬼》于 1946 年出版，钱先生在序中说：“此书稿本曾由杨绛女士在兵火仓皇中录副”，并再次志谢。《围城》于 1947 年出版，钱先生在序中说：“这本书整整写了两年。两年里忧乱伤生，屡想中止。由于杨绛女士不断的督促，替我挡了许多事，省出时间来，得以锱铢积累地写完。照例这本书该献给她。”杨先生事后回忆说：“有一次，我们同看我编写的话剧上演，回家后他说：‘我想写一部长篇小说！’我大高兴，催他快写。”为了省俭，“也不另觅女佣，只把她的工作自己兼任了。劈柴生火烧饭洗衣等等我是外行，经常给煤烟染成花脸，或熏得满眼是泪，或给滚油烫出泡来，或切破手指。可是我急切要看锺书写《围城》，做灶下婢也心甘情愿”。后来，钱先生著《宋诗选注》时，杨先生曾自告奋勇，愿充当白居易的“老妪”——也就是最低标准：凡是杨先生读不懂的，钱先生就得另外补充注释。“文革”中，家被“沙子”（造反派，时称“革命小将”）挤占，不得已借住办公室。钱先生要写《管锥编》，杨先生冒险回到家中，“两天没好生吃饭，却饱餐尘土”，从尘封的杂物堆中，清理出五大麻袋的笔记、资料。钱先生就是凭着这些，花三年时间，写定了《管锥编》前四册。钱先生一向不喜欢别人来祝寿，称所谓寿日，只是“受罪之日”；然而，拜寿者却逐年增加，数倍于前。钱先生实在应接不暇，只得躲避他室，访客全由杨先生挡驾劝退。几天下来，杨先生嘴上竟磨出了水泡。在新出版的《石语》卷首，钱先生又记下杨先生的功绩：“绛检得余旧稿，纸已破碎，病中为之粘衬。”可以说，钱先生已出版的著作中，都有杨先生付出的心血。

1993年3月至6月，钱先生突然病倒住院，杨先生虽已年高，仍悉心陪护，直到钱先生病愈回家。1994年7月，钱先生再次病倒，杨先生陪住，日夜不得休息。其时我正出访法国，两个月后我见到她时，人瘦了一圈，精神疲惫，甚至站立不稳，行走须扶墙。实在坚持不住，这才请了一位护理员替她值夜。从此时直到1998年12月钱先生去世，杨先生几乎每个白天都到医院陪同照料。由于医院饭菜不行，杨先生还要在家里为钱先生置办吃的。她将鱼或鸡去刺剔骨，捣成肉糜，辅以切碎的蔬菜，制成流食后亲自带到医院。每天午睡醒来后，钱先生就睁着眼睛，巴巴地等杨先生来。杨先生一到，就附在钱先生耳边，用轻软的吴语同他聊天，钱先生也用吴语，真是和谐而幸福。钱先生对我说话有时也用无锡家乡话，我听不懂时，杨先生就做翻译。1996 年底的一天，我去看望钱先生。我和杨先生分别坐在病床两边同他说话。突然，钱先生开始咳嗽，杨先生早有准备，轻轻地拍抚他的前胸。发现他是有痰了，杨先生熟练地把吸痰器的玻璃吸管插入他口中，开动机器，并不断调整玻璃管的位置，将痰吸出来；接着又在吸管上插上一段橡胶管，从鼻孔里插进去，直达气管，将那里的痰也吸出来。杨先生的动作犹如一个有经验的护士。钱先生头感到痒了，脑袋不安地扭来扭去，杨先生用手在他的头上缓缓地搔着，他舒服了，安静下来。这时，他伸出一支胳膊，杨先生立即握住他的手，好像是应一个习惯性的约会。看着这情景，我觉得太感动了。由于杨先生和医护人员的精心照拂，虽然是在病中，钱先生的精神还是愉快的，有一次他说："其实我不难受。"

女儿钱瑗教授重病住院后，杨先生肩上的担子更重了。除了照看钱先生，隔一段时间她就到另一家医院去看望女儿。医院在郊区，路远，又不好走，钱瑗怕妈妈太累，总不让她去。杨先生放心不下，就在钱瑗床头安了一部电话，母女俩每天用电话谈心。那以后，杨先生每天都要向钱先生报告女儿的情况。

1997 年 3 月，因医治无效，钱瑗病逝。白发人送黑发人，杨先生内心的痛苦可想而知，但是，她却对我说："我能亲自送走钱瑗，心就安了；要是我先走，丢下钱瑗，她就太可怜了。"杨先生没有克服不了的困难，她真是太坚强、太伟大了。她每天都要忍着巨大的心灵悲痛，费脑筋想好该对钱先生说些什么。钱先生聪明过人，没多久，他就猜出发生了什么事，也许是为了不让杨先生太难过，他谈话时再不提女儿。杨先生见瞒不住，也就把实情相告。两位老人心里都很难过，这时候也只能互相安慰了。

1998 年 12 月 19 日清晨，听着杨先生用无锡家乡话在他耳边所作的轻轻祝福，钱锺书先生静静地离开了这个世界。连续的悲痛没有击倒杨先生。她就像一位岿然屹立的将军，指挥若定，几经坚持，忠实地执行钱先生的遗嘱，没有举行任何仪式，没有摆放花篮、花圈，没有悬挂挽联、挽幛，也没有佩戴黑纱、白花，没有立碑，也没有保留骨灰，只率领几位亲友，默默地送走了钱先生。从钱先生去世到办完全部丧事，总共还不到六十个小时。回到家里，杨先生已经疲劳到了极限，但她没有倒下。她平静地说："锺书、我，还有女儿，我们商量好了，身后都不留骨灰。我按锺书的意愿送走了他，我完成了任务。锺书不喜欢人家哭他，所以，今天我没有哭。"听着这位大彻大悟者说话，我的眼泪就忍不住流下来了。

钱先生住院后，杨先生就开始为《钱锺书集》的出版奔走。

钱先生不喜欢出全集，但同意把一部分著作出版，称为《钱锺书集》。杨先生先同出版社谈，再和钱先生商量，又把钱先生的意见转告出版社；除此之外，还有种种的困难、问题，需要一一解决，真是费尽周折。过去，由于技术原因，《管锥编》和《谈艺录》的多次补订都只能附在书后，读者阅读时多有不便。杨先生组织力量解决了这个问题，使病中的钱先生感到十分欣慰。我们都遗憾钱先生没能写完长篇小说《百合心》，然而，杨先生说："锺书研究了一辈子外国文学，但是，研究成果并没有写定。他的稿子未完成，当然不能出版。这才是真正的遗憾。"几年下来，在杨先生的主持下，按钱先生的要求而编辑的《钱锺书集》终于出版了。

杨先生顾不上松一口气，她又开始为钱锺书先生的海量手稿中外文笔记的出版而奔忙。亲自主持整理、编目、联系出版社等就够忙的了，同时还要打官司，维护钱锺书先生的权益，103岁的杨绛先生，不仅是钱锺书著作的出版人，还是一位斗士。

钱锺书先生和杨绛先生共捐出稿费1000多万元，在他们的母校清华大学建立了"好读书"基金，用以资助贫困学生。而她自己却一直过着俭朴平实的生活。杨先生的处世态度达观而从容，认真而充实。对于年已百岁以上的老人来说，身体的柔弱是不待言的，但是，她的内心又是非常坚强的。现在，她的心情很平静。每天的主要事情仍然是读书、写作和翻译。她按自己的计划，日日坚持，完成了她必须要完成的事情。心有余力，她还打算为孩子们写点东西。每天晚上临睡前，她都要写一幅字——用毛笔抄录钱锺书先生的诗。既是寄托对钱先生的怀念，也是修心养性的日课。我看了那厚厚一摞纸，每张纸都那样整洁有致，每个字都那样认真工整。这种情景，真能净化人的心灵。我感到了一种震撼，情不自禁地要赞叹。见到杨绛先生，听她睿智、深刻又亲切的谈话，是一种难得的享受。每次去看望杨绛先生，她都拿出自己正在读的书，推荐给我。我回去认真读了这些书，受益匪浅。因此，我由衷地感谢她的指导。

我认为，杨绛先生确实是一位值得今人和后人崇拜的文化英雄。

2014.9.26

深切怀念饶公

今日凌晨子时，国学大师饶宗颐教授无疾西去，享年 101 岁。饶公字固庵，号选堂，博学卓识，于国学多有建树，在学界素享盛誉，与文化昆仑钱锺书先生并称为“北钱南饶”。

既有丰厚的家学渊源，又经远超常人的刻苦好学，终于使饶公成为在历史学、哲学、文学、经学、教育学、宗教学、艺术学等人文学科方面的通人和兼擅书画的大家。他是中国当代学人景仰的泰斗，也是世界汉学界公认的学术领袖。

既有世所罕见的学养，又有胸怀生民的悲悯情怀，饶公享有美誉。2010 年 8 月 8 日，我有幸与中外学者 500 余人云集莫高窟，为庆贺国学大师饶宗颐先生 95 华诞，推进敦煌学研究和国际学术交流，在此举行一系列纪念活动，如：“莫高余馥：饶宗颐敦煌书画艺术特展”、“莫高盛宴流华章”为饶宗颐先生祝寿晚宴、“庆贺饶宗颐先生95华诞敦煌学国际学术研讨会”等。当天出现了不幸的突发事件，在甘肃东南部的舟曲县发生严重的泥石流，身在甘肃敦煌的饶宗颐先生对灾区人民深表关切，为了支持灾区人民积极救灾，当晚，饶宗颐先生特将潮汕家乡给自己的寿礼160万元人民币，悉数捐献给了灾区人民。此举令我十分震撼和感动。

赖香港天地图书有限公司总编辑孙立川博士绍介，我于2002年与饶公结识，得以数次亲聆謦欬，并获赐墨宝，深以为幸。

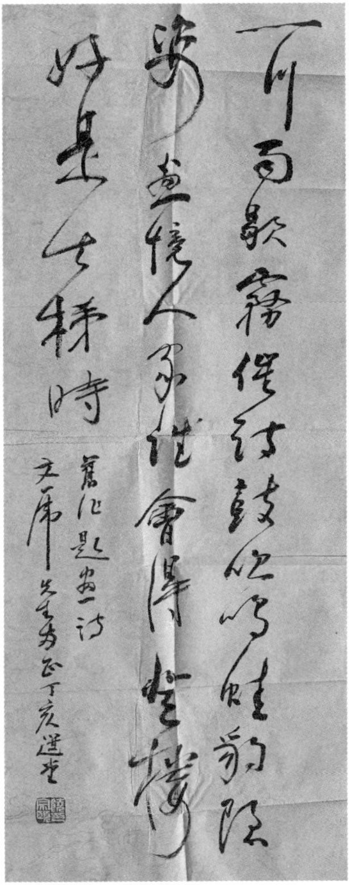

释文：
一川雨歇雾催诗，
鼓吹鸣蛙豹隐姿。
画境人家谁会得？
登楼好是去梯时。
旧作题画诗
文虎先生两正丁亥选堂

饶宗颐教授还给我的书房西山轩题了字，让我受宠若惊，感刻不已。

今日，世上遽逝饶宗颐，天界新添文曲星！

饶公，一路走好！

2018.2.6

11 年前，我请金庸大师军艺论剑

武侠小说的泰斗金庸先生于 2018 年 10 月 30 日仙逝，我和无数的读者一样，表示沉痛的哀悼和衷心的怀念。

我想起 16 年前，2002 年 7 月，我作为领队之一率解放军军乐团去香港参加回归五周年纪念活动。在参观“学艺双携——饶宗颐书画展”时，与金庸先生初次见面，即被他的才华和风度折服。

2005年，他曾给我题词：“亦文亦武，军中有艺。”后来，他曾答应我的请求来军艺演讲。

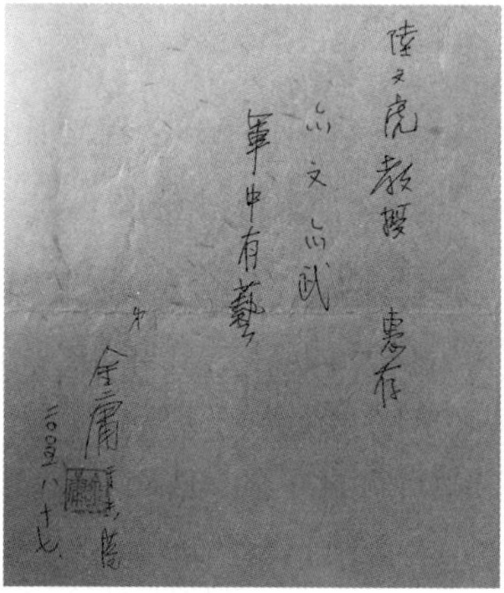

但是，他一直没来北京。直到11年前，2007年6月，我听说金庸先生要来北京大学参加会议，就赶紧写了封信，请香港天地图书公司总编辑孙立川先生转给金庸先生。信的全文如下：

尊敬的金庸先生：

与先生分别有年，时在念中。近从孙立川先生处获知您将于6月中旬来北京大学出席国学研讨会，无任喜庆忭跃之至。昔时先生曾慨允来解放军艺术学院演讲，因机缘不巧，迄今未克成办，后学一直翘首盼望中。今特修此函，郑重邀请您于6月17日下午2时30分莅临敝校演讲并与学生座谈，恳请拨冗出席为盼。

专此。敬颂

道安

解放军艺术学院院长　陆文虎

二〇〇七年六月六日

金庸先生收到信，马上表示同意。

6 月 17 日下午，金庸先生在孙立川先生等人的陪同下，如期而至。他先给学院题词：解放思想，武装头脑，建设文化。

他还亲笔题签，送给学院两部著作：《书剑恩仇录》和《鹿鼎记》，即他的第一部武侠小说和最后一部武侠小说，代表着他的全部作品。

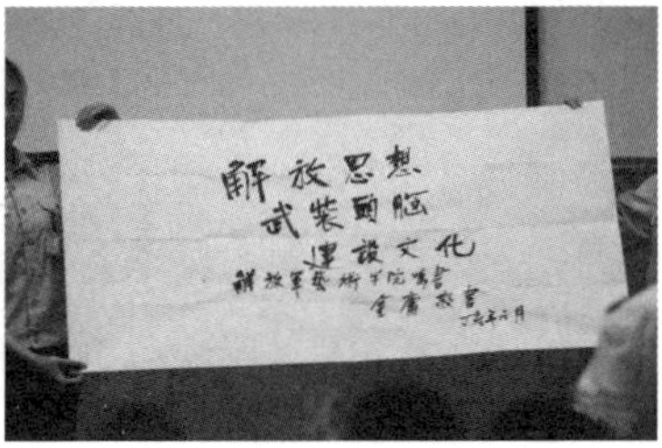

那天，我还邀请三位获得了茅盾文学奖的军艺毕业生莫言、柳建伟和徐贵祥到场。

我把春风满面的金庸先生引进会场，对在场师生说：每次邀请专家学者来学院演讲，我都要向大家做介绍，今天就没必要了。因为，有谁不知道金庸先生呢？时间宝贵，我说得越少越好。

金庸先生随即娓娓开讲：陆院长希望我到解放军艺术学院来讲一次话，我想，我很喜欢部队，但是解放军的部队我没来过，所以不太了解。看到各位精神勃勃地站在那里，我就很兴奋，很高兴。我刚才问陆院长，各位将来做什么工作。他说各位毕业之后，都会到部队去做宣传文化工作。所以，我今天向各位随便谈谈我的简单想法。

金庸先生给大家提了两点希望。他说：第一点，要勉励大家和勉励我自己的，就是要读书。你们现在还是刚参加部队，还是二十几岁，三十岁左右。最好是现在年轻的时候培养一种读书的爱好，到了年纪很大了，做老将军退休的时候，还是继续看书。喜欢读书，你的一生也不会寂寞，也不会觉得无聊。所以，第一点就是劝告各位培养爱好读书的兴趣，喜欢读书后，将来不管做什么事情，在前线打仗也好，在后方整军休息也好，或者将来年纪大了退休也好，总之，常常看书，不会觉得生活无聊。自己整个精神寄托在念书中间，也不觉得对名利太重视了。这是使一个人一生很快乐的一个很重要的因素。

第二点，我想讲，各位在创作上，最主要的就是要有自己的独立思想。想故事，想题材，要很新奇，不要老套。在部队写作很容易老套，要避免。因为一写老套，几百人、几千人都写这个老套题材，跟人家一样，就算是文字比人家稍好一点，也好不了多少，所以，你要写的内容要突出一点。外国人认为，全世界的故事，只有 36 种，不论写戏剧也好，写小说也好，你不管怎么样跳来跳去，总跳不出 36 种去，所以，写小说写出新奇的故事来很难。写小说的人要常常想到“情理之中，意料之外”，这两句话很重要。比如，写一个故事，或写一篇文章，写得合情合理的，人家看了之后，才会说“对对对，应该是这样发展的”。但如果你写得太合情合理了，什么东西就都老套了。中国的用兵之道，其实就是在“情理之中，意料之外”。敌人的统帅，他在想象你们会这样打，我就这样打，大致差不多，但是，我有小的地方变化一下，使他想不到。孙子兵法最重要的还是用奇兵，大概文艺创作也是这个道理。变化可以变化，但变化是要读者想象不到的，写武侠小说、写诗、写戏剧都是这个道理。如果你写的故事和人家一模一样，人家看了觉得有道理，那你的作品就不精彩了。要写人家想象不到的，但想象不到，太奇怪的，不合情合理的，就是乱讲了。所以，你得合情合理，在情理之中，又出乎意料之外。其他人都想象不到，你能想到这一点。我写作呢，不论写哪一段东西，我讲究在“情理之中，意料之外”。我们看外国电影，看中国电影，有发展很平的，突然一转折，侦探小说常常就是这样子，最后结果完全想象不到，原来如此。让人看了，就很满意。如果什么都在预料之中，看个头就知道尾，小说也不用看了。

“情理之中，意料之外”，正是金庸先生传授给大家的创作秘诀。关于怎样写得更好，金庸先生强调说：写文章，最重要的一点就是修改。人家请教鲁迅先生文章、小说怎么写。鲁迅先生指导人家一个要点就是，写小说怎么写都好，唯一的一个要点就是，写好放在那里，过一段时间再去看，觉得哪里不好，把它改掉。再不好，再修改，重新写也可以。改得越多，文章越好。如果改它五次，总是比改三次要好，改三次，比一次不改也好，改十次比改五次更好一点。朱自清先生是中国很有名的文章家，有人请教他写文章的秘诀，他说秘诀没有，就是修改，写完文章以后，再看一遍，尽量挑毛病，这一句不好，就千方百计把这一句改好，一次，两次，改到七八次，文章可能就比较好一点。各位写文章，第一，可以写得新奇一点。第二，文字要修改一下，尽量把不好的文章改到最好为止。修改文章，外国的大文豪也是这样子。俄国大文豪托尔斯泰写《战争与和平》的时候，就是反复修改，把稿子涂得一塌糊涂，世界上都没人认识，只有他太太知道他写的是什么字，就把它重新抄一遍。抄一遍之后，他又改，又把稿子改得一塌糊涂，他太太又把它抄一遍。后来，他太太不肯再抄了，就拿去付印了。实际上他觉得有些文章还是不好，还是要改的。我也同意这个讲法，就是不管好不好，自己修改一下，自己认为不好的把它改掉，文字一定会好一点。

我们应该怎样修改呢？金庸先生接着说：修改，就是要把外国文章改成中国文章。什么叫中国文章呢？就是我们中国话本来很好的，像《红楼梦》《水浒传》《三国演义》这些文章都很好的，但是现在一般写流行文章，一句话，明明是中国话，好像总喜欢把它改成外国的讲法。比如，向各位问好，向各位表示感谢，说成“请允许我向各位表示感谢”，这句话平常中国人不讲的。所以，要改成中国人讲的话，中国文章中国话，不要让人一看，就觉得这个话是外国人讲的，我们中国人不这样讲。外国话的字眼完全不要它，完全变成中国话。我写了小说之后，现在第三次修改，也改得不好。但是我相信，这些外国话的文章已经很少了。好像我们中国人说，你打了我一下，就是“打了一下”，现在很多现代的讲法是：我给人打了一下，被人打了一下，很痛啊。其实，中国话很少用被动语气的。所以，一篇现代文章写得非常欧化，非常美丽，其实我认为这种文章不好，不美丽。台湾人很喜欢写文章扭扭曲曲的，表示“我喜欢你”，却说成“我喜欢跟你接近”。

金庸先生非常精辟地解释了他小说中的“侠义”。他说：我写武侠小说写得很多了。其中真正的精神是“侠义”两个字，这是中国独有的，西方世界里不大有。所以，翻译过去，外国人不是很了解。人家问我，你写武侠小说的目标在哪里，我说武侠小说的主要宗旨就是提倡一种侠义的精神。各位在解放军部队工作，“解放”两个字本身就是一种侠义精神。解放人民，人民受到压迫，给人家束缚在那里不能动了，你去解开束缚，把他们放出来，这个就是一种侠义精神。我这个“侠”的定义就是“不是为了自己的利益而去帮助人家，解除人家的痛苦，使本来不公平的事情得到公平，这就是一种侠义精神”。所以，我写武侠小说还是提倡侠义精神，所谓“侠客”或者“大侠”，就是解除别人的痛苦，不是为了自己谋利益的，这种精神是很好的，是值得提倡的。在社会上，我很希望这种侠义精神比较普及，比较多。其实，小说里各个不同门派代表着侠义精神、侠义观点的不同。有些人会为了主持正义，主持公道，牺牲一切。有些门派有自私自利的目的，得到某种利益，或者是得到某种金钱、财富的报酬，这种为了自己的目的争权夺利，就不合乎侠义之道了。我写武侠小说里面提倡的侠义精神，跟各位投身部队，做解放人民的工作其实是一样的。

金庸先生还说：我小说里面写到音乐，把音乐拿来作为武器。常常喜欢把中国的琴、棋、书、画、音乐作为武功的一部分，其实还是喜欢把中国传统的艺术跟武功结合在一起，把音乐、书法或者绘画这些跟武功结合起来，还是宣扬中国文化的意思。《射雕英雄传》里有音乐，我写到欧阳锋弹筝，实际上是夸张的，实际生活中恐怕没有这种本领，音乐不可能去杀掉敌人的。我的意思就是一种艺术的本能化为武功也是可能的。有些人写字写得好，也可以用在剑法里边。所以说，就是把中国的传统文化和武功结合起来，把中国文化的传统的艺术和武术结合在一起的意思。

金庸先生叫大家不要学韦小宝，他说：韦小宝不是英雄，我最后一部《鹿鼎记》的确跟我以前的武侠小说性质有点不同了。《鹿鼎记》是对不合理的社会有些批评的意思，韦小宝代表中国的民族性当中的一种不好的行为，不好的思想。韦小宝是受鲁迅先生写《阿 Q 正传》的影响，想学他的。鲁迅先生写《阿 Q 正传》，就是描写中国人个性中有一种精神胜利，明明是输了，给人家打败了，他却说“我总算被儿子打了”。我觉得中国民族性中最坏的，精神胜利是其中之一了，其实还有很多。我写韦小宝有很多缺点，很大的一个缺点就是他吹牛。他本来不会的事情他吹牛，拍马屁，人家本来并不太好，他拍上司的马屁，贿赂上司，自己接受贿赂，干这种事情在不合理的社会中是很多的。所以，我写《鹿鼎记》，实际上就是描写一个不合理的社会。韦小宝这种不好的个性，在不合理的社会中是很多的，我们解放之后到现在当然比以前好得多了。但是，中华民族这些劣根性还是留下来了，每个人身上都还是有的，包括我自己在内，贪污腐化的这种因子还是有的，不是绝对没有。年轻朋友看《鹿鼎记》，不要学他，因为我写的这是一个坏人，这些坏人除了《鹿鼎记》，我在别的小说中也写过。像《笑傲江湖》中有一个伪君子岳不群，做的事情，讲的话，和他实际心里的想法是完全不同的，当然不是叫你去学岳不群，他表面上好像是一个正人君子，其实是一个坏蛋。我的小说着重描写某一种人的性格、个性。

金庸先生说：我写的小说里为什么有的人个性有缺陷，杨过有个手臂给人家斩掉了，小龙女受人家强暴了，都有缺点。这些我是故意写的。人生没有很完美的，每个人生下来总是有缺点的，有的人天资并不很聪明，有的人一下子残废了，这也是鼓励读者，并不是一个人有了缺点就是很悲哀的事情。有缺点没关系，你努力去克服它就是了。有的人觉得自己的相貌不美、不大好看，旁人觉得你非常好看也不一定。还有小说的改编，如果他把缺陷也改成很好了，我就觉得并不很好。《飞狐外传》中程灵素相貌不好看，但人品很好，内在美。我的意思就是说一个人相貌不好没关系，只要做个好人，人品好，人家还是会尊重你，是一个正面形象。但是电视剧改编的她变成一个美女了，什么缺点都没有，我就觉得不喜欢。什么都好的人世界上不多的，总是有缺陷的。有的人相貌不好，但内心很好，很努力地做出成绩，这种人还是很多的，很好的。你什么都好，又漂亮、又聪明、又能干，这种人世界上有，但是不多，我想也不是每个人都可以达到的。

金庸先生说：我讲“为国为民、侠之大者”是最高的标准，实际上普通人都做不到。有时在内地，有时在香港，人们见到我就很客气地叫我“查大侠”，这个“侠”字不大容易做到的。真正的“侠”是解放军，为了国家，为了人民，不惜牺牲自己的性命，这是最高的“侠”，最大的“侠”。所以，我说“为国为民，侠之大者”，这是很高的标准，不是每个人都可以达到的。这个“侠”字也不容易做到的，也不一定要做大侠，只要能主持公道，为社会做一点好事，小的侠义行为也是好的。做这个“侠”字是不是要做得很完美？刘备快死的时候，他讲：不因善小而不为，不因恶小而为之。他的儿子是普通人，要做大的好事也不会做，一些问题不懂，后来慢慢年纪大了，书读得多一点，想得多一点，就进步了。

金庸先生说：解放军同志喜欢看我的小说，说明我对部队有一点贡献。因为毛主席号召，写文章要给工农兵看。我自己认为，工人、农民、兵士真正喜欢看的还是我们这种完全中国化的、比较通俗的小说，而不是很高深的、很深刻的现实主义的新闻与作品。所以，我想，武侠小说大概也符合毛主席的号召。工农兵可以看得懂我们的小说，说明我们写得比较浅显。

金庸先生最后还讲到了电影、电视、小说和宣传品的区别。他说：我认为，小说如果有主题思想是写不好的，最好写小说是写真实的事情，自己放纵想象，尽可能把故事写得动人，人家喜欢看。主题先行，电影也不好看，电视也不好看，小说也不好看。各位写宣传品，宣传一个什么问题，当然要简单明了有力。但小说拿来作为宣传品，我觉得不是很好，小说最好能够不知不觉地感动人，使人家能够接受你的想法。要能够感动人家，不要说服人家。说服人家不是小说的功劳，说服人家是一种理性的思想。小说的目的是感动而不是说服。说服用其他的方式比较好。

金庸先生演讲结束，我发言对他表示感谢。我说：非常感谢金庸先生不辞劳苦，感谢他的精彩演讲，也非常感谢金庸先生对军艺的鼓励和期望。从今天热烈的现场气氛当中，我们可以感受到金庸先生的非凡魅力。作为金庸先生的读者，我们是非常幸运的，因为金庸先生是读者最多的中国当代作家，那么多读者，有多少人能有机会当面听他论剑呢？所以，我们很荣幸。金庸先生对军艺的发展很重视，对军艺的师生很关心，几年前就答应来军艺讲学，只是这几年他都没有到北京来，所以我们一直等到今天，才实现了这个愿望。金庸先生的作品讲述了许多波澜壮阔的故事，塑造了许多可歌可泣的英雄人物，使我们非常着迷。金庸先生说过，自己是一个很有毅力的人，锲而不舍，在困难面前从不后退。他喜欢下苦功夫，不求速成。他 81 岁上剑桥大学攻读博士学位，他说不是为了学位，而是为了学问。这些话，使我们非常敬佩，非常感动。军艺是为部队培养文化艺术人才的，同学们毕业后将要从事军队文艺的创作或演出，这些工作和金庸先生创造的文学世界是相通的，让我们努力向前辈大师学习，现在努力学习，将来多做贡献。请老师和同学们再一次热烈鼓掌，对金庸先生表示衷心的感谢！

2018.11.8

军事文学繁茂的背后

——关于白羽老人的一点回忆

著名作家刘白羽老人走了。他的一生是干革命的一生，是为文学的一生，对于革命，对于文学，他真正做到了鞠躬尽瘁，死而后已。那天上午，当我赶到301医院，看着医生在用最好的药、尽最大的力对他进行抢救，而他却毫无知觉，一动不动时，不禁悲从中来。虽然白羽老人的身体状况一直不很好，但是始终保持着一种旺盛的生命力，若不是前一天摔了一跤，引致脑动脉血管破裂，是断不会有生命之虞的。想起上次见面时，他还兴致勃勃地说起，到90岁时要开个总结自己文学道路的会。曾几何时，他就离我们而去了，现实残酷得令人无法接受。

余生也晚，接触白羽老人也迟，但是，他的风度、睿智和远见卓识，以及对中国军事文学的贡献，给我留下了不可磨灭的印象。1982年，我在厦门大学刚刚取得文学硕士学位，因总政文化部要成立文艺理论研究处，就奉调到了北京，在白羽部长的领导下工作。此前，南方正有战事，在白羽部长的倡导下，一批军队作家到了前线，创作出了极出色的战争题材文学新作品。白羽部长非常敏锐地看出了军事文学振兴的可能和途径。他设想了中国军事文学的第三次浪潮，并身体力行，通过一系列重大动作，推波助澜，终于使第三次浪潮由可能成为现实。那时，他极为兴奋，积极行动起来，从 1982 年至 1984 年，两年多的时间里，赶着做了许多影响及于今日的大事。每件事都由他本人提议并组织详加论证，然后亲自跑上跑下，直到办成。其荦荦大者有：第一件，为军事文学建立新阵地——在解放军文艺社创办大型军事文学双月刊《昆仑》。第二件，为军事文学进行新动员——召开全国军事文学创作座谈会，会后党中央以中共中央文件的形式向全国转发了由解放军总政治部、中国作家协会联名报告的创作座谈会情况。这件事在中国当代文学史上恐怕也算得上空前绝后了。第三件，为军事文学的百花齐放建立新机制——在总政治部设立“中国人民解放军文艺奖”。第四件，为军事文学培养新人才——在解放军艺术学院创办文学系。第五件，为军事文学理论批评的发展创造新条件——在总政文化部增编文艺理论研究处。第六件，为军事文学的繁荣开拓新途径——以“总政治部命令”方式，召集全军 20 名富有潜力的中青年作家，把他们派到南线战地。两个月后，我和范咏戈、佘开国陪同他和李瑛到前线检查。当时他已年近七旬，但是情绪高昂。他全然不听张铚秀司令员的劝告，不顾个人安危，坚持到了第一线，又进堑壕，又钻猫耳洞，表现出久经沙场的将军本色。他同20名作家逐个讨论创作构想，给他们出点子、想办法，与他们交流战地体会，鼓励、帮助他们写出好作品。

上述这六件大事，要办成一件都很不容易。但是，凭着他对文学的痴迷和热情、凭着他著名作家的影响力、凭着他高尚的人格魅力，在极为尊重他并且极为关心军事文学发展的总政领导的大力支持下，白羽部长都办到了。很快，这些新举措就都有了回报：《昆仑》杂志陆续推出了朱苏进的《射天狼》等大量优秀作品，其分量、质量都达到了惊人的程度，在全国引起阵阵轰动。“中国人民解放军文艺奖”肯定和鼓励了大量的新人新作，作为一种激励机制，有效地促进了军事文学的繁荣。著名作家徐怀中出任解放军艺术学院文学系首任主任，培养出了李存葆、莫言、钱钢、王海鸰、江奇涛、徐贵祥、柳建伟、石钟山等一大批作家，活跃在中国文坛上，形成了令人瞩目的“军艺作家群”。令白羽老人欣喜的是，本届茅盾文学奖的 5 名获奖者中，竟有 2 名是解放军艺术学院文学系的毕业生。到南线战地生活、采访的作家们写出了许多辉煌的作品，例如韩静霆的《凯旋在子夜》、江奇涛的《雷场相思树》、王中才的《最后的堑壕》，等等。这段战场生活给作家们留下了极为深刻的印象，有的作家多年后还在写当日的故事。这些事情，当时身处其中，好像不过是组织了一些活动，并没有什么特别的感觉，今日回顾起来，才看出其一桩一件都对军事文学有着极端重要而深远的意义。

白羽老人对文学特别钟爱，也有独特、深刻的见解，但是他总是鼓励我们多读书、多想问题，并且很注意倾听年轻人的意见。有一次，大概从南线战场回京半年左右，我陪他下部队调研。得空时，我们常常谈到部队文化工作和创作问题。有一天他说，军事文学要进一步发展，接下来就要解决理论问题，只有理论上有了新突破，创作上才能有新的进展。他问我有什么见解。我说，军事文学的主题不会有问题，部队作家也都很注意深入生活，现在应当抓抓艺术质量。有两点值得注意，一是要对军事文学做美学上的定位。宗白华说过，中国人的审美倾向在于壮美。军事文学的艺术魅力就在于崇高与壮美。二是军事文学要有更广阔的道路。中国丰富浩瀚的战争生活需要史诗式的作品来反映，在雄伟的史诗中表现悲剧美，能够使之更加凝重、感人。当然，这并不是要求所有的作品都成为史诗，也不是要求所有的作品都来写悲剧。白羽老人听了，深以为然，并说自己非常喜欢史诗和悲剧，在美学上也非常推重崇高和壮美，军事文学应当具有这样的样式和品格。后来，他曾对这两点进行过多次阐发。

白羽老人是一位坚定的革命者。在几十年的革命生涯中，他无论何时何地，都以个人利益服从于革命利益，无论怎样身处逆境，都不坠青云之志，从来没有动摇过。他也是一位真正的作家。早在 20 世纪 30 年代，他的文学创作就很注重反映社会问题，具有粗犷、雄壮的格调和浪漫主义色彩。自从 1938 年投身革命后，他总是朝乾夕惕，所有的文学作品都是在业余时间写成的。他是一位富有深刻历史感、敏锐生活洞察力和多方面艺术才能的作家。在他的文学创作中，总是跳动着时代的脉搏，充满了强烈的战斗气息，洋溢着火热的革命激情。无论是戎马倥偬的战争岁月还是政务繁忙的和平年代，都不能阻挡他那诗一般语言的喷发和流淌。直到 20 世纪 80 年代中期，以古稀之年从领导岗位上退下来，他才非常忻喜地成为一位专业作家。从此，白羽老人的创作进入新的优质高产期，他的长篇小说《第二个太阳》荣获茅盾文学奖，就是文学界给予他的最高褒奖。后来，他又在同病魔做斗争的同时，以惊人的毅力，每天几百字，终于陆续完成了几部重要著作。令人惊奇的是，其中的长篇小说《风风雨雨太平洋》和长约 90 万字的长篇散文《心灵的历程》，竟然吸纳现代主义表现手法，使文风为之一变。白羽老人不仅为推动军事文学鼓与呼，而且还身体力行，亲自创作，这种精神，弥足珍贵。

我们不会忘记军事文学在 20 世纪末的繁茂，我们更不会忘记白羽老人为促成这种局面而付出的大量心血，不会忘记他的重大历史性贡献。

2005.8.31

深切怀念胡可老院长

我的老首长，总政文化部老副部长、解放军艺术学院老院长胡可先生走了。

2019 年 12 月 10 日上午，著名戏剧家胡可先生的老战友、老部下以及文艺界的老朋友，国防大学军事文化学院（其前身是解放军艺术学院）的师生等，共数百人，冒着严寒和重度雾霾，赶到八宝山参加他的遗体告别仪式。我对朋友们说，胡可先生是我军最有理论修养、既会表演又能创作还能批评的优秀戏剧家，也是最谦恭好学、活到老学到老的饱学之士；他是为战斗而生、在战斗里成长的艺术家，也是生命不息、战斗不止的战士；他是最亲切温厚、有君子之风的领导干部，也是最严于律己、宽以待人的长者；他是最遵守纪律、服从命令的模范，更是实事求是、思想解放的创新者。

我有幸曾在他的领导下工作。1982 年，我从福州军区空军调到总政文化部工作。当时胡可先生还在副部长任上，第二年他就到解放军艺术学院当院长了。据我所知，胡可先生 1978 年起担任副部长，部长是著名作家刘白羽，部里的常务工作由胡可副部长负责。部队文化工作涵盖面广，从中央、国家层面一直到连队战士的日常生活；从制定政策到实际操作、组织活动；从理论研究到具体实践；从专业的文艺创作、电影生产、体育竞赛，到连队基层的业余文化活动……既宏观又细小，既专业又广泛，所有的事情，都要管，他们忙碌的情况可想而知。

胡可先生任解放军艺术学院院长后，有一次我们一起出国，朝夕相处的 14 天，给我留下了深刻印象。那是 1990 年，经中央军委、国务院批准，中国作家协会派出部队作家代表团访问苏联。胡可先生以中国作协军事文学委员会委员的身份担任团长，我和韩静霆、王石祥、刘宪平等人为团员。

我们到苏联后，住在莫斯科的苏联国防部宾馆。我们参观了许多博物馆、文化名人纪念馆，参观了康捷米尔近卫坦克师、列宁格勒摩托射击团、第 339 摩托化步兵团。先后同苏联作家协会的领导、苏联军队作家、苏军官兵座谈，我们也曾得到苏联国防部长亚佐夫元帅等军方高层的几次会见。每一次活动，胡可团长都要发表非常重要的讲话，每一次都应对自如，不卑不亢，亲切友好。胡可先生理论水平高，政治观念强，所有发言，都事先认真准备，力求有条有理，表达得体准确。即使这样，开会前一天晚上，他都要把第二天要讲的内容先讲一遍，让大家给他把关；在当天晚上还要开一次会，看看白天所讲有无不妥之处。他那种认真严谨、滴水不漏的作风，让全团所有人感动。

胡可先生是最认真负责的人。他参加的每次活动，无论是中国戏剧家协会组织的，还是我所在的总政艺术局或解放军艺术学院组织的，他都事先认真写好发言稿，从来没有一次信口开河，随便发言的。与会者都十分佩服他的真知灼见和谨严态度。

胡可先生是最虚怀若谷的人。离休之后，他笔耕不辍，写了不少书，常常把成书寄赠我阅存，有时甚至把书稿拿给我征求意见，让我受宠若惊。看着他的书，无论是回忆军旅生涯或创作历程的，还是阐释戏剧理论或总结创作体会的，都津津凿凿，言之有物，令我受教良多。

在八宝山，我不由得回忆起与胡可先生在一起时的种种旧事。他的音容笑貌宛若仍在目前，我感到他并没有离开我们。无论是在总政文化部时作为他的部下，还是在解放军艺术学院时作为他事业的后来人，我都对胡可先生满怀敬意。他是一个纯粹、严谨、臻于完美的仁人。据《论语》记载，樊迟问什么是“仁”，孔子回答说：“爱人。”孟子更明确地说：“仁者爱人，有礼者敬人。爱人者，人恒爱之；敬人者，人恒敬之。”

胡可先生从来尊重他人，永远与人为善。因此，他受到普遍的尊崇和持久的敬重。我永远不会忘记他做人的襟怀坦荡、真诚恳切，做事的孜孜矻矻、死而后已。他永远是我衷心景仰的榜样。

2019.12.12

斯人真妙人
——忆王仁杰先生

“斯人真妙人”是宋末元初的文学批评家、诗人刘壎的诗句。想起这句诗，不仅是觉得仁杰兄当得起“斯人真妙人”，而且是因为“戏曲”一词就是刘壎首创的，因此借来形容戏曲人仁杰兄是再恰当不过了。

何为“妙人”？我以为，像仁杰兄那样，学养丰赡又特立独行、诚悃待人又睿智有趣，就是一位妙人。他是凡人，却不同于一般人，是有侠客之义的文士。他可以在今世和古代两个时代随性穿越行走，可以在新时代读古书，从古书里找今人，可以在世界大戏台和戏台小世界两个场景中自由跳入跳出。他既是孔子所谓“有三畏：畏天命，畏大人，畏圣人之言”的谦谦君子，又是恣露胸臆、奇傲纵诞的不羁名士。

说到此，我又想起金圣叹批《水浒传》时，对他喜欢的人物常常冠以“妙人”之名，例如，在第60回，写燕青的出场，一连批了5次“妙人”还嫌不够，又极而言之批道：“绝世妙人，绝世妙语，绝世妙事，绝世妙文。”我听仁杰兄高谈阔论、看他的戏、读他的《三畏斋剧稿》时，都能想起这个“妙”字来。斯人真妙人，我能交妙人，听妙语，看妙戏，读妙文，实乃人生一大幸事。

我对仁杰兄钦敬有加。2007年3月，我在解放军艺术学院当院长，趁他来北京参加全国政协会议的机会，邀请他到我院给师生开讲座，介绍他的创作经验。那一年，我邀请来的大家还有金庸、贾平凹、王安忆、张平、濮存昕、丁荫南等人，皆为一时之选。

那天的讲座由我主持，我给大家简单介绍后，仁杰兄开始了两个半小时的讲座。

他详细地介绍了《董生与李氏》的创作过程。这个戏改编自山东作家尤凤伟的一篇反映当代农村生活的小说《乌鸦》。作品描写一位大队的支部书记，年纪比较大了，娶了一个年轻漂亮的老婆。这个支部书记生病临终之前，一直担心老婆将来会背叛他，会越轨。想来想去，最后想出了一个自己很得意的办法。村里有个最穷的农民，欠了大队20块钱，一直还不起。他把这个人找来，说可以免除债务，而且当场烧掉了字据，要求此人帮他监视老婆，每月到他坟前报告。农民答应了。天天尽职尽责，终于监守自盗，发生了很多故事，最后，坟堆里飞出几只乌鸦，寡妇自杀了。这个故事令仁杰兄眼前一亮，他觉得这是一个很好的戏曲素材，但是不能改编为现代戏，因为通不过审查；如果改编为古装戏，会非常精彩。

于是，他做了一次创造性转换。首先，让时光倒退几百年，于是获得了创作的自由。一个本是现代人的故事由古代人来表现了。仁杰兄看过大量野史、笔记，很快，一个老秀才、私塾先生、老鳏夫的形象就出来了。这个董生叫董四畏，畏天命、畏大人、畏圣人之言，再加上畏女人。有了董生，就有了相应的李氏。支部书记变成有钱的彭员外。梅香是丑扮的老丫鬟，按彩旦表演。两个小鬼完全用来插科打诨，两个书童用来陪衬董生。一路搬演腾挪，最后坟前舌争，董生冲冠一怒为红颜，悲剧已经彻底变成了喜剧。故事入情入理，人物各个鲜明，台词句句精彩，结局耐人寻味。

王安石题张籍诗云：“苏州司业诗名老，乐府皆言妙入神。看似寻常最奇崛，成如容易却艰辛。”仁杰兄从小说《乌鸦》里只取了八个字：临终嘱托，监守自盗。其他一切，包括情节、场景、人物、心理、诗词，都是重新创作的。《董生与李氏》是仁杰兄的代表性作品之一。

仁杰兄有个本事，就是写什么像什么。无论京昆还是梨园，或是歌剧还是话剧，都写得十分地道，以至于竟有观众把他的原创作品当成是改编的传统剧目。

讲完《董生与李氏》的创作过程后，仁杰兄还大略地介绍了自己的其他作品，由于篇幅限制，此处不能详述。我只记下他的几点体会，都是极富启发性的。第一，对于传统戏曲，首先要继承，先保留下来，再研究创新。满台电光声色，没有细腻表演，就不是戏曲，最多算是戏曲歌舞晚会。他批评说，有一台京剧，上台150人，灯光道具好几车，不仅糟蹋了国家的钱，实际上还糟蹋了戏曲。第二，现在戏曲很衰微，它的前途就是回到本体。话剧加唱是在毁戏曲。戏曲演员不动脑子，只听导演摆布，就不可能再出大师了。第三，必须好好掌握史料，从中能找到很多跟别人不一样的人物、情节和细节。要回到真实的历史，独立思考地掌握题材，分析人物、把握人物、描写人物，那么就会发现古代生活中也有非常温馨的东西。第四，不在作品中批判什么，表彰什么，只是写人性、写爱情、写人类最深沉的心灵痛苦，有时只是一声叹息，就能引发共鸣，成为千年一叹。第五，要惜墨如金。仁杰兄用毛笔写剧，思考构思的多，落在纸上的少。把必须写的写下来，每个字都细细斟酌，能省的笔墨就省掉。

仁杰兄的普通话说得不太好，但他准备得很认真，讲的都是创作的心得、艺术的秘诀，都是干货、金针，师生们听得十分受用。在交流互动环节，仁杰兄更是保持长者风范，应答迅捷，游刃有余，语带机锋，耐人寻味。

仁杰兄走了。这几天，我眼前还总是他那副才高八斗、义薄云天的样子，还是那副清高而不孤傲、虐谑而无伤大雅的样子。仁杰兄为戏曲而生，为戏曲而活，他把戏曲视为自己的生命，毕生都在为捍卫和弘扬中华文化而奋斗。他是一位值得我永远怀念的良师益友。

2020.6.12

致敬曲培兰

【按】2006年3月8日，应《光明日报》编辑罗京生先生之邀，我写了一篇回忆曲培兰的文章，题目是《极限曲培兰》，发表在该报《我喜爱的体育人》栏目。出我意料之外的是，远在大洋彼岸的曲培兰竟然很快读到这篇小文章，她非常激动，给《光明日报》写信回忆当年的情景。《光明日报》在当年4月17日发表了她的来信。十几年过去了，不知曲培兰近况如何？2019年8月1日，听友人谈及致敬体育人的话题，我想起这件事，特将两篇旧文翻出来，在“五读”公众号发表，供友人阅读。微信真是神奇，当日，曲培兰的亲戚就转发给正在美国的她看了，接着她就发来了感谢的微信。

极限曲培兰

虽然已经是40多年前的旧事了，但是，我记忆犹新，一切恍如昨日。

那时，我还是北京101中学的一名学生。有一天，我们听说国家女排要来学校作训练表演，老师和同学们都异常兴奋，大家早早地就来到运动场，上千人把那里围了个水泄不通。我们听说当时的日本女排有个教练叫大松博文，用超强度的魔鬼训练法把日本女排训练成了奥运冠军。中国女排今天就是要表演类似日本魔鬼训练法的极限训练。那时候，日本女排在训练中创造了连续滚翻救球400多次的世界纪录。为了赶上和战胜日本女排，国家女排决心先要在训练中超过她们。虽说是表演，却没有降低一丁点儿难度，实际上是一场真正的“极限”训练。接受训练的运动员名叫曲培兰，我至今也不知道她是国家女排随机指定的，还是专门挑选出来的最优秀运动员。穿着一身红色运动服的曲培兰出场了。两名男教练负责扣球，一个累了换另一个，两人轮流休息。每一个球扣下来，曲培兰就一个箭步扑上去把球救起来，接着做一次滚翻；刚爬起来，第二个球又扣下来，她又扑上去救第二个球。动作潇洒、轻松愉快、全无失误地滚翻几十次后，曲培兰开始出汗，脸也红了。连续滚翻100多次后，她的脸开始发白，救球的动作也渐失潇洒，可以看出已经很疲劳了。滚翻200多次后，曲培兰的体力逐渐不支，有时，球救起来了，人却爬不起来。滚翻 300 多次后，她已达到极限，每一次扑救似乎都要用尽全身力气，但是，她总是能够站起身来，迅速凝聚新的力量去迎接下一个扣球。滚翻 400 多次后，曲培兰好像完全变了一个人，球衣破了，球裤也破了；胳膊肘破了，膝盖也破了；衣服湿了，头发也湿了；身上脏了，脸上也脏了；看不清她的手，想必早已伤痕累累；她已经极度疲劳。她机械地滚翻、站起来，再滚翻、再站起来，却始终没有倒下。两名男教练在每人经过 200 多次的大力扣球后也已精疲力尽，同时，看到曲培兰每一次都拼尽全力的情景，他们实在不忍心再继续扣下去。眼看训练无法继续下去，国家女排只好换了一位女教练。女教练眼里噙着泪水开始扣球，一个，又一个。曲培兰用快散架的身体坚持滚翻，又挣扎着站起来，就像是一个不知道屈服、也不知道疲劳的机器人。看着看着，每个人都被感动了，许多女同学哭了，男同学则攥紧拳头好像在施以援手。全场人声鼎沸，齐声计数，呐喊声发送着无穷的力量。超过日本女排创下的世界纪录了，曲培兰并没有停下来，她艰难地继续滚翻扑救，一个又一个砸下来的球被救起来。终于，曲培兰做了第 500 次滚翻，第 500 个球被救起来了。全场欢呼，曲培兰松了一口气，她创造了新的世界纪录，结束了当天的训练。很显然，曲培兰的力气早已消耗殆尽，驱动她完成每一次滚翻救球动作的完全是意志、是精神。精神向体能发出挑战，并且取得了胜利。今日观之，“极限”训练未必科学，未必必要，但在当时，确是制胜的不二法门。在现场，所有的人都热血沸腾，所有的人都忘我欢呼。我们和曲培兰之间产生了一种完美的互动：我们的呐喊在那一刻鼓舞了曲培兰，曲培兰的壮举则激励了我们一生。此后几十年里，一直没有机会问问曲培兰当时的感受。但我想，那时她一定不会像许多电影中人物那样，想说大话，想喊口号；她应该是只有一个信念，那就是：坚持。1981 年 11 月 16 日，中国女排战胜日本队，夺得世界杯冠军，举国欢腾。当时，我正在厦门大学读研究生，业师郑海夫教授谓："前人云，一事能狂便少年。你缘何不喜极而狂？"我回答："已狂过了。"便给他讲了曲培兰的"极限"训练故事，郑老听后唏嘘赞叹不已。后来，我曾与排球名将陈招娣成为同事，我们谈到曲培兰时，她也对前辈极表崇敬。

少年时期的这次心灵震撼，使我受益匪浅。在漫长的人生之路上，我也曾身处逆境，在长期的军旅生涯中，我也曾遭遇过生命危险，但是，极限曲培兰总是鼓舞着我。我深知，世界上没有过不去的难关，坚持就是胜利。

（原载《光明日报》2006.3.8）

【附录】曲培兰：《挑战极限　激情岁月》

3 月 8 日刊登了解放军艺术学院院长陆文虎的《极限曲培兰》一文后，收到曲培兰本人的来信，曲培兰在来信中回忆了当年中国女排坚持大运动量训练的情景和她本人创造极限滚翻救球 500 次的经过。为便于读者了解中国女排是如何从 20 世纪 60 年代初奋发向上并在 80 年代初登上世界顶峰的，我们特将来信刊出，以飨读者。——《光明日报》编者

我充满激情地读完陆文虎先生的《极限曲培兰》一文，心中久久不能平静，文章把我带回到 40 多年前中国女排队员和"魔鬼大松"一起训练的艰难而激情的岁月。

1964 年 11 月，大松博文教练率领的日本女排贝冢队，在获得第 18 届奥运会冠军后应邀访华，在中国进行了 8 场比赛。当时敬爱的周总理非常关注中国排球事业的发展，11 月 23 日，他与贺龙、陈毅副总理一同观看了中日女排第一场比赛及赛后的共同训练，并对我们作了重要指示：赶超日本，攀登世界高峰。贺老总也指示说，三大球要翻身。

我作为当时国家女排的一员，参加了与贝冢队的比赛，我们均以 0∶3 的大比分差距告负。日本女排在比赛中表现出高超娴熟的技战术和顽强拼搏的意志，特别是 7 号队员连续完成 400 多个滚翻防守的世界纪录，给我们极大的震撼，从那时起我们对排球运动的规律和训练有了全新的认识。

中日比赛后，为了向世界水平冲击，全国体工会提出"三从一大"（从难、从严、从实战出发和大运动量）的训练方针，排球界掀起了学习"魔鬼大松"的训练高潮，我们每天每堂训

练课都向极限挑战，向日本女排的各项纪录挑战。

1965 年 4 月的一天，我们到北京 101 中学进行训练表演。上汽车后，教练宣布说："今天曲培兰做极限滚翻训练，冲击日本滚翻防守纪录。"听了教练的安排，一路上我只想拼了，因为这是女排集体赋予我的使命！

一进 101 中学，我们惊呆了，整个操场上挤满了上千名热烈欢呼的师生，而更考验我们的是训练将在操场中间的"三合土"排球场地进行，我们从来没有在这样的场地上进行过训练。"三合土"场地坚硬，没有弹性，不能滑动，非常容易受伤，但当时我们一心只想完成这次冲击。面对如此热情的师生们，我们也热血沸腾。在全队各项集体防守训练出色完成后，队友们又给我加戴上了一副新护膝，我开始了单人极限滚翻防守训练。从第一个滚翻防守动作开始，师生们的欢呼声和队友们的加油声就交织在一起，场面极其壮观。我扑倒爬起再扑倒，全力拼救每一个球，师生们为我计数，300、355、396……我已经达到极限，每一次爬起来都要用尽浑身力气，但是全场师生们的呐喊和计数声支持着我，400、449、450，已经超过日本人的纪录了，498、499、500，全场欢声雷动，我终于创造了极限滚翻防守的新纪录。当时现场的气氛正像陆先生描述的那样，同学们与我之间产生一种完美的互动，"一个人的斗志唤起千百人的呼喊声，而千百人的呼喊声又激发出一个人的斗志"。训练表演结束后，我全身已伤痕累累，手、臂、膝、腿都摔破了，脱下已经全都磨烂的两层护膝，漏出了血肉模糊的膝盖。虽然疼痛钻心，但激情使我忘记伤痛和疲劳。我为我能坚持到胜利感到欣慰。

经过大运动量训练和学习日本等世界强队的经验，我们逐步摸索总结出一套具有中国特点的先进战术，全队的实力有了大幅度的提升。1965 年 6 月我们出访欧洲、南美，分别战胜了德国、捷克、古巴等世界强队，仅输给苏联队。从当时的战绩看，中国女排已经具备了在世界大赛中争夺奖牌的实力。1966 年 4 月，我们在广州集训，备战在日本举行的第 5 届世界锦标赛，大家斗志昂扬，准备在世锦赛上冲击奖牌。可是就在我们将要出发的前一天，北京来电“速回京”。1966 年春开始的“文化大革命”让我们失去了为国争光的机会，也给我们那一代女排队员们留下永远的遗憾。

1981 年，新一代中国女排经过艰苦奋斗、顽强拼搏，终于夺得第一个世界冠军，并取得五连冠的骄人战绩，也圆了我们几代排球人的世界冠军梦。我们虽然没能亲身参加世界大赛，没能在赛场上升国旗、奏国歌，但是我们曾经努力过，拼搏过，我们内心无愧于祖国和人民。

感谢当年北京 101 中学的师生，他们鼓舞和支持我创造了 500 次极限滚翻防守的纪录。这段历史将会伴随我一生。

（原载《光明日报》2006.4.17）

五人读书或好书读五遍

——“五读”公众号开场白

昔与三友游海之滨，见一处村落静谧别致，喜不自胜，各选得一隅世外书房。史君振中披荆斩棘，开辟三径，因自命为“三径庐”；孙君立川眼界开阔，胸中自有东西海，遂得“两海轩”；曾君利明游五洲地，读跨界书，众曰必用“四明斋”；于君吉阳虽孤悬蓬莱，心交神通之外，亦有五朋相聚之时，故有“五朋馆”；余自知学殖谫陋，乃取“一子厂”为名，盖因“厂”字之音、义与“庵”同而笔画简省。五友各居东西南北中之一方，五朋馆主人居山之东，为东君；一子厂主人籍河之西，为西君；两海轩主人常客岭南，为南君；四明斋主人世居北京，为北君；三径庐主人坐镇中军大营，为中君。

“五读”者，五友读书也。五位读者，五十年君子之交，亦大可推心置腹也。五十年前初识并订交于南国，半个世纪后在北地结伴读书，始于钱默存先生所谓“荒江野老两三人之事”有所领悟。虽白云苍狗，唯初衷不改。五人皆散淡之人，早无功利之心，读书只凭兴之所至，故某书千万言不以为长，某文寥寥数语不以为短。吾人以为读书无禁区，故天下之书，无所不读。且天地可读，古今可读，人生可读，人心可读，寓目之物，皆为大书，无不可读。

吾人读书，幸蒙当世鸿儒指点迷津，又承上庠宿师耳提面命，兼与并时才彦切磋琢磨，或刻意爬梳、精研细读，或走马观花、不求甚解，毕竟书中有道，开卷有益。日日读书，其乐何如；时时交流，其快何如！

读书只图欢喜，潜心享受。因此，断烂朝报、矫饰嚼蜡之作，弃之可也；启智稽疑、完善心智之书，不妨细读五遍。

读书有如吃饭，乃延续生命之日课；读书更是呼吸，因维持思维而须臾不可或缺。因此故，吾人不计晨昏子午，无分行立坐卧，时常手不释卷，甚或沉浸于青灯黄卷，不知东方之既白。

古时诵读，长停为句，短顿为读，即今之逗号也。“五读”者，五个逗号也，以示书籍尚未读完，同学仍需努力。

2018.10.9

《中国当代军事文学作品选》（英文版）序言

中国当代军事文学的历史，可以追溯到 1949 年中华人民共和国成立。它大致分为两个阶段。

第一个阶段是从1949年到1976年的27年，其中被称为“文化大革命”的 10 年（1966 年—1976 年）一般被忽略，因为在这一时期，中国的文艺和文学创作受到一种虚无主义的影响，除了极少数被特许，几乎一切文学作品都在禁绝之列。从 1949 年到 1966 年的所谓“前 17 年”间，中国的军事文学作家们仿照名著，创作了大量的军事/战争题材的浪漫主义作品，包括长篇、中篇和短篇小说。这些作品大体上都是生动的、描写性的，能给一般读者，特别是青少年读者以极大的娱乐和某种程度的人生观教育。它们总是被要求发挥积极的政治宣传作用。事实上，从单纯的审美标准来看，一般认为这些作品的艺术价值是不怎么高的。当然也有例外，如石言的《柳堡的故事》、徐怀中的《无情的情人》等，但都作为另类而受到过批判。

第二个阶段是从1976年“四人帮”倒台开始的，这是中国的一件大事，一直持续到现在（1988年）。一个新时期开始了。由此迎来了中国的文艺复兴。军事文学的作家们感受到了一种从未有过的思想解放的欢欣：许多老作家重新燃起了创作的激情，而年轻的作家也奋勇争先。他们的努力得到了回报，军事文学园地迅速蓬勃发展。尽管如此，直到1980年初，徐怀中的《西线轶事》出现后，军事文学的真正转折点才开始出现。《西线轶事》彻底终结了中国文坛曾经盛行的庸俗英雄主义的模式和矫揉造作的风气。因此，这本书中的描写，正是以细腻而不拘一格的笔触，展现了作者在文学创作上的非凡成就。此后出现了许多这样的优秀作品。这类作品令人耳目一新，有的描写了军队内部的矛盾，有的揭示了军人意识的深层，有的甚至写出了悲剧性的事件。还有一些则是在甲午战争、抗日战争、朝鲜战争之外，对近代中国内战的回顾性故事。

在新时期之前，中国军事文学的内容主要是典型的“再现中国革命武装斗争的宏大场面”或“描写支持革命战争的人民群众”。这些风格化的传统，似乎来自以下三个基本事实。第一，我们的人民和军队在战争时期取得了伟大的成就，这些成就在后世和文学作品中都是值得称道的。第二，以阶级斗争为纲的现实政策，要求中国人敏锐地意识到敌人的存在，文学作品必须以爱国主义和阶级仇恨为最重要的主题。因此，大多数作家宁可选择描写真实的、历史性的事件，也不愿意去编造任何乏味而夸张的阶级斗争故事。第三，作家中很少有受过良好教育的人，这也是导致他们的作品缺乏原创性的原因之一。而这些书在形式上和情节上的相似性自然也会因为相似的生活经历和几乎相同的文学写作标准等因素而产生。所有这些都导致了一种“近亲繁殖”的写作方式，这反过来又使作家们的思想更加狭隘，风格不合时宜，技巧上也缺乏创造性。于是，文学创作中出现了形式化、泛化的趋势，使许多作家失去了创造力。结果，一个作家的作品一旦成功，其他人很快就会跟风效仿。因此，病态的想象力和匮乏的原创性，在某种程度上造成了军事文学创作的停滞不前，甚至倒退。此种僵滞状态被调侃为“五老峰”：老题材、老故事、老人物、老手法、老语言。

新时期以来，无论是老的、少的，还是军内、军外的作家们，都对军事文学的许多问题进行了深入的探讨和重新审视，特别是对军事文学的观念、理论和创作技巧进行了强调。同时，许多作家不是在研究长征路线或者在古战场上旅行，就是对人与战争的关系进行了思考和重新评价。一句话，他们有意对现代战争的意义进行了探讨，以便看透战争，把握战争，在文学作品中再现战争的破坏性场景。终于，许多新的军事文学、战争文学作品问世了，其中有的作品被证明是作者开阔的视野、深刻的思想和精湛的技艺的结晶。

过去的军事文学与现在的军事文学的显著区别在于，后者形成了一种前所未有的多种创作手法和文学风格并存的状态，过去那些千篇一律的老套路作品几乎都被遗弃，没有读者了。不同的作品形成了不同的文体，各有自己的读者群。这样一来，就出现了各种各样的书籍：无论是情节简单还是复杂，无论是内容真实还是传奇，无论是构思精湛还是粗制滥造，无论是原创还是风格化，都以这样或那样的方式为读者歌颂爱情，歌颂英雄主义，歌颂我们所处的时代。同样地，这些作品也以这种方式获得了各自独立存在的理由。在这样的情况下，一个共存共生的状态就出现了，它的特点是多元性、多样性以及多义性，很多作品都是以不同的方法、不同的角度、不同的层次寻求突破。这些作品的出现，是基于中国当代作家正经历着一种可以说是重生前的阵痛，即对社会和意识形态的影响或推动力的新觉醒，而这种新觉醒往往会影响到艺术或文学作品的创作。因此，越来越多的作家清醒地认识到，只有有了自己的思考、自己的写作、自己的创作、自己的歌声，才会有自己的人生。事实上，一部作品越是彰显个性，就越能获得读者的青睐。很多老作家发表了新作品，其中最好的是刘白羽的《第二个太阳》、魏巍的《地球的红飘带》、王愿坚的《虹》、叶楠的《姐姐》、马云鹏的《最后一个冬天》等。中青年作家也取得了令人瞩目的成就。李存葆以强烈的沧桑感，敢于用悲剧的形式处理生活中的矛盾，他的《高山下的花环》在全国引起了轰动。黎汝清在《皖南事变》中，难能可贵地处理了“史”与“诗”的关系。朱春雨能够将自己的智慧和知识融合在创作中，从而为《亚细亚瀑布》增添了更多的美感和醇厚。在《最后的堑壕》中，王中才表现出了他在刻画战时人情方面的独特技巧。朱苏进的《射天狼》是一部内容与形式、感情与场景融合的作品，其主题发人深省。他的作品对军营日常生活的独特发现和对军人内心世界的深度揭示，令人耳目一新，在和平年代关于战争的思考则发人深省。江奇涛的人物形象都是20世纪80年代的新兵，他的《雷场上的相思树》无论是对战场上战壕中经历的描述还是对人生进行哲学意义的探讨，都超越了题材的限制。于劲的《厄运》是关于人和战争的，她擅长深刻的思考和细腻的描写。

现实主义在新的浪潮中仍然具有强大的生命力，现代主义则拿出了新的方法来实现、把握和描绘世界。一些勇于创新的作家从现代主义中吸取了很多东西，以弥补现实主义的不足，在某些情况下，还提高和拓展了艺术创造的生命力。用这种方式完成的一些作品值得注意。比如莫言的《红高粱》，描写了高密县墨水河畔某地的中国农民游击队与日本鬼子的生死斗争。整个故事充分体现了中国农民的爱国主义精神，非常感人。作品改编成电影后，于1988年获得柏林电影节金熊奖。在《灵旗》中，乔良为湘江战役中的惨败而哀叹，一个红军逃兵在湘江战役中的惨败，让他的良知和命运双双受挫。这是一部公认的有思想的作品。张廷竹的《黑太阳》描写了国民党军队如何抵御日本侵略者，一种英雄主义和爱国主义的精神在其生动的描写中得到了体现。值得注意的是，所有这些作品都是在作者努力寻求一种新的描述方式的时候创作的，用创新的语言方式对主人公或人物进行了特殊的描述。这些作家们的努力和成就，说明军事文学有了一定的艺术自觉。他们以自己的方式进行探索，取得了属于自己的成功。他们中的每一个人都标志着一种文学创作的潮流，代表了一批作家，尽管他们无法代表所有的探索者。

新时期十二年来的文学创作，给作家们提供了许多有益的启示。首先，军事文学的意义不应该受题材的限制。从字面上看，军事文学可以说是以单纯的军事生活为题材。然而，事实上，它的内涵和价值远远超出了题材的表象。只有在这样的情况下，军事文学才有可能拥有更广泛的读者。其次，没有战争经验的青年作家也可以创作出优秀的军事文学作品。诚然，个人的经历对一个作家来说是非常重要的，而要求他事必躬亲，也是不切实际的。如果一个作家拥有真诚和智慧，同时对现实、对生活、对社会、对历史有深刻的个人理解，就完全有可能拨开历史的迷雾，创作出有价值的军事文学作品。第三，艺术性是文学作品的生命力所在。也许一部文学作品能够引起轰动的原因有很多，但是只有它的艺术性，才会使它在读者中受到欢迎和歌颂。对于一个作家来说，如果以为仅仅靠夸夸其谈就能扬名立万，或者说靠花花绿绿就能赢得什么，那是愚蠢的。因此，我们不应该给普通作家设定一个大师级的标准，但当一个有前途的作家把自己糟蹋了的时候，我们也不能采取放任自流的态度。我认为，一个作家如果能够把创作的心思放在名利之上，就一定会取得成功。

然而，要在世界文学的大环境中考察中国的军事/战争文学，那么目前中国作家多开展国际性的文学交流是很有必要的。过去，苏联的军事文学曾被大量翻译引进，中国作家很少有不受其影响的。美国战争文学作家的作品开始有了中文版后，尤其受到中国作家和普通读者的喜爱，如海明威（Ernest Hemingway）的《永别了，武器》（*A Farewell to Arms*）、《丧钟为谁而鸣》（*For Whom the Bell Tolls*），诺曼·梅勒（Norman Mailer）的《裸者与死者》（*The Naked and the Dead*），欧文·肖（Irwin Shaw）的《幼狮》（*The Young Lions*），约瑟夫·海勒（Joseph Heller）的《第二十二条军规》（*Catch-22*），赫尔曼·沃克（Herman Wouk）的《凯恩舰哗变》（*The Caine Mutiny*）、《战争风云》（*The Winds of War*）、《战争与回忆》（*War and Remembrance*）等。其中，海明威和海勒对中国作家的影响要比单纯的战争文学的影响要广泛得多。此外，中国作家和中国人也对近期拍摄的大量关于两次世界大战和越南战争的美国电影非常感兴趣。许多作家都希望对美国战争文学有进一步的了解。近几年来，由中美两国作家参加的文学活动已经举办过多次，但至今还未曾举办过专门讨论军事/战争文学的研讨会。因此，由美国布法罗纽约州立大学罗伯特·纽曼教授、董保中教授和中国作家协会主席团成员徐怀中先生共同提议，将于 1989 年 10 月在布法罗召开“中美战争文学研讨会”，是极有意义的。这是一次对中美两国的军事/战争文学创作的交流活动，不仅具有可行性，而且具有建设性和实质性的意义。我衷心祝愿这次会议圆满成功。

最后，我对本书英译的语言顾问新华社英国专家保罗·怀特（Paul White）和北京大学汉译英教授胡志挥先生表示衷心的感谢。

1988.12

《中国当代军事文学作品选》(英文)，中外文化出版公司，1989 年 12 月北京第 1 版

【附记】

《中国当代军事文学作品选》序言中文原稿遗失。本文系从英文版回译。

2019.12.25

自然真朴，妙手偶得

——唐建华《岁月留痕》序

唐君建华乃余求学厦门大学时之同窗旧雨。当年即耳闻其人以雅赋歌诗为擅场，惟因余颛愚惫懒，未尝索求拜读。三十年后再遇，建华示以诗词之集。余披读而叹曰：“真诗人也！”揆诸诗篇，其纪游之作，或感沧桑之倏忽，或发思古之幽情，其覃思警策，推敲佳句，无论自铸伟词，抑或点化成说，皆似妙手偶得，浑成圆润。曩日钱默存先生评骘郑海夫师有云：福建子终会读书。唐君更增一例以坚其说欤？其咏故家乔木数阕，羡铁观音如美人，奉太姥山若神明之章，自然真朴，情志高明处，略得唐音韵致。另有怀人抒志之什，刻露心思，以沈潜理趣见胜，颇有宋诗风调。凡此种种，未可枚举。建华云，将以歌诗、法书为日课。余闻而大喜，知其精进之时不远也。

2005.11.10

英雄戏剧中的戏剧英雄

——孟冰剧作序

军营是孟冰生于斯长于斯的地方。从小看英雄，长大学英雄，后来写英雄，他耳濡目染、融入血液的便是一种英雄气概。我们看到，他所创作的戏剧作品，无论是高歌猛进，舒卷时代风云的，还是浅唱低吟，描摹常人琐事的，都掩不住其胸襟深处的英雄情结。因此，从本质上说，孟冰戏剧就是英雄戏剧。

孟冰继承了中外戏剧传统。戏剧作为人类精神生活的一种重要形式，源远流长，古希腊戏剧有 2500 年的历史，中国的戏剧自唐宋参军戏始，亦已有 1000 多年的历史。古希腊的民主运动使得戏剧高度发展，戏剧也成为民主精神的讲坛。古希腊戏剧精神予后世沾溉惠泽至伟至巨。所谓“文艺复兴”，首先就是复兴古希腊、古罗马的戏剧。就连始终被西方文艺理论界奉为经典的亚里士多德《诗学》，其内容也不过是“戏剧学”

而已。古希腊戏剧的一个重要传统就是及时反映当时的社会生活，演员与观众可以互动，有教化的功能。后来莎士比亚有类似的主张，说自己的作品就是“给自然照一面镜子，给德行看一看自己的面貌，给荒唐看一看自己的姿态，给时代和社会看一看自己的形象和印记”。显而易见，孟冰戏剧深得其神髓。中国古代戏曲的特定审美方式，已经成为中华民族的传世瑰宝。100 年前，西方话剧进入中国，戏剧界前辈对西方戏剧文化遗产洋为中用，对国故推陈出新，便开辟了中国现代戏剧的新天地。孟冰发扬光大了中国现代戏剧革命和战斗的传统，其剧作都具有鲜明的时代精神、民族风格、人民感情和军队特色，完全摒弃风花雪月、才子佳人。

孟冰戏剧体现着戏剧的本质。戏剧是什么？在西方，有著名戏剧理论家克莱顿·汉密尔顿的经典定义：“戏剧是由演员在观众面前演的一段故事。”在中国，戏剧虽然是“南戏”与“北剧”的合称，但早在古代还没有戏剧的时候，就已经有了“戏”字，其本意是“玩耍，嬉游”。无独有偶，英语中表达“剧本”“演奏”“演出”等意思的单词是“play”，而“play”的本意竟然也是“游玩，娱乐”。中西一概，都认为戏剧有娱乐的功能。由此我们知道，由演员在观众面前演的这一段故事应当是比较好玩的，演员的表演应当是有趣的，而观众则是来享受的。怎么才能够吸引观众看下去呢？这就要用到“剧”字了。“剧”的本意是“甚；厉害，严重。”引申的意思更多，如：

激烈、繁多、艰难、巨大、急促等。这种矛盾冲突，正是戏剧之为戏剧而不可或缺的戏剧性要求。我们常说孟冰的戏剧好看、有深度，或者说孟冰的戏有戏，就是指观众能从他的戏剧作品中咂摸出味道，领悟到妙处，能够会心一笑。

孟冰开创着新的戏剧道路。戏剧作为人类精神生活的一部分，必然要随着社会历史的前进而发展。孟冰并不是一个只会编织好看故事的编剧，他是一个真正好学深思的剧作家。孟冰是一位有成就的现实主义剧作家，他从不固步自封，不断地吸收社会生活的新营养，不断地发现新人物的新境界。他笔下的人物，绝对看不到高大全的影子，个个都是血肉丰盈，活脱有致；他的戏剧结构，没有套路，都是与剧情花当叶对，恰如其分；他赋予角色的语言，不仅符合各自的身份，而且都经过推敲锤炼，自然是好句如珠。他的每一部剧作，都充分表达了他独有的美学追求、价值观念和哲学思想。与此同时，他也不断地在形式上追求突破与创新，对诸如意识流、多媒体等手段的运用，亦是长袖善舞，腾挪自如。

在西方，戏剧中的主人公和生活中的英雄是一个单词。这两个意思，只有在英雄戏剧中才真正成为合体。说到孟冰英雄戏剧中的戏剧英雄，我知道，那是一个值得恒久探讨的话题。

2011.11.1

别具一格的回忆录
——黄炳辉《浮生剪影》序

【按】2019 年 12 月 24 日，老同学郑河水兄、孙立川兄先后来电告知，我们的老师、母校厦门大学中文系的黄炳辉教授在米寿之年驾鹤西去了。在这悲恸的日子里，不禁想起先生的音容笑貌。15 年前，2004 年 12 月 8 日，先生来北京，在全国政协礼堂参加炎黄文化研究会举办的中华文化优秀著作奖颁奖大会时，我们见过一面。先生的公子友贤兄在北京工作，他回厦门时，我常常请他代为问候先生；他返京时，也常常捎来先生的关切。多年后，我回厦门大学时，曾专程到先生家中看望。谁知道那竟是最后一面了呢。先生曾命我为其自传——《浮生剪影》作序，2014 年，该书由上海人民出版社出版。现抄录此序，聊表缅怀之忱。

某日，黄炳辉教授打电话来，命我给他的回忆录写序。四十年前，我到厦门大学中文系读书，有幸成为黄先生的学生。似乎只是须臾一瞬间，我也已经是一名退休教授了。藐予小子，何德何能，竟敢给老师写序？然则师命不可违，恭敬不如从命。当我一字一句读了两遍书稿，真是感慨良多。

一般的回忆录，粗略可分为三种形态。所谓名人者流，或追名有成，或逐利得逞，难免文过饰非、无中生有；那些大师巨匠，功德圆满，实至名归，仍然好为人师，诲人不倦；至于革命前辈，曾经风生水起，叱咤一生，当然志得意满。而黄先生此书与这些品类大不相同。想来先生在耄耋之年，清夜扪心，回首一生，自是心绪跃动，乃诉诸文字，遂成此书。读着这些文字，先生形容清癯而目光炯炯，睿智而低调的做派，忽焉如在面前。我只当是漏听了一堂课而补读先生的讲义，倍感亲切。八十年的记述，平实、从容而自饶情致，从中我读出了“贫贱忧戚，玉汝于成”的个人成长史，读出了“师者，传道、授业、解惑”的学术发展史，读出了“自强不息，厚德载物”的心灵完美史。

文如其人，先生的书，津津娓娓地讲述着关于上学、进修、授课的琐事，回味着阅读、治学的快乐记忆，又义蕴深富地传递着真挚和美的亲情、友情。一位学殖丰赡、才识兼茂的长者，毫不张扬地捍卫着中国的学统与道统。没有矫饰，没有标榜，先生树立了高贵的人格榜样，从而成为教师的楷模。对这样的人，我由衷地表示敬重。

此书再一次引起我对黄先生和厦门大学的思念，我知道，这种记忆是永远不会磨灭的。黄先生，我祝您健康长寿，安度岁月！

2013.6.1

对文学的执念

——朱航满《咀华小集》序

朱航满是一位青年评论家，活跃而勤奋。我接触其人，阅读其文，知其每日都在读书，因此，每日都在进步。《老子》六四章有云：“合抱之木，生于毫末；九层之台，起于累土；千里之行，始于足下。”无论何人，没有无止歇的涓滴汇聚，其学养永远不可能由溪至河并由河至海。

历史和文学两个专业的学术训练，使得朱航满具有了成为批评家的先决条件。有人说，中文系不培养作家，这句话有相当的正确性，因为作家是凭灵感创作的；但是，从事理论批评工作，则必须接受科班训练。术业有专攻，天资有偏向。写不好理论批评文章而改行写小说，犹如武夫上阵而施粉黛，写不出诗歌而改行去搞评论，则如新妇入厨而披甲胄，物乖攸宜，用违其器，虽然鼓噪妄凿，不过是野狐禅而已。中国古来文史不分家，文学和历史可以互为工具和方法，而且你中有我，我中有你，历史是文学的内容，文学是历史的形式，或者我们竟可以说，文学就是历史，历史也就是文学。历史学专业训练给朱航满以深刻，文艺学专业训练则给他以文采，叶对花当，才识兼茂，还需要什么呢?

理论批评一事，有如观赏林木。不进原始森林便不能见到奇树异木，只是旁观侧视或者高瞻远瞩，则学不会对于具体作品的欣赏理解，所论难免空洞无味，成为芜词庸响；然而，倘若只是在树林中穿行，流连于每一棵独树，则虽具离娄查毫之明，勤于爬梳字隙，抉剔句缝，所得固然精微，毕竟狭促仄逼，知其一而难知其二，若发为高论，难免固执己说，识见偏颇。理想的观赏方式应当是既见树又见林。从微观至宏观，复从宏观至微观，两相推挽，始能获致理论批评的真知灼见。朱航满已经广讨博稽、研几索隐多年，我希望他能以此为基础，见微而知著，腾跳飞升至高处，俯瞰全景，对文坛提出更多越世出尘之超凡卓见。

朱航满的可贵，还在于他的不矫饰。他真诚地看待作品和作家，有的感同身受，于是心有戚戚焉；有的形同陌路，自是不以为然。然而，人以群分，文以品别，以冷眼热肠面对文坛，摭我春华，拾其芳草，能赏异量之美，是为至高境界。世上有两种人，或口若悬河，才情毕现，其失在于话多；或惜墨如金，谨言慎行，其憾在于文少。海量喷涌、全面覆盖固然能够轰动天下，但难免泥沙俱下；字斟句酌、经过三思之后从心泉中潺潺流出，才是理想状态。思想活跃最为可贵，而基本功扎实亦不可或缺。每一篇文章皆非率尔操觚，每一句文字都毫厘不苟。见诸白纸黑字的，一定要符合学术轨范，经得起历史检验。

文学是一门学问，对朱航满来说，文学也是一种生活方式。我发现，在他眼里，文学其实是一种从世俗、平庸和粗鲁中发现的高蹈、卓越和雅驯。这些，慰藉着他的心田，影响着他的生活。欲远离尘嚣而不可得，于是，孜孜矻矻，执念于文学，且心境逐渐平复。这就是朱航满。这个世界不会改变，他也不会改变。

2014.11.8

十年大戏的台前幕后
——吴然《葱茏十年》序

立秋时，收到吴然兄的新作《葱茏十年》，他嘱我以“导演阐释”为题写一篇序。他的书文体新颖，像是一部散文体的戏剧故事。书中记叙的，正是20世纪90年代的部队戏剧活动。所有往事历历在目，仿佛天上的白云还是那样从容，而剧场里的气氛还是那样火热，当年那一台台看熟了的戏还在台上立着。这激情燃烧的十年，其实就是一出大戏，大戏里面更是一系列的戏中戏。我开始想提议增加一张演员表，后来感觉弄不成，因为全军戏剧团体有十多家，加上解放军艺术学院戏剧系和一些经常排演戏剧的文工团，几百号人参演了这台大戏，他们不是在演别人，而是在演自己，因此，这张演员表少了谁都不行。

吴然是我在总政艺术局工作时的同事，开始是干事，后来当了副局长。他聪明、好学且敬业，分管戏剧给了他一展才情的机会。这十年，军队戏剧园地呈现出一派芳华争妍、连林竞奇的繁茂景象。这当然是全军戏剧工作者同心深耕的结果，却也饱含着吴然付出的心血。今日忆之，不禁感慨良多。

军队文艺队伍其实是一支特别能战斗的特种兵。军队的戏剧团体集合着的这些编剧、导演、演员、舞美人才，是一群有学识、有才干、有热血的精英专家。直至今日，我还十分怀念这些可敬可爱的良师益友，感谢他们的真诚，感谢他们的创造，感谢他们对我的帮助和支持。军队戏剧团体有一个好的作风，那就是：在前进路上从不停滞懈怠，总是密切关注现实，始终保持旺盛的革命性和战斗性；在成绩面前从不固步自封，总是在艺术上大胆探索，始终保持可贵的突破和创新精神；在创作过程中从不孤芳自赏，总是互相鼓励，互相帮助，始终保持全军一盘棋、共同滚动前进的良好态势。在 1992 年第六届全军文艺会演和 1999 年第七届全军文艺会演中，各推出了 13 台戏剧，加上会演之外的作品，这十年创作的剧目，竟有 30 台之多，真是成果斐然，蔚为大观。

那时候都说“抓”创作。严格讲，“抓”这个动作并不准确。戏剧生产有其自身的规律，改为“促”也许更合适。那么，是怎么“抓”或者怎么“促”的呢?

一、举办高级研修班。在年底全军文艺队伍进入排练、演出季，创作人员相对比较空闲的时候，把较为活跃、有成就而且有潜力的编剧、导演集中起来，请军内外各方面、各专业的一流专家授课，观摩国内外优秀剧目，给他们补课、充电、加油。同时，交流平时创作中的困惑和苦恼，研讨军队戏剧创作中阻滞创作、难于突破的症结，目的是解放思想，更新观念，调整心态，鼓励创作。

二、召开剧本汇稿会。到第二年春天，万象更新的时候，有一批剧本已经完成了初稿。编剧们带着自己的剧本初稿，聚集一堂，以文会友，坦诚相见，畅所欲言。把自己的剧本和构思交给大家，把别人的剧本当成自家的，开动脑筋想点子、提建议，毫无保留地交流意见，真个是如切如磋，如琢如磨。不但务实，详细论及每部作品；而且务虚，从全国戏剧形势的发展到军队戏剧观念的革新，无所不谈。会上对戏剧本体的讨论探喉肆口，直吐快心，谈艺论文，所涉甚深。大家都感到收获颇丰。

三、组织专家组巡回指导。各单位的主创人员，包括编剧、导演、舞美设计等，互为专家。每个剧本修改稿完成或在舞台上排出初样时，都有专家组参与研究讨论，有的剧目讨论可能有五六次之多。讨论中倡导批评精神，要准确、清晰地表达独立见解，要提出建设性修改意见。这些意见，既是自己看戏的真切感受，又是从感性上升到理性的艺术见解。提倡从全局角度把握，避免片面和偏执。看兄弟单位的戏就像看自己的戏一样，要把每部戏的长处说够，把不足说透。讨论是对剧目生产的考察、评价，专家自身也在这个过程中经受考验。众目睽睽之下，是否才识兼具，有真知灼见，是否出以公心，输人以诚，日后自见分晓。艺无止境，无论是可圈可点的剧作还是盛名之下的专家，总有提高、进步的余地。经过一而再、再而三的研讨，不但作品都有了大的提高，而且专家也都有了新的进步。

四、正式演出之后，评奖、评论和媒体宣传都按步骤全面展开。

如此这般，周而复始。这些热气腾腾的动作和有声有色的演出相互推挽，有效地推进了戏剧的发展，五色纷纶的题材和话剧、歌剧、舞剧、京剧等一应俱全的剧种，呈现了繁荣兴旺的景象。

我是文学出身，对于戏剧本来并不熟知。在总政文化部文艺局（后来叫宣传部艺术局）的 20 多年，让我认识了戏剧。作为中国现代戏剧的重要组成部分，军队戏剧保持着革命和战斗的传统，具有鲜明的时代精神、民族风格、人民感情和军队特色。

在西方，戏剧主人公被称为“Hero”，而“Hero”还有一个意思，那就是“英雄”。这两个意思，只有在英雄戏剧中才一二二一，合为一体。而军队的戏剧，基本上都是英雄戏剧。这也许是戏剧能够在军队得以发展的一个原因。

作为政治工作的一部分，我军的戏剧事业曾经有过辉煌的业绩，也发挥过重要作用。戏剧成绩的取得，正是前辈们经过努力创造出来的；戏剧作用的发挥，也是以艺术的方式实现的。

戏剧的发生和发展有其自身的规律，一切背离或超出其性质和特点的做法，对于艺术，除了伤害之外，不会有任何的帮助。马克思和恩格斯的经典论述能够给我们足够的启示。1859年，他们在评论拉萨尔的一个剧本时指出，“最大的缺点就是席勒式地把个人变成时代精神的单纯的传声筒”。他们要求拉萨尔“更加莎士比亚化”，“不应该为了观念的东西而忘掉现实主义的东西，为了席勒而忘掉莎士比亚”。特别强调要把较高的思想深度和意识到的历史内容“同莎士比亚剧作的情节的生动性和丰富性”完美地融合起来。还说，“应该改进的就是要更多地通过剧情本身的进程使这些动机生动地、积极地、也就是说自然而然地表现出来”。马克思和恩格斯的经典论述是编剧、导演们所熟知的，但是，有的担负着管理职责的人却不知道、不理解，他们指导戏剧的思路往往与此相反。艺术局的重要工作，就是把艺术创作的基本原理和艺术家的心声，翻译成领导能够听懂的语言；同时，把领导的要求转化成艺术家们能够接受的方式。历史已经证明，每一台有艺术创新的戏剧都对部队建设产生了重要的作用，而每一条把戏剧简单地纳入宣传工作的要求都阻碍了戏剧的发展。历史的面目是复杂多样的，生活的味道是甜酸苦辣的，吴然的书展示了事物的光明、美好，而把所曾遭遇的困窘、心中的委屈藏起来。我想，我也没有必要提及那些事。

我于1982年从福州军区空军调到总政工作，2003年去解放军艺术学院。2010 年退休后，在地方大学的文学院担任博士生导师。上课第一天，我就告诉我带的博士生：滥觞于红军时期，曾经辉煌了半个多世纪的军队戏剧事业，在 20 世纪 90 年代末达到顶峰，随后开始走下坡路，到 21 世纪初进入低谷，颓势已经无法挽回。正如刘勰所说的："文变染乎世情，兴废系乎时序。"

非常感谢吴然带我回顾了那十年的岁月风景，我庆幸自己曾经置身其中，参与过大戏其事。但对这台大戏而言，我并不是导演，而只是一个拉幕人。作为拉幕人，我既能看到台前的粉墨登场，又能看到幕后的艰辛劳作。

这篇"拉幕人语"权充作序。

2018.9.1

一部“国风”式的战地浪漫故事
——读徐怀中《牵风记》

感谢徐怀中先生的慷慨和美意，让我在长篇小说《牵风记》出版之前，就读到了书稿。先睹为快，获益良多。

把感人至深的情节一五一十地讲出来，那只是一个故事，并不是艺术；把惊天动地的事件不加矫饰地记下来，那只是一段历史，也不是艺术。艺术是艺术家把握世界、表达自身的一种方式，是人的精神的成果、思想的结晶、意识的积淀和技艺的呈现，是人的知识、情感、理想、意念、心理的有机产物，是对现实生活和精神世界的形象表现，是一种审美创造。我认为，《牵风记》是一件难得的艺术品，其品质成色不仅是怀中先生创作中的登顶之作，也是整个当代中国军事文学中的上上品。

《牵风记》是取材自我军挺进大别山战役的一部悲剧。悲剧是艺术的最高形式，因为它能够直击灵魂、震颤心灵，唤起悲悯和畏惧的情感，并使之得以净化，从而得到道德的升华。鲁迅说过：“悲剧将人生的有价值的东西毁灭给人看。”女参谋汪可逾是一个集真善美于一身的精灵，她的毁灭，是惊世骇俗、不可思议的，也是振聋发聩、发人深省的。

从《诗经》到《神女赋》《洛神赋》《长恨歌》，再到《红楼梦》，中国古代文学一向有讴歌女神的传统。怀中先生也是描摹女性的圣手，他的《我们播种爱情》《无情的情人》《西线轶事》《阮氏丁香》等，都是脍炙人口的佳作。杜子美诗云：“庾信文章老更成，凌云健笔意纵横。”移用此联评价今日写《牵风记》之怀中先生，真是再恰当不过了。细密入微的观察体味，深厚扎实的美术功底，胸襟开阔的美学素养，近八十年的炉锤锻炼，情真、意切、境深、笔老，足以使他出手便与众不同。在《牵风记》里，虽然仍是他一贯的铿锵玫瑰韵味，一贯的硝烟黄花意境，但是，汪可逾已是一个全新的女神典范。她高大丰满又天生柔弱，是怀中先生心中永远不变的女神。她是一个令人惊艳的艺术形象，是军阵中的妩媚，战争中的和平，是一个不可能的真实存在。她的芳华、她的才情、她的品性、她的战斗精神，都是无与伦比的。但凡得睹芳容，无不惊为天人。不仅是天生丽质难自弃，而且有至纯至真赤子心。她不谙世事，没有心机城府，不会计较盘算，既不会害人，也不知防人，犹如太阳系的一颗小行星，完全不知地球人间事。她像天使一般，每天微笑着问候每一个人，并且不期待有人回报。她受过良好的教育，世间万物，无所不知，尤其对古琴有难以言表的崇敬热爱。她从天外飞来，献奏古曲《高山流水》，令全场军民泰然心悦，陶醉不已。她和另外六名巾帼英雄陷入敌人重重包围之中，她们宁死不屈，决心效法八女投江或五壮士跳狼牙山。她们投了手榴弹，扑下山崖。多数人从斜坡上翻滚下来，没有大碍，只有她从陡峭处跳崖，受了重伤。在全书的结尾，汪可逾死了，但她挺立着，形象不倒，精神未死。她闪放着光亮，作意欲前行状，成为一尊永恒真善美的女性人体雕塑。

汪可逾参军后，有三次堪称“行为艺术”的裸体表现，一次深过一次地震惊着在场的人。第一次，在一次连续五天的强行军和狂风暴雨之后，累垮了的她脱光湿衣沉睡，吓坏了摄影干事。第二次，在激战中，她作为参谋奉命带领满船的女民工过河，风大浪高，又有敌机轰炸，为防止落水后衣服缠绕无法逃生，她动员大家脱掉衣服，遭到拒绝，不得不先脱光自己。100多名裸体女人挤满了一艘船，这景象惊呆了现场的所有民工、部队和俘虏。第三次，她因伤病过重牺牲。部队遍寻不着，最后发现，她的遗体竟然一丝不挂地站立在一棵古老银杏树的巨大树洞里，看上去就像是印在那里的一个女性人形，久而久之，必将与老银杏树融为一体。人们抑制不住地发出充满惊慌与恐怖的呼声。有了这么三次，还能说不惊世骇俗吗？

汪可逾，乳名纸团儿。自3岁习琴，视家藏宋琴为益友并自诩为知音。抗战期间，14岁的她还是北平的女学生，赴延安途中，因交通被日寇阻断而入太行中学。5年后毕业到独立九旅当参谋。缘于对宋琴的共同爱好，参谋汪可逾与旅长齐竞建立了超常的友谊。小参谋仰慕有加，大旅长关怀备至，浪漫、激越的战地恋歌即将上演，事情正要朝着圆满的结果发展，却发生突变，走向了凄苦和悲怆。在两情相悦之时，齐竞竟然想探查她是否处女，她感到备受侮辱，遂奋起抵抗，予以坚决拒绝。作战中她被敌人逼入绝境，决心舍生取义，跳崖赴死未果，在昏迷中被俘，被营救回来五天后才苏醒。齐竞说自己作为一个男人，要知道她是否被敌人强暴，她愤怒至极。一个心地纯净的人看世界都是美好的，一个学殖深厚的人说出来的话都是高雅的，一个输人以诚的人总以为信任都是相互的，因此，当她的真诚受到践踏，她的尊严遭到挑战时，她终于爆发了，对齐竞发出了断交照会：“我从内心看不起你！”最后，双方以零度体温握手作别。

战争毁灭了美好，而毁灭美好的不只是战争。战争和敌人毁坏了汪可逾的身体，不仅严重脑震荡，4根肋骨被打断，左腿骨折，右肩破裂，还被强暴；而齐竞摧毁了她的精神，重创了她的内心，让她看到了人性中的阴暗、猥琐和污浊部分，从而万念俱灰。其实，悲剧不仅是汪可逾的，也是齐竞的。

齐竞是野战军部队最有文化、最懂艺术、最有血性、提拔最快的干部；他没当过副职，没受过战伤，天佑神助，前程似锦。他踌躇满志，自视甚高。他因古琴曲《高山流水》认识汪可逾，再见面时仿佛被子弹击中。他对她惺惺相惜，志在必得。然而，他心中挥之不去的贞节情结，要求“初夜落红”的纪念物和锯石之后的美玉自证清白，结果只能是自取其辱。看似花当叶对，怎知竟然可遇不可求呢？对齐竞而言，汪可逾只是“枉可遇”。他已然一败涂地，万劫不复，接下来就是彻底崩溃。见到汪可逾的遗体后，他自知对她愧疚深重，开始心虚、疑惑、慌恐、畏惧，最后悔恨交攻，吐血而亡。

毋庸讳言，曹水儿也是一个悲剧人物。他为人忠厚实在，对工作尽职尽责，从无懈怠，任何事情都能细致周到、创造性地完成，只有你想不到的，没有他干不成的。他最惊人之处，就是从不知风月的生瓜蛋异化成纠缠女人的行家里手。当然，这不是他的本质，只是他的缺点。他高大雄健，头脑简单，在被纪律管束时规规矩矩，一旦监督不到位，雄性荷尔蒙占了上风，就抡着拨火棍，满世界乱来，能在漫天烽火中找到良辰美景，成功进行了一次次的“行军艳遇”。他英雄一世，最后倒在女人身上。跟保长女儿苟且后遭反告“强奸”，被判死刑。明知有些冤枉，但谁也救不了他。想到他对部队的功劳累累，对旅长的忠心耿耿，对汪参谋的呵护殷殷，这个结局实在令人扼腕叹息。

“滩枣”的戎马一生则算得上是壮丽辉煌、善始善终了。他就像是一名披着马皮的战士，作为老军马的赫赫战功自不待言。仅从与汪可逾的关系就可以看出，他高大伟岸的身体里装着一颗文明优雅的内心。他与汪可逾第一次见面，就听懂了古琴曲《关山月》，从此成为她的无言知音。汪可逾被安排回后方指挥所了，他竟迎面拦住，不肯放行，她因此才得以留在战斗部队。他仅凭直觉，七绕八绕，就把汪可逾和曹水儿安全送出黄泛区，还成功地在敌人的炮口下避开每一处弹着点。最神奇的是，他竟然把汪可逾的遗体从大溶洞运送到千年古银杏树洞，并且让她立在那里，然后，自己从容离世。他是怎么想到的，又是怎么做到的？毕竟是天马神骏，在我们看来，他的行为做派实在是匪夷所思。

鲁西南战役中，晋冀鲁豫野战军采取南北牵制，宽正面、多地段地突然强渡黄河，积极创造与捕捉战机，调动敌军就范，把攻城与野战、分割与围歼相结合，创造了以 15 个旅的兵力歼敌 4 个整编师共 9 个半旅 6 万余人的战绩。

从来没有一个人这样写过战争，当然，更没有人这样写过人民解放军的辉煌战争。淮海战役取得了世界瞩目的胜利，扭转了中国历史发展的进程，加速了解放战争的最后胜利。但在早于淮海战役的鲁西南战役中，晋冀鲁豫野战军以歼敌 9 个半旅 6 万余人的战绩，打乱了国民党军队的战略部署，开辟了进军大别山的道路，揭开了人民解放军战略进攻的序幕。野战军部队如同一把尖刀，战将们个个智勇双全，士兵们人人战无不胜。这些胜利和英雄已经被各类战史、各种传记、各门类艺术作品反复表现过了，读者和观众也都被感动和受教育多次了。感动之余我们需要思考，受教育之后我们需要反思。读了《牵风记》，读者会受到震惊，会进入思考、反思和三思的状态。在挺进大别山的途中，人民解放军处于敌强我弱的态势当中，每一场战斗都是你死我活的恶战，每一步前进都付出了沉重的代价，而且部队的补给也有许多困难，许多指战员在英勇的战斗中牺牲了。怀中先生以独特的视角切入这场战斗的现场，让我们了解这些牺牲者的人品格局是怎样的平凡和伟大，他们的精神世界是怎样的普通和丰富，他们是怎样英勇地同旧时代决裂却又无奈地被旧观念所局限的，他们是怎样牺牲小我汇入历史前进的大洪流的。

艺术呈现的，虽然只是一瞬间、一个片刻，但是，这“一瞬间”却包孕着丰富的故事，其人物、色调、味道和温度都将与读者发生互动，产生共鸣。这“一个片刻”，既是其前事的果，也是其后事的因；不论多么短暂，都是历史的横切面；不论多么狭窄，也是现实的纵切面；这“一个片刻”将对未来的历史发生久远的影响。

怀中先生不愧是从枪林弹雨中走过来的老八路，他在表现这极具张力的“一瞬间”“一个片刻”进程的同时，把敌我力量的消长和对比，把战役中的顺利前推和被迫后撤，把作战的全局和局部，这些当时的大时代、大背景、大环境、大情景都要言不烦、井井有条地描述出来，让读者既见树又见林。我们从怀中先生笔下的战争奇观中还能学习到丰富的关于战争史、战争理论、战略战术、兵法、兵器、战场心理学等多方面的知识，体会到作者丰厚的军事学养。在这部军事百科全书中，我们还读到了文化、人、历史以及人在精神世界的全部活动，那就是对真善美的追求。

一件艺术品，一定能够经得起不同角度的审视。

小说写的是小局部和小人物，但并未置大场面大人物于不顾。除了我们已经印象深刻的战争态势的变幻之外，野战军全体官兵自制棉衣，“十万将士学女红”应该算是一景。野战军一号首长虽然出场不多，但他的儒将风范——好学、坚强、敏锐、决断精神等，虽仅有几处的三五句点染，传神程度却顶得上千言万语。

书中的人马关系也极有意趣。从古代一直到20世纪中叶，战马一直在军中居于重要地位。战争的结局常常与马相关，有时竟是由马的优劣决定的。人与马凭乘骑感无障碍交流，最高境界是两位一体化，彼此间犹如二体合一。跃进大别山后，战斗形势危急，所有的老军马都要被处理，看清形势的马开始撒野，未能战死沙场，它们宁愿狂奔气绝而死。连长和曹水儿自己宁愿犯错误，也要掩护“滩枣”仓皇出逃。“滩枣”后来移动完汪可逾的遗体后才扑地而死，功德圆满，死无恨事。

怀中先生写的是战争，但其意义已经远远超越了战争。汪可逾和曹水儿被困山中、走投无路时，发现了先前被掩藏实际已经损坏的那张宋琴。汪可逾在没有琴弦的光光净净的琴面上弹奏起来。始料不及的是，没有音乐细胞的曹水儿居然听懂了，说是《关山月》；曾经听过汪可逾对马弹琴的“滩枣”也应声而来了。这正是应和了中国传统文化的一种意境。弹无弦琴的高手陶渊明有诗云：“但识琴中趣，何劳弦上声。”弹无弦琴被后世推为儒雅的“神用佳趣”。

汪可逾似乎有超常的特异功能。汪可逾与曹水儿进入一个人迹罕至的超大溶洞中藏身。汪可逾环顾高大的岩壁，觉得似曾相识，如同重归故里。她说：“如果我记忆不错……”实际上，她没有来过这里，这也不是她的记忆。这只是上古甚至太古时代，人类从树上转入洞穴，生活方式改变，开创新文化、迈进新文明时留下的印迹。如果把后来人类发展中的多次巨变看作计算机的高级格式化的话，那么，进入洞穴相当于出厂时的低级格式化。高级格式化时，系统不断进步，数据迭代更新，而低级格式化时的印记始终未变。只不过这印记潜藏在心智的最底层，平常人早已不复知晓。汪可逾不是一般人，她能够听到日常生活中不存在的声音，能够分辨水珠溅落石笋的声音、回声和回声的回声。尽管她说的“记忆”并不是她的记忆，也不是她的感觉，但我相信那些都是真实发生过的。犹如科学家发现，有的人生活在千年地震带，即使他并没有真正经历过地震，居然能够在地震前几个小时预报出地震来。这就是因为历史上的地震，已经在他的基因中留下了印迹，而且他具有记忆或者感知这种印迹的能力。

汪可逾不仅记得过去，而且能够预见未来。她一定是知道大限将至了。她开始清洁自己。先是脱掉棉衣、单衣和内衣，拒绝进食，粒米不沾。然后，每天只饮山泉，喝一两口，呕吐一碗，如此往复凡九日，口腔、呼吸道、消化道被清洗得干干净净。接着是连续数日的排便，比医院里手术前的灌肠更彻底。最后要求曹水儿用泉水给她擦洗全身。待一切完成，她叫了一声“曹水儿！我的好兄弟！”就撒手而去。一周后，她的遗体躯干的样态未变而水分渐失，同时却长出了新的毛发和指甲。她既非木乃伊，也非坐化的肉身高僧。她本来犹如一张白纸，被揉皱成为纸团儿，进入水中，最后从水里出来，脱干了水分，又还原成为一张白纸。她保持着来时高雅、纯粹、洁净的人生姿态，自己一步一步地塑造了一个完美而永不腐朽的自己。怀中先生曾经在西藏工作过，藏地的瑰丽、神奇，藏人的淳朴、有信仰，给他留下了不可磨灭的印象，再加上他作为作家的超强想象力，于是，就有了《牵风记》。

小说谨严的结构充满张力。开篇的序曲，写一群原晋冀鲁豫军区独立九旅的老战友在聚会。战友们因一张合影，想起当年战场上的生死际遇，难免唏嘘慨叹，你一言，我一语，成就了本书的主体。最后的尾声，是独立九旅老战友又一年的聚会场景。大家决定为老战友汪可逾立一座银杏碑。诵读完了碑文，现场一片轻声的哭泣，长时间没有人言语。只有汪可逾父亲的那只猫跳到桌上，伸爪弹拨了一下古琴的“宫”弦。“然后卧在古琴旁边，闭住眼睛一动不动，和人们一起，静静地谛听着宏阔而又深沉的空弦音传扬开去，及至无限远。”读到这里，我想起了《围城》结尾那只祖传老钟从容自在的“当当”声，空弦音包含着对战友音容笑貌的缅怀，深于一切语言、一切音乐。怀中先生在小说主体的前后加上序曲和尾声，犹如汪可逾每次正式演奏前后都要加上的一个特别程序——空弦音。

引起我阅读愉悦的，不仅是《牵风记》的内容和结构，还有它优美的文字。全书都是诗一般的语言：“隆隆炮声中传来一曲高山流水”“驻地无论遥看或是近觑，早已是嫩绿一片，让春天随后赶来好了”“舌条状的花瓣儿悄悄在张开”“树叶花朵及至枝条末梢，会醉洋洋地在瑟瑟颤栗”“我听到了此兴彼落的历史足音，我应该跟上这个脚步”“如同春雨来临前，一群活泼的燕子在云层下自由翻飞”，诸如此类，俯拾皆是。

最后，“风”是什么？怎么“牵”？“风”是《诗经》“六义”之首。属于“风”的诗，大略说来，都是表现男女爱情的。怀中先生非常欣赏周代人生活的质朴恬淡、快意跳脱，他高声赞叹：“何其率真，何其生动！”“牵”就是牵拉、引领。我的理解，他在说：我写的就是一部有严肃庄重的宏大叙事背景的战地浪漫故事。

读了三遍长篇小说《牵风记》，我仍不敢说已经读懂了。我只能说，我确实备受启迪和震撼，甚至因此对何为艺术，何为出新，何为老道，略有了悟。

2018.3.31、4.6

100 年前的中国革命气象
——读王树增《1911》

历史能够给人教训、引人反思、发人深省，所以我们很有必要经常重温历史。文学不是历史，文学也不能代替历史。但是，文学可以描写、搬演和再现历史，文学可以比历史更真实可信，更感性可读，也更具震撼力，因为文学既能够让读者宏观地领略可歌可泣的历史大框架，认识曾经的风云际会和大浪淘沙，又能够让读者微观地重温感人至深的历史小细节，感受可能的悲欢离合。因此，我们常常通过阅读文学作品而了解历史。近十几年来，曾经的小说、戏剧和报告文学作家王树增，潜心非虚构文学创作，有战争系列和中国近代历史系列问世，给我们提供了大量历史美食。我们捧在手里的《1911》，是一部精神的史诗，一座情感的剧场。我们阅读到的，不仅有席卷华夏的“山雨”，还有“满楼”的狂风；除了围绕着“君主”“共和”

的鼓声号角、刀光剑影之外，还有中华民族几千年未曾有过的心灵震颤、思想解放和文化革命。

什么是革命？为什么要革命？怎么革命？对我们这几代在革命文化熏陶下成长起来的人说来，似乎是不成为问题的问题：难道我们竟然不知道什么是革命，不知道为什么要革命，不知道怎么革命？如果不知道，这几十年，我们在干什么？读完了王树增的这部大书，对什么是革命，什么是辛亥革命，我们才有了清晰明了的答案。

中国自古以来就有“革命”之说：“汤武革命，顺乎天而应乎人。”(《周易·革·彖传》)所谓“革命”，就是改朝换代，以致武则天也曾自称“革命”。而辛亥年那场成就了亚洲第一个共和制国家的“革命”概念，却是舶来品。法语“革命”（Révolution）的本义是“翻转”，与中文“反正”相当，曾经是专指地球旋转运行的法语天文学术语。但是，法王路易十六与侍臣于1789年7月的一段经典对话改变了它的性质。当天，路易十六在日记中写道：“14日，星期二，无事。”然而，那一天却改写了法国历史。正在睡梦中的路易十六，惊醒后听说群众攻克巴士底监狱后，问：“怎么，这不是造反吗？”侍臣回答道：“不，陛下。这是一次革命。”从此，“革命”有了现代意义，成为一个政治性概念。后来日本人把取自中国的“革命”赋予了法国革命的意义，孙中山又把它取回中国。从全世界的视野来看，所谓近几百年的历史，其实不过就是一个革命史：17世纪上半叶的英国革命，18世纪后半叶的美国革命，18世纪末的法国革命，20世纪初的俄国革命和中国革命。王树增告诉我们："辛亥革命对中国历史的变革可谓惊天动地。"它不是为了改朝换代，而是要彻底推翻帝制，走向共和。"辛亥革命的巨大功绩是：它骤然变换了中国千年不变的沉闷空气，使得各种变革思想的种子获得了萌生、成长的机会。它加速了中国社会的变革进程，是自此往后中国历史中一切社会改革的发端。它促进了中国社会观念的更新，促进了中华民族的觉醒，近代思想启蒙的大门自那时开启后便再也难以闭合。它毫不妥协地推翻了封建帝制，斩断了中国社会任何后退的可能性，为中国民主革命留下了宝贵的政治遗产。"

王树增不仅告诉我们什么是"辛亥革命"，还告诉我们这次革命是怎么发生的，为什么会发生这次革命。他详细胪列了当时人（包括革命的领导者、参与者、革命的对象，以及旁观者——各国政府、使节、记者）的态度、言论和作为。无数可能抵牾的细节组成了真实的时空序列，许多看似偶然的琐屑构成了历史的必然。老大帝国在世界工业革命之后，不知道天下之大、变化之巨，还想闭关锁国，继续以天朝自居，其一朝覆亡已是命定之事。他让我们看到了孙中山及其革命党同志的至伟丰功，也让我们知道，如果没有孙中山，也一定会有别的什么人成为革命的精神领袖。清廷的覆亡绝对是历史的必然。皇亲国戚的倒行逆施，朝廷大员的离心离德，人民生活的困苦潦倒，留洋学人的觉悟宣传，各国列强的侵略逼迫……王树增让我们认识到：革命是任何人都无法阻挡的历史大趋势。

王树增是作家。他笔下的每一个人物都不是某种概念的代表，而都是人性高张、血肉丰盈、性格各异的活人。例如，对于孙中山，他不是采取一味评功摆好、极力大唱颂歌的态度，而是实事求是地既记述他的革命激情、真知灼见、战斗意志、高风亮节，也指出其空想、幼稚的局限性，某些匪夷所思的想法和做法，甚至为了争取日本支持不惜牺牲国家主权的错误观念。对于袁世凯，他写活了这个乱世枭雄。袁世凯既背靠朝廷与革命为敌，又以革命大势所趋，逼迫清廷退位；既窃夺革命胜利果实成为大总统，又背叛革命，自己做皇帝。他老谋深算、满嘴谎言，但在使清廷退位问题上，也确实发挥了作用。在王树增笔下，各色人等均活灵活现，如黎元洪极不情愿地被裹挟进革命洪流，最早指出袁世凯的野心是“驱逐满人，自践帝位”，在袁世凯窃取大位后不肯配合……又如袁世凯欲称帝，梁启超著文声讨，袁世凯送来封口费大洋 20 万，并威胁说：“君亡命已十余年，此种况味，亦即饱尝，何必更自苦。”梁启超回答：“余诚老于亡命之经验家也，余宁乐此，不愿苟活于此浊恶空气中也。”堪与梁启超之英雄气概媲美者有当时烈士多人，皆视死如归，如温生才成功刺杀广州将军孚琦后被捕，受审时清吏以酷刑威胁，温生才厉声道：“何不拿来一试？”虽惨遭重刑，“状态渠然”，至死毫无“畏缩气象”。袁世凯称帝，天人共愤，举国诛伐，而袁之侄孙袁不同的反对，王树增虽着墨无多，而人物早已跃然纸上。

王树增不是历史学家，因此，他写作《1911》的方法和过程，也教给了我们学习历史的门径。对于发生在 100 年前的辛亥革命，王树增无法去采访当事人，他只能借助文献。他阅读了海量的史料，不仅包括正史和官方文本，还有大量当时的报章、日记、回忆录，甚至野史笔记。对这些材料进行比较、甄别和拣择，加上自己的观察、思考和评述，从混沌、模糊和尘封历史中，把辛亥革命是怎么发生和进行的，原原本本地讲述给读者。他还原历史的方法，就是把当事人（不仅是革命党，而且还有立宪派和清政府）的表现条理清晰地展示给读者。如果有谁对某些事情有进一步探究的兴趣，大可以从书中所引述的几百种参考书中找出一些进行深度阅读。《1911》并不开始于 1911，也非结束于 1911。感谢王树增引领读者走近辛亥现场，缅怀革命先人，使我们更加敬畏历史。今天的中国正是由昨日的历史所演化而形成的，当下中国人的一切心性样态，都可以查出祖宗的基因。因此，只有读懂了历史，才有可能认清现实。

时逢辛亥革命百年之际，历史学界、文学界、出版界大显身手，推出了不计其数的相关著作，使读者有了各取所需的机会。我认为，读王树增的《1911》，应该是一个不错的选择。

2012.2.12

释典之智慧

——读史振中《金刚经释义》

2020年春节开始，因为新型冠状病毒肺炎流行而禁足在家，五个月期间看了不少画，也读了一些书。其中很重要的一本，就是史振中兄的新作《金刚经释义》的书稿。振中兄命我读后写序。我不敢答应，因为虽然读过一些佛家的书，但是所知肤浅，不能佛头着粪；又不能不答应，因为，他是我半个世纪的战友、同窗、同事和至交。当时便顾左右而言他，支吾含糊过去。直到读完这部20万字的著作，我觉得还是应当写点什么。当然，只是读后感，不是序。

1970年，我在福州当兵的第三年，振中兄从闽西山区的兄弟部队调来我所在的连队，我们成为战友。由于对文学的共同爱好，从此成为莫逆之交。三年后，我们一同进入厦门大学中文系读书，成为同窗。大学毕业，我们又回到福州军区空军，成为同事。后来，虽然各自都到了新单位，但是一直保持书信联系，成为此生不渝的至交。振中兄坐拥书城，手不释卷。他是作家，写过许多小说和评论，对世界和人生有极深刻的认识。他熟读佛典，深谙佛教和科学的关系，思虑深远，终于皈依佛法，在家修行。我也很爱读书，我把佛经当作哲学书读过一些，把《五灯会元》《高僧传》等当作文学书也读过一些。我们都读佛，我因为慧根浅薄，只读佛学，且是浅尝辄止；振中兄则在精研佛学的基础上，更上叩一关，神通佛法。

其实，我与佛还挺有缘的。我到过许多名山古刹，也与几位高僧大德交好。我的第一位释氏朋友是福州鼓山涌泉寺的住持普雨大和尚。1977 年，我当时在福州军区空军司令部工作，曾随福空参谋长到驻鼓山的团蹲点一个月。白天在部队工作，晚上没事就到隔壁涌泉寺去找普雨法师。他是北京人，很愿意和我这个北京兵聊天。普雨年轻时曾在北京艺术学校学习和工作，出家后曾到日本留学，经历丰富，识多见广。我那时二十多岁，喜读各类书籍，对世界充满好奇，对这位去过东洋的博学和尚更是满怀钦敬。当时，“文革”刚结束，我满脑子都是宣传小册子里的标语口号，听他讲佛学典故，实在是一种享受。这可能是对我的佛学启蒙。后来，我还与几位上座长老或沙门僧尼也偶有过从交往，故于佛教的“三千威仪、八万细行”略知一二。我在厦门大学求学的六年间，曾经去过校门口的南普陀寺不下百次。最使我印象深刻的当属泉州。由宋代理学家朱熹所撰，现代高僧弘一法师为开元寺所题写的“此地古称佛国，满街都是圣人”，最能代表泉州精神。泉州的寺庙很多，在并不很大的东海观音禅寺，住持道兴法师以他的博学、睿智和慈心善行使我了解了和尚们的日常生活和精神世界。

读佛书则是受钱锺书先生的启示。钱先生十分赞赏佛典的智慧，在他的学术著作中更是随处可见称引。他本来就通览熟读各种释典，后来《中华大藏经》出版时，又随出随读，一一寓目，遂尽入彀中矣。我在阅读《管锥编》对《全梁文·头陀寺碑文》的考论时，竟意外发现了钱先生关于阅读佛学路径的点拨。他说：“按余所见六朝及初唐人为释氏所撰文字，驱遣佛典禅藻，无如此碑之妥适莹洁者。叙述教义，亦中肯不肤；窃谓欲知彼法要指，观此碑与魏收《魏书·释老志》便中，千经万论，待有余力可耳。”

我读王中（简栖）的《头陀寺碑文》颇受启发。所谓“驱遣佛典禅藻，妥适莹洁者”，钱先生举例称：“刻划风物，如‘崖谷共清，风泉相涣’，‘桂深冬燠，松疏夏寒’，均绝妙好词；‘爱流成海，情尘为岳’，运使释氏习语，却不落套。”所谓“彼法要指”，碑文中从释迦牟尼创立佛教，到马鸣、龙树的复兴，略述佛学东渐，步步为营，列刹相望，终于完成佛教中国化的进程。佛法微意则在“视听之外”“心行之表”，须刻意阐发，或如“掩室息言”“杜口得意”，又如“高谢四流”“俯弘六度”云云；或如“凭五衍之轼”“开八正之门”，克服烦恼、欲望、生死诸苦，乃臻“其涅槃之蕴也”。

我读魏收《魏书·释老志》亦颇有心得。此文可能是中国最早的佛教史和道教史文献，也曾受到法国、美国和日本宗教史学者的特别关注和高度评价。从“始闻有浮屠之教”，到“白马负经而至”，至魏时已是“佛经流通，大集中国”。初时，为了便于传播和被接受，彼法“三归”“五戒”“六道轮回”等概念，多借儒家“君子三畏”“仁、义、礼、智、信”等名目为比附。由此，“净觉”“圣悟”“善恶报应”“渐积胜业，陶冶粗鄙”等，渐入华人意识。读此文可知，魏时是佛教在中国第一个最繁荣的时期。除了记述佛教来华的发展史，魏收还论及政教关系、佛门内斗和佛道生态等，这些都使我大开眼界。

此后，我开始涉猎佛学典籍，对《金刚经》等释典有了初步认识。此次阅读《金刚经释义》，颇感耳目一新，受益良多。窃以为，因此书能深解《金刚经》本意，故既可资学人概览领会佛学之需，又可供信众深入研习佛法之用。该“释义”有如下特点：

第一，提纲挈领，要言不烦。振中兄指出，《金刚经》有一个纲：凡所有相，皆是虚妄。这是所有读《金刚经》者都应当牢记的。《金刚经》结尾处的四句偈，对此作了进一步的解释，那就是：“一切有为法，如梦、幻、泡、影，如露亦如电，应作如是观。”振中兄解释说：“在这个世界上，所有一切的物质、实在，乃至一切现象、一切行动、一切过程，都像做梦、幻觉、泡沫、影子，也像露水、闪电，转瞬即逝，都不过是相对、暂时的存在。对于这个世界，应该这么看才是正确的。”此“六如”，见于《金刚经》鸠摩罗什译本，而真谛、玄奘、义净、菩提流支的四种译本，皆为“九如”，尚有“如灯、如星、如云”。无论是“六如”还是“九如”，确实极为经典。钱锺书先生认为，佛教教人不执着，说理明道时常用博喻，以免受教者囿于一喻而生执着也。故在各种释典中多有反复申说，《称扬诸佛功德经》有二如：“一切如梦，如水中月。”《佛说月上女经》有三如：“如幻化，亦如阳焰，如水中月。”《方广大庄严经》有四如：“如水中月，如谷中响，如幻如泡。”《维摩诘所说经》有五如：“如观水中月，观镜中像，观芭蕉心，观水聚沫，观空中鸟迹。”《成唯识论》有七如：“犹如：幻事、阳焰、梦境、镜像、光影、谷响、水月。”《华严经》有八如：“如幻，如梦，如影，如响，如水中月，如镜中像，如焰，如化。”《大智度论》有十如：“如幻，如焰，如水中月，如虚空，如响，如乾闼婆城，如梦，如影，如镜中像，如化。”诸如此类，不一而足。清林兆龙曾撰联：“如梦如幻如泡如影如露如电；不生不灭不垢不净不增不减。”上联为《金刚经》之“六如”，下联为《心经》之“六不”，堪称精巧浑成之绝对。

第二，深入浅出，循循善诱。振中兄说：“《金刚经》是众经之经，经中之纲，包含了《大般若经》的一切精华，故而成为最方便的法门。”此书这么重要，书中多有艰深费解之处，而振中兄却能津津娓娓，一一展示。如果说“凡所有相，皆是虚妄”是《金刚经》的世界观，那么，“无所住而生其心”便是《金刚经》的主旨。所谓“无所住而生其心”，便是在没有任何执着的心态基础上去生发出清净之心。为了便于理解，振中兄讲了禅宗六祖慧能的悟道历程。慧能少时，家境艰窘，砍柴为生。某日偶然聆听人诵《金刚经》，心为所动。后入寺做杂活。适逢五祖弘忍让众弟子作偈子，若有开悟者，就选为接班人。大弟子的得意之作未入弘忍法眼，不识字的慧能的偈子却引起他的注意，当夜为之说《金刚经》，至“应无所住而生其心”，慧能大悟，成为六祖。振中兄不仅讲故事，还进行了精妙的分析，引导读者真正理解无住生心。《金刚经》传播史上的这个最著名事件，成就了慧能大师，也将启迪诸多读者或信众开悟。

第三，多方比照，融会贯通。从字、词、句、段、章的一一解说，到概念、观念、思想、哲学、体系的层层阐释，示滥觞，判流别，辨其异，通其同，博征多多益善，旁通头头是道，说明什么、怎么、为什么，清晰明了，谆谆不倦。振中兄佛经读得多，记性好，最擅长发现不同经书间的联系。他讲的是《金刚经》，于释典如数家珍，信手拈来，取用自如。他引述或用于参照互证的有《华严经》《大涅槃经》《大般若经》《妙法莲华经》《楞严经》《楞伽经》《圆觉经》《无量寿经》《维摩诘经》《心经》《阿弥陀经》《地藏菩萨本愿经》《金光明经》

《解深密经》《贤愚经》《大宝积经》《梵网经》《四阿含经》《佛说佛名经》《百喻经》《维摩诘所说经》《大智度论》《中论》《瑜伽师地论》《大乘起信论》《摄大乘论》《大乘百法明门论》《肇论》《摩诃止观》《六祖坛经》等数十部之多。非仅如是，秉持佛说“一切法皆是善法”，振中兄的释义还大量借助了文学、史学、哲学、社会学、心理学，诸子百家，各门宗教如道教、犹太教、基督教和伊斯兰教，甚至科学史和最新的科学技术成果。这都是难能可贵的，要具有法眼，方能成办。

第四，学以致用，身体力行。振中兄从知佛学而明佛法是一个十分自然的过程。他从来都是一个温和善良、表里如一的人。作为一位作家，唐宋的柳宗元、白居易、王安石、苏东坡，现代的李叔同，都是他的榜样。他是真正信佛的人，他参透了人生，也参透了佛法。他的身体虽然未入佛寺，但是思想上早已皈依了。他只修证，而不图居士之名，也不求出家。他读佛、信佛，不但自己受持读诵《金刚经》，还荷担为人，广为他人说，阐幽抉微，俾人心领神会。他自省以忖人，观人亦资自知。他最关心的是世界的真相和人类整体的命运。他最想说的是：人从哪里来，要到哪里去，以及现在应该做什么。

陈寅恪先生说过：“我偶取《金刚经》对勘一过，其注解自晋唐起至俞曲园止，其间数十百家，误解不知其数。”因此，我对《金刚经》，如对所有的释典，心存敬畏。读《金刚经释义》可知，《金刚经》既可入门，又可深造。振中兄在病中写成此书，又八易其稿，他指引读者上筏，又鼓励读者到岸舍筏。他的精神实在可嘉。

我从《金刚经释义》中学到了许多，而只能挂一漏万地提及以上几个特点。希望得到读者和振中兄的批评指教。写此文，虽是不能不为而为之，实则知其不可为而为之。自讨苦吃不说，最怕因我不懂佛法而歪曲了振中兄的本意。因为只是读后感，知我罪我，悉听世人。

2020.6.21

昔日家国的万里遥望

——读董时进《两户人家》

最近读到一本题为《两户人家》的奇书。谓之“奇书”，理由有三，一是一本长篇小说，却出自一位农业经济学家之手；二是该书作为一本农村题材的小说，提供了在中国现代文学中并不多见的社会图景；三是该书虽非刻意要在文坛造成大的影响，却很可能在文学史上留下印迹。

卷首有作者董时进之哲嗣、美国布法罗纽约州立大学教授董保中先生所写的序。虽然与董保中教授交往已经20多年，拜读过他关于中国古代文学和中国现当代戏剧精深研究的论著，却从来不知道他有个会写小说的父亲。读了序，我对作者才有了些许认识，对书中的描写也就有了更深入的理解。董时进是一位农学家，从小看到“沃野千里，利弃于地”，立下学习农业的宏愿，欲“求得工具”，以改变农民“墨守旧法，靠天吃饭”的宿命。从开蒙至学成，他从垫江走向重庆、上海、北京、美国，无论视界怎样不断开阔，心里一直关注着故园神宇。在取得康奈尔大学博士学位后，他于1925年回国，亲身从事农业改革、农村实验和农民教育的实践。虽然他未能亲自实现自己改变中国农业、农村、农民的宏愿，但是这个理想却从未须臾放弃，因此，在古稀之年写下这部小说，为曾经的农业社会留下真实的影像。

自从美国人类学家罗伯特·雷德菲尔德在《农民社会与文化》一书中提出了“大传统”（Great Tradition）与“小传统”（Little Tradition）的概念后，学术界对于社会文化的描述便有了新的理论工具。这种二元分析框架认为，复杂社会中存在着两个不同层次的文化传统。大传统是以都市为中心，由少数上层人士、知识分子所代表的文化，小传统是在农村中由依附于土地的乡民所代表的文化。我读《两户人家》，似乎对中国的小传统有所发现。国家有国家的体制制度，“君子”“士大夫”阶层有自己的文化传统；而乡村和农民则另有自己的一套。书中对乡村的民风习俗、亲戚邻里关系、婚姻生育观念、贫富穷达理念等，有真切传神的记叙表达。对于乡民们在腐官压迫、悍匪袭扰下苟活的情景，有细致入微的描写。对许多从大传统看来匪夷所思、不可能的事情，在小传统看来则是顺理成章、无疑义的。有些事情，今日观之是毫无道理，而在当时却也见惯不惊。例如，书中运隆、运盛原是平分家产，运隆勤劳节俭，家境日益丰裕；运盛则懒惰挥霍，遂逐渐败下去。运盛及其子弟不思己过，只是觊觎运隆的家产，早就盼他快死，以便抢掠。当年运隆、运盛父亲去世，运隆料理丧事，运盛却私下恳求阴阳先生选一处坟地，使二房发、大房败。后来，运盛果然连生儿子，运隆却只生女儿，后来虽然生了钜楷却短命。钜楷天资聪敏，志向不凡，才十三四岁，已经熟读“五经”，写得一手好“八股文章”，人人都以为前途不可限量，谁知竟然少年夭折。这种命运却被认为是因为父亲做生意大称小斗，损了阴德。这次运隆去世，家里没有主事的男人，运盛的儿子文楷便来帮忙办理后事，决心再选一块坟地，务必使运隆的后代从此断绝。办丧事时，大把花钱，恨不得让运隆家立刻变成赤贫。不仅如此，他还勾结黄氏宗亲老辈子，阴谋强占运隆遗下的房屋土地。运隆的儿媳章氏虽然聪慧明理，看出了事态的险恶，却不能抛头露面，主动解决，而只能在文楷前来搞鬼时，因势利导，见招拆招。该书对于农村的落后、村民观念的愚昧、人心的险恶，亦颇多深刻揭示。

董时进不是专业作家，可能也不曾特别关注中国现代文学中对农村社会的描写，他只是不能忘怀万里之外的故国乔木和早已远逝的少年岁月，他把昔日那些刻骨铭心的事情、那些激励他读书向上的人们和自己今天的心境融合起来，写下来。于是，我们就有幸读到了这本《两户人家》。董时进从容不迫地运用白描的笔法，把发生在川东垫江兴隆塆由一对亲兄弟衍生的两户人家的故事讲述出来。这类故事，在 19 世纪末到 20 世纪中的中国农村，比比皆是，因此，我们不妨将其就看作那个时代中国农村的日常故事。状景时，短短几句，即跃然纸上，如："节令甫入仲秋，包家寨已呈冬意。寨墙上立着三个小娃，他们消瘦的身体，被棉袄衬成肥胖，他们苍白的面庞，被寒风染成紫红。"好一幅"秋日萧瑟图"。写人时，仅寥寥数笔，便惟妙惟肖，如："文楷有一个魁梧的躯干，洪亮的嗓子，肥脸大头，颈项上长有一个碗大的痒子。他说话时，痒子一跳一蹦，好似青蛙叫唤时胸前一胀一缩的模样。他吼叫起来，不仅儿童和妇女害怕，甚至可以使狗跳鸡飞。"而于通篇白描中，不时间以渲染，亦颇能添波澜、饶姿致，如："老陈说话时，满脸通红，麻点闪烁跳蹦，好似狂风吹来水田荡漾时的浮萍。"村里人把哥哥运隆叫作"补锅匠"，把弟弟运盛叫作"凿锅漏"，意思是运盛惹出事情之后，总是运隆去道歉和赔偿，亦极恰切确当。

书中人物，如章氏、运隆、文楷、正绪、可生、可大、可法等，皆生动有趣、栩栩如生，颇可细细赏析，而非此短文所能做到。美中不足之处，则是全书收束部分与前文津津娓娓的从容叙述不同，有些流于对人物结局的交代，呈略显匆忙之感。当然，小眚难掩大德。总之，我以为，该书不仅有文学价值，而且有认识价值，是应当在中国文学史上占有一席之地的。

2012.7.17

人物是作家的精神自传

——重读朱苏进《射天狼》

福楼拜说过，“包法利夫人就是我”。郭沫若也说过，“我就是蔡文姬”。朱苏进虽然没有说过他就是袁翰，也没有说过孟中天、苏子昂就是他；但是，很明显，那些人物身上都倾注着他的理想和梦想，都和他有着相同的基因，他笔下的人物系列正好构成了他的精神自传。虽然，文出诸人、人如其文的说法，已被某些作家的行径所颠覆，但是，朱苏进异乎是，他总是按照自己的尺度塑造人。所以我认定，袁翰或者孟中天、苏子昂，还有其他，所有这些卓尔不群，带几分孤傲、几分激愤，略有理想化之嫌的人物，将他们捉置一处，就是朱苏进。

朱苏进不到 18 岁就开始文学创作，以后的 10 年，只能算作技术实验期，直到《射天狼》出现，他才真正进入艺术创作期。进入而立之年，朱苏进便显示出大家气象。举凡寻常人物、普通生活，一出其手便别有意味。金银铜铁只是原料，经过其胸中炉锤熔铸，再出来便气度不凡。用不着深文周纳、穿凿罗织，朱苏进偏爱有加、寄慨遥深的人物大多自命不凡、傲视同侪，而且他们尽管可望难即、欲求不遂，仍然特立独行。

朱苏进是一个思想者。静者心多妙。关于战争与军人，朱苏进的思考不仅比多数作家深刻，甚至比许多军事专业的职业军人更深刻。他认为，任何兵器，“只要它是卓越的肯定就是一件艺术品”。“现在高品质的战争已经接近于艺术创作”，“战争越来越作品化了”。他说：“我想任何一个士兵的处境，同时也是人类处境的一部分。”“他的强大与脆弱纠缠在一起，甚至可以说是各种各样的脆弱才造就了他的强大。”因此，士兵的生存、道德、心智都充满了尴尬。《射天狼》问世的年代，中国人的思想刚开始解放。而朱苏进对于军队已有自己的理想样貌，他“痛楚而又快意”地思考着。一些这时还比较粗糙的念头异想，后来深化成思想创论。

朱苏进本质上是一个批判者。他创作的成就不在故事而在人物。梦中军人和现实中军人的反差，使他明白得到的并不是追求的。记得有人说过，“文学是痛苦的分泌物”。他孤独，他郁闷，无以排遣，于是他开始创造自己的世界。爱之深，责之切，他从正面引导到痛下针砭渐次深入。他秉持自由的精神而最终获致真正的精神的自由。几似人病增妍、珠愁转莹，他善于发现和欣赏残酷的、壮丽的美！

朱苏进其实是一个殉道者。他对于军队和文学有双重的热爱，并且均臻于极致。借他人之酒，浇自己胸中块垒。他笔下的军人，无不具有牺牲精神，在战争与和平中选择战争，在国家与自家中选择国家，这是他骨子里挥之不去的东西。战争才能让军人表现自己，引而不发的状态，也是英雄悲剧。而且正如鲁迅所说："人们灭亡于英雄的特别的悲剧者少，消磨于极平常的，或者简直近于没有事情的悲剧者却多。"

朱苏进是军事文学的独行侠。他对美的敬畏和领悟总是比我们深刻，从棋理通达世情，不饮酒而知微醺境界之妙；他语不惊人死不休，甚至对笔下人物的名字，也绝不率尔操觚。然而，文学界为道日损，每况愈下，所有人都熟见习闻，安焉若素。朱苏进却转身影视创作，有好事者问为何如此？何时归队？他顾左右而言他："吾为稻粱谋。"其实，道不同不相与谋。谁能理解，要有多么深巨的痛苦和失望，才能使这位兵马俑巨匠告别文学？

朱苏进意在以炮群射天狼，用第三只眼凝眸，发现目标接近无限透明，始终引而不发，看天下人醉太平，他欲飞而无力振翮，期冀从绝望中诞生。

我与朱苏进虽形迹不密，而神交久矣。人之信息交流，端赖心灵感应，我们曾在中山陵闲话，话不在多，三两句可以交心；也曾在沪上书店相遇，时不在长，一刹那可以会意。对其创获甚少评骘，既不冒充专家，指手画脚，也不谬托知己，赠以桂冠。我只是作为读者，以意逆志而已，唯求免于固哉高叟之讥！

2015.08.22

成长中诗的记忆

——读邹明珠《难忘情怀那杯酒》

华灯初上，我翻开这本书，但见满卷诗句华美、诗情醇厚，而所以能如此，端赖诗人之匠心别具，正所谓喧嚣中的意外。

若欲读懂诗，须知人、知世、知事，也就是说，要研究诗与作者、诗与时代、诗与本事之间的关系。从后记可知，本诗集不啻青年诗人的情感史。一切奇思妙想，所有斑斓摇曳，都是为了记录诗歌与作者同步成长，从青涩迈入成熟的进程。

作者曾经受过良好的传统文化训练，对于中国古代文学的热爱与熟知，使得她的诗歌话语系统能够从早已作古的诗句里，淘澄出熠熠生辉的珠玑。她的诗破门而出，敢于换血，只是创新形式，却不生造语汇。她用自己的方式，按自己的心意把这些珠玑串起来，那些绽放心绪的涟漪，成就了新的生机、新的思想和新的意境。

作者长期游学于东西海，执业于国内外，全球化语境的浸润熏染，使得她目力悠远、思维活跃，她的诗行自是深刻有加，富蕴哲理。她的诗只是融入思致，并不稗贩西洋名词。她长于比较，尤擅反思，能使故国神楼焕新彩，旧日风物开新颜。

设若爱情是人生的必修课，那么这本诗集中，无论是从生活中采撷的缱绻意象，还是只有对方能懂的呢喃话语，就都算得是诗人的课堂作业。爱情是什么，甜美心跳、温柔投诚自是题中应有之义，然而别离残酷、背叛陷阱亦或无力回避。因此，既有痴狂的欢唱，也有苦涩的泣诉，可能才算得是真正懂了爱情。千古焦渴的爱，虽然仍是孤独、寂寞和需要等待的，但是，这里已不见了犹抱琵琶半遮面，伴随凝眉低首的，是直抒胸臆的抗争倾泻，是要求拥抱的高喊低唤。洪荒之时山是山，人生途中山非山，曾经沧海，始知山仍是山。到过远方，始知何谓诗；心如止水，始知何谓爱情。

一个时代有一个时代的文学，我以为当代的文学代表并不是诗。文学可以是大众的，而诗一定是小众的。我一直以为，尽管诗是诗人最任性的写作，诗人指顾四海、放言八荒并不能彻底跳出人世的桎梏；同样，诗人费尽心思、巧言曲传也无法完全掩饰心底的消息。我以为，集子里所有的渴望、脉跳和心痛，都是诗人的真切感受。

集子里那一章章短诗，新奇、精致、跳出，犹如一首首古诗绝句，深度解读需要花费太多笔墨，我只好浅尝辄止。而且诗人然，读者未必然。有时读者读诗，犹如与诗人在玩捉迷藏的游戏。有的诗人“吟安一个字，捻断数茎须”，刻意雕琢之句却自矜为此意天成、妙手偶得，读者偏不买账，揣之摩之，终于窥破心机。诗人邹明珠并不如是，她把自己对世界的感受和盘托出，引领读者将心比心。对这样的诚意之作，读者不仅心有戚戚，而且乐于创造性解读。

情怀是诗，诗就是酒。今天喝了一杯美酒，我想问的是：何日能再来一杯？

2017.12.16

地震给文学的启示

面对 5 · 12 汶川大地震，震区人民不抛弃、不放弃，表现出顽强的生命力，给全中国人民上了一课。全国人民伸出援手，帮助受灾同胞重建生活，中国又一次表现出空前的团结。文学早就开始表现地震了。震定思震，我们有很多地方值得检讨。地震给了文学什么启示？我们究竟需要什么样的灾难文学？应当如何发展中国精神？文学应当如何表现自然？

一、我们究竟需要什么样的灾难文学？

去年汶川大地震时，四川受灾群众和救援人员都显示出了共同的坚强、无私、善良与执着，军民的表现感动了每一个中国人，也感动了全世界。我能够到四川来，亲身感受和学习四川人民的坚强性格和勇敢精神，借以净化自己的心灵、提高自己的思想境界，确实机会难得。地震之后，我们的作家迅速赶到现场，投入抗震行列，参与和体验，感受和发现。他们确实是受了感动，因此，写出了一大批优秀的作品，再现感人的故事，升华生命的尊严，歌颂人性的光辉。我读了其中一部分，也深受感动。好的方面到处都说得挺多了，我不想再重复。我想说一点另外的意见。那就是，这些作品，与真实的山崩地裂、天惊地动、乾坤扭转的大地震比起来，与汶川群众不抛弃、不放弃的坚定信念比起来，与救援部队在非战争军事行动中的坚韧不拔、顽强拼搏、勇敢牺牲精神比起来，与中国博大精深、源远流长的文化传统比起来，我还是觉得很不相称、很不满足，特别是深感作品的厚重度和深刻性还很不够。我是个军人，我所读到的部队作家的作品多一些。我想，很可能四川有更厚重、更深刻的作品，如果有，我愿意马上补课。

清代诗人兼史家赵翼的《题元遗山集》中有一联："国家不幸诗家幸，赋到沧桑句便工。"虽然诗人讲的"沧桑"指的是政治事件，但是"沧桑"的本意就是指地壳变化。发生了这么重大的、世所罕见的特大灾难，我们又有那么多专业作家，按照常理，应该有好作品问世，读者也有理由要求读到更好的作品。

想看这样的作品是我一个长期的期待，且不说唐山大地震后只出了不多的几种书，而且其影响除了个别以外，基本上还达不到我们的期望值。就是我曾经参加过的1998年抗洪，当时为了击退惊涛骇浪，几乎举国动员；“非典”也一下子把全国人民都打晕了，大家也都很恐惧也很亢奋，很多人觉得经历了“非典”，好像从死地上走过了一趟，对人生似乎都有了新的看法。但是，结果怎么样呢，作家们至今也没有拿出像样的作品来。

那么，什么是“像样的作品”？或者我理想中的“像样的作品”是什么样的呢？我想在这里举一本书为例来说明。

中国成功的灾难文学我还没有找到，而在世界文学里有很多，比如《圣经》里的硫磺火湖，《神曲》里的炼狱。葡萄牙著名小说家、诺贝尔文学奖得主若泽·萨拉马戈的小说《失明症漫记》。作品写于1995年，描写某国某城市，一个人驾车在十字路口等绿灯时，突然失明。但是，他不是陷入黑暗，而是如同坠入雾中或者说落入银河系大海中。有个好心人替他开车，送他回家后偷走了车。妻子带他乘出租车去就诊。一天之内，妻子、出租车司机、医生和他的三个病人以及偷车贼，都得了“失明症”。疫情开始火速蔓延。政府在惊恐中将失明的男男女女关进废弃的“疯人院”，以期在隔离中令患者自行“消失”。守门的士兵接到命令，对出逃者格杀勿论。病人越来越多，疯人院越来越拥挤，厕所用不成了，食物越来越少，没人给看病甚至无处埋葬死者。失明者在恐慌与无助中度日如年，苦不堪言。此时此刻，不可避免的是，社会公约开始崩溃，罪恶的念头在幸存的失明者中萌芽——口粮被偷走，妇女遭强奸。医生太太为了照顾失明的丈夫，伪称自己也是瞎子，因而发生的一切都落入她的眼中：机智的少妇、懦弱的丈夫、刚烈的妓女、狠毒的恶棍，演出了一场令人啼笑皆非的人间悲喜剧。小说虽纯属虚构，却又以假还真，所展现的却是“这个世界的一个缩影”。萨拉马戈通过这么一个荒诞的灾难故事，揭露了人类最丑陋的欲望和不可救药的脆弱。作品情节离奇怪诞，想象力丰富，思想尖锐，淋漓尽致地展现了人性中的恶与善。对于这部帮助他戴上诺贝尔奖桂冠的杰作，萨拉马戈说：“失明并非真的失明，这是对理性的失明。我们都是理性的人，但是没有理性的行为。如果我们做了，世界上就不会有饥饿。”《失明症漫记》出版后受到多方赞扬，评论界说：“在最近几年出版的任何文字的小说当中，《失明症漫记》都是最具挑战性、发人深思和令人亢奋的作品。”被认为是自加缪的《鼠疫》之后疾病灾难题材的又一部重要作品。萨拉马戈有着强烈的历史使命感和社会责任感，关心人类的命运和世界的前途，他的作品立足于葡萄牙民族本土，继承了优秀的民族传统，又吸收了当代文学的各种手法，创立了一种充满想象、隐喻、讥讽的小说形式，为葡萄牙文学和世界文学做出了贡献。此前，萨拉马戈曾获得“西班牙骑士大奖”和法国政府颁授的“文学骑士勋章”，1998 年获得诺贝尔文学奖，是首位也是直到目前唯一一位获得该奖的葡萄牙语作家。获奖的理由是：“由于他那极富想象力、同情心和颇具反讽意味的作品，我们得以反复重温那一段难以捉摸的历史。”

我期望有这么一部文学作品，它描写人类的一种困境或者一次灾难，表现人间的爱与温暖，表达人与人之间的真诚和理解，批判人性中恶的部分，使生命重获洗礼，走向崇高；它不受意识形态、种族的局限，它在形态上是惊世骇俗、不同凡响的；它不能只停留在报道层面，感动我们，它要反思、要想象、要创造，要震撼我们；它要有很高的文化品位、很精致的艺术面貌、很美的语言文字，要很有魅力、很好看。

这就是我对抗震文学的期待。其实，今天在这里这样谈问题是很冒险的，因为我可能把大家十分熟悉的这本书、把几乎是常识的话题拿来说事。按照网络上的说法，这就是“火星人”。火星人耽误了时间，就只有请大家原谅了。

二、应当如何发展中国精神？

从天地玄黄、宇宙洪荒直到现代中国，作为人类的一支，中国人在这个地球上已经生存了亿万斯年，形成中华民族有文字的历史，也已经有了五千年以上。在这亿万年中，我们的祖先与大自然的千万种生物共同生存，同各种凶猛的野兽生死搏战，在历次自然灾害中自救救人，经历了无数次的生死存亡，在适应环境、改造环境的同时，中国人自身也得到不断发展、进化和改良。今天的中国人的生命基因中记录了这个发展历程的全部密码，最新的科学已经进步到可以破译这些密码了，人是怎么发展到今天这个样子的，这个秘密可能不久的将来就会被完全揭示出来。母碧芳在《北川殇》中写道，地震前三个月，她一连做了两个梦，真切地梦见了地震。把梦说给别人听，谁也不信。到地震前一个星期，她连续一周都莫名其妙地心悸、低烧和耳鸣，大地震发生后这一切就全部停止了。何开四先生讲到，有这种感应的，其实不止母碧芳一个人，北川有上千人有预感。何先生认为这是地震带人民的身体基因中的一条密码。虽然此说没有科学实验的证明，并且迄今尚未引起科学家的重视，但我认为这个看法很有道理。为什么某些小型动物对于地震的预知比人类敏感得多？其中很重要的原因就是这些动物比人类更易受制于环境，地震对于它们的伤害比对于人类要严重得多，它们身体的基因中关于地震的可怕记忆自然就会比人类更强烈、更敏感。四川汶川一线，历史上就是地震频仍多发地带，当地人身体的基因中也自然藏有其他地区的人所不具备的神秘密码，使他们能够在某种程度上拥有预感地震的特异功能。

伴随着中国人种延续、发展的，是中国精神的延续、发展。精神是什么？据《现代汉语词典》的解释，精神是指人的意识、思维活动和一般心理状态。那么，中国精神是什么？就是中国人的精神特征，是一种标志性的东西。许多学者有专门的研究和精彩的论述，我个人很浅薄的见解就是“自强不息”四个字。中华民族是多灾多难的，但是，我们之所以没有灭绝，我想靠的就是自强不息。中华民族的精神基因也是博大复杂的，需要专门家的研究。有许多精深的基因密码需要破译。我对这个问题没有专门的研究，只能谈一点粗浅、直观的认识。

中华民族五千年的灿烂文化以及我们还很不了解的史前文化，川流不息，渊澄取映，自然而然地形成了中国精神。中国精神是抽象的，却也是可以触摸的。我感到四川人民能够代表中国人民的精神，比如吃苦耐劳、坚忍、坚强。我当兵当了40多年，调动到过许多部队，所有部队有一个共识，那就是：四川兵是好兵。这次汶川大地震，我们从电视中看到，无论是老人还是孩子，无论是干部还是普通群众，无论是军人还是老百姓，都是那么善良、纯朴、勇敢、从容、坚强。灾后艰苦自救，正在争取浴火重生。我认为四川人民前途光明，大有希望。四川人的精神就是中国人的精神。

四川作家发扬文艺工作者的优良传统，再一次以人类灵魂工程师的身份，创作了一大批优秀的抗震文学作品，最迅速、最真切、最感人地记述了四川军民抗震自救的英勇事迹；再一次表现了中国人民自强不息的精神，为中国精神基因的健康发展做出了卓越的贡献。我向他们表示诚挚的祝贺。但是，维护我们精神基因的健康，仅仅表彰抗震英雄们的风采是远远不够的。几位四川作家都谈到，在抗震斗争中还有一些不好的东西，负面的东西。存在这些东西并不奇怪，就像中国还存在着那么多问题，这些问题都是腐蚀剂，是坏的榜样。这些东西不除，群众心里就不舒服，很多社会问题也就会愈演愈烈。这些东西就会给中国精神抹黑。但是，就像中国人的肉体经过了那么多灾难，我们的基因却变得越来越坚强了一样，中国人民的精神虽然也受到各种戕害，受到党内和社会上各种腐败现象、丑恶风气的污染，但是，“自强不息”的中国精神一定会越来越健旺。这就需要我们的作家多创作有深度、有批判力量的作品。

三、文学应当如何表现自然？

这个问题关涉到我们的自然观。我们总是高傲地认为：“人是宇宙之精华，万物之灵长。”过去，我们的口号是“战天斗地，其乐无穷！”人总是自以为是，在建设和发展的进程中，肆意破坏环境和生态。这种短视和愚蠢实际上已经使人类丧失了自称是“宇宙精华，万物灵长”的资格。

培根有句名言：“只有服从自然才能指使自然。”（Nature, to be commanded , must be obeyed.）最近听到几位意欲写地震小说的四川作家谈到，他们不但对逝去的亲人或一般意义上的人表示哀悼，也对地震中死掉的牲畜家禽、飞虫走兽抱有哀思，甚至对于颠覆的山峰、干涸的河流、倒塌的房屋、崩溃的道路等，也都充满不舍之情，这让我非常感动。我知道这是经历了地震，目睹了满目疮痍之后才可能有的情怀，是非常可贵的情感经验。地震引发我们对于生存、尊严、价值的重新思考。我们应当与环境和谐相处，必须对自然保持敬畏与尊重，肆无忌惮就一定会受到惩罚的。

对自然的破坏以先发国家为先，对这种破坏最早反思的也是先发国家的作家。一种专事思索人与自然关系的欧美文学流派被称为“自然文学”。19 世纪美国著名作家爱默生的观点是自然文学的理论基础。他说，“自然是精神的象征”；他认为，“认识你自己”和“研究大自然”应当合二为一。爱默生的朋友、作家梭罗 28 岁时，曾花 29 美元在瓦尔登湖畔盖了一间木屋，隐居两年多。在此期间，他过着简朴的田园生活，基本上自给自足，每年只花 8 美元。在与大自然亲密接触中，他写下了《瓦尔登湖》。他写道：“我们应该改变事物的顺序：第七天应该是人类劳动的日子，在这一天以额上的汗水赚取生活的必需品；其余六天则作为感性和灵性的安息日，漫游在广袤的花园里，啜饮大自然温柔的感化和崇高的启示。”对梭罗来说，大自然处处皆风景，处处有文章。尽管卉木无情，禽犊有知，梭罗都尔汝群物。梭罗的许多描述都极具有启发性，例如书中曾提到梭罗听见无弦琴的美妙声音。在古希腊传说里，无弦琴并无弦，只要风动就能发出声音，但只有内心纯净的人才能听见。世上当然没有无弦琴，梭罗是在呼吁人们回归自然的纯净。梭罗极为重视人文关怀，书中屡屡利用大自然引人入胜的力量来劝醒庸庸碌碌的世人。梭罗不断痛斥物欲横流的资本主义，也持续批判政治的病态，提倡返朴归真。梭罗认为热爱生命远比享受物质丰盈得多。梭罗称引孔子“德不孤，必有邻”之说，表明自己独居之处虽然没有邻居，但并不孤独，和人群保持距离有助于反省。梭罗认为，人们应该当自己内心世界的哥伦布，敢于探索及开发。到 20 世纪，自然文学在欧美大行其道，创作与研究都成果多多。近期，自然文学已经发展到更广阔的地区，由于其魅力和深刻性，正越来越广泛地影响着当代人的生活和思想。

我最近读到两本书，一本是方敏的《熊猫史诗》，一本是李青松的《一种精神》。方敏用 12 年时间，20 多次进入大熊猫保护区，与遥远、庆庆、戴丽等大熊猫面对面亲密接触，亲近大熊猫、理解大熊猫，和大熊猫建立了感情，最后完成了大熊猫作为物种的生命传奇，把大熊猫 300 万年的自身演进发展史以及与人类的关系史用文学形式表达出来。李青松作为国家林业局的干部，写下了大量涉及人与自然关系的文字，非常可贵的是，他特别注重描写人纠正自己在与自然相处当中犯下的错误。这两本书似尚不能归入上文所说的欧美自然文学，但是，显而易见，作者的生态商已经达到较高境界。这是一个重要信号，标志着中国作家中涌现新一代自然文学作家的时机已经到来。事实上，如果仔细检点一下，类似的作品我们已经有了一大批，其中有影响的作品还有陈建功的《放生》、乌热尔图的《七岔犄角的公鹿》、王凤麟的《野狼出没的山谷》、梁晓声的《猎熊》、中杰英的《猎杀天鹅》、张抗抗的《沙暴》，等等。只是专门从事自然文学的作家还不多，对自然文学的研究也还很不够。

2009.8.4

关于筹备一场未能举办的文学研讨会的前前后后

最近，读了美国布法罗纽约州立大学董保中教授和著名作家徐怀中先生对 30 年前中美战争 / 军事文学研讨会的回忆文章，让我回忆起那个差点举行的会议的前前后后。

1987 年 6 月，中国作家协会主席团成员徐怀中参加中国作家协会派出的“中国作家友好代表团”出访奥地利。他在那里与美国布法罗纽约州立大学的董保中教授相遇，两位讨论起中国文学，相谈甚欢。两人都希望举办一次中美双边的战争 / 军事文学研讨会。中国作家协会很支持这个活动，指定由中国作家协会对外联络部副主任陈明仙女士负责与董保中教授联系。时任总政治部文化部副部长的徐怀中向总政领导做了汇报，并且得到支持。

当时，我在总政治部文化部当干事，分管作家和文学事务，负责与中国作家协会的日常联系。因此，部队方面的组团、筹备和联络工作就成为我的任务。经与中国作家协会交流酝酿，很快有了一个名单，团长：徐怀中；团员：胡石言（南京军区创作室主任）、王愿坚（解放军艺术学院文学系主任）、彭荆风（成都军区创作室主任）、王中才（沈阳军区创作室主任）、周政保（兰州军区创作员）、朱春雨（第二炮兵创作室主任）、乔良（空军创作室副主任）、黄建中（解放军文艺出版社《昆仑》编辑）、黄国柱（解放军报社编辑）、陆文虎（兼任中方秘书）。全团由老、中、青三代作家组成。老一代：徐怀中、胡石言、王愿坚、彭荆风，年龄在 60 岁出头；中年一代：王中才、朱春雨、黄建中，年龄在 50 岁左右；青年一代：周政保、乔良、黄国柱、陆文虎，年龄在 40 岁以下。不论从哪个角度看，都是一时之选。

1988 年 4 月 5 日，中国作家协会致函总政文化部称，“研讨会订于 1989 年 10 月在美国举行”，“美方组织者董保中教授来函，希望我们尽快通报中方与会人名单及学术论文题目”。并称：“徐怀中同志对部队作家熟悉，又是中国作家协会主席团委员，我们认为徐怀中同志担任中方组织者是合适的。”团员也都是“在写作上有一定代表性，又具有较高的理论素养，或对外国文学有相当研究者”。作协还提出：“这次研讨会美方学者认真严肃，对论文水平抱有较高希望。我们是初次与国外合作举办关于战争文学的研讨会，希望得到你部全力支持，把这项工作做好。”要求总政文化部“及早组织有关同志阅读作品和资料，确定论文题目，精心撰写论文，以使这次交流活动圆满成功”。

4月26日，总政文化部向总政领导报告了以上内容，获得批准后就开始筹备工作。中方参会人员开会初步提出论文选题，与董保中教授协商调整后，很快确定下来，大家积极性很高，就分头去撰写了。此后，由我了解进度并不断催促。为方便开会时交流，这些论文由我请人译为英文。在此期间，我曾与洛阳解放军外国语学院的姚乃强教授密集联系，商量翻译论文的事务。

美方的组织者董保中教授是美籍华人，在美国布法罗纽约州立大学任中国语言文学教授与导师。祖籍四川(今重庆)垫江。1951年到美国。旧金山州立大学学士，伯克莱加州大学硕士，克莱蒙研究大学中国文学博士，博士论文《秩序与形式的追寻：1928—1933年间的新月社与中国文学运动》。董保中教授教学之余，一直勤于研究著述。他对中国古典小说《三国演义》和中国现当代戏剧颇有研究，都有专著。他素来对战争、军事史有兴趣，后来研究阅读重点更是转移到战争文学。退休后，他除了着重于欧洲中古史、骑士文学的研读外，也热心于地缘政治的研讨。近年则对中国传统的“天人合一”理论大感兴趣。

在董保中发来的美方学者名单中，我看到了许多很厉害的学者。我首先注意到哥伦比亚大学的夏志清教授，因为我的硕士论文是研究钱锺书的，而夏教授也是极为推重钱先生并与钱先生有长期交往的。布法罗纽约州立大学的莱斯利·菲德勒教授，是大师级的美国著名学者，是第一个将“后现代主义”一词应用于文学的人。圣约翰大学的金介甫教授是美国汉学家中首屈一指的沈从文研究专家，旧金山州立大学的葛浩文教授是萧红研究专家和翻译家，南加利福尼亚大学的张错教授是以研究比较文学著名的诗人，哥伦比亚大学的胡志德教授有研究钱锺书的专著。其他的学者，有几位是董保中教授所在的布法罗纽约州立大学的同事，有罗伯特·纽曼、南希·库克、王珍妮、内尔·施密茨、玛丽娅·波恩、马克斯·克莱因；还有俄亥俄州立大学的约翰·海奥曼，纽约市立大学的弗莱德瑞克·R·卡尔、孙惠柱，北卡罗来纳杜克大学的蒂姆塞·劳姆培利斯，旧金山州立大学的杰赛·瑞特，普林斯顿大学的小杰弗瑞·G·史密斯，夏威夷大学的汤姆斯·弗格森，达特摩斯学院的李华元·莫瑞；还有四位是美国空军学院的查理斯·J·盖斯帕、约思·罗伯森、约纳桑·R·艾勒、詹姆斯·R·奥布瑞；还有纽约市洛克菲勒中心图书馆的丛甦、巴西的伊诺娜·多斯·桑托斯、中国香港的璧华和来自南京大学的刘海平教授。几乎每个人都是在学术上颇有造诣的人物。

中方与会者全部都是军队作家，我发现美方与会者中竟也有几位军方人士。在这次会议上，中国和美国的军方作家、学者将破纪录地第一次相遇，坐而论道。我想，那可能会是一个有趣的和有象征意义的场景。

为了话题集中和便于深度交流，根据与会者的论文选题，会议分了七个专题组：

一、思想、政治和战争文学

《越战文学在思想战线的批评：根据我们目前知识所进行的修正》(罗伯特·纽曼)

《第三次发现和现代革命军人》（胡石言)

《〈野战排〉和〈猎鹿人〉中的神话及思想意识》(约翰·海奥曼)

《中国对战争中的英雄主义及反映1937——1945年间抗日战争小说中英雄主义的争论》(金介甫)

《茅盾的〈腐蚀〉：其自身的政治》(胡志德)

《困惑的越南战争：威廉·伊斯特莱克的〈竹床〉》(伊诺娜·多斯·桑托斯)

《世界战争——冷战：〈第二十二条军规〉政治的来龙去脉》(约思·罗伯森)

二、当代中美战争文学的特点及趋势

《当代中国战争文学概说》（徐怀中)

《当代中国战争文学的特征和趋势》(璧华)

《以第二次世界大战和越南战争为主题的战争小说》(弗莱德瑞克·R·卡尔)

《市场上的〈第二十二条军规〉：最初的反响》(约纳

桑·R·艾勒）

《中国当代战争题材戏剧研究》（黄建中）

《八十年代：中国现代战争题材的小说创作》（周政保）

三、作家、战争和战争文学创作

《从海明威、卡明斯到以科特·冯尼格特为代表的第一次和第二次世界大战的反战文学》（莱斯利·菲德勒）

《三十年代满洲（东北）作家的战争小说》（葛浩文）

《士兵作家潘雷及其抗战小说〈静静的红河〉》（夏志清）

《战争感受与战争文学》（王愿坚）

《〈第二十二条军规〉的这代人》（查理斯·J·盖斯帕）

《中国当代西南边塞文学的兴起和发展》（彭荆风）

四、对共同经历的观点、看法

《三十年代、四十年代的中国和美国战争戏剧》（刘海平）

《舞台上的战争与人的本性：比较研究美国和中国剧作家笔下的越南战争》（孙惠柱）

《非爱亦非恨：中国和美国战争诗歌中人物的使用》（张错）

《中美战争诗与民族心态》（乔良）

五、胜利者、失败者还是牺牲者？战争中的男女

《当代中国战争文学的传统意味》（陆文虎）

《“牺牲品”的呼声：后现代主义和后毛主义：比较研究泽西·科辛斯基的〈被涂污的鸟〉和莫言的〈红高粱〉》（王珍妮）

《胜利的失败者：美国人重新解释越南战争》（南希·库克）

《追忆越南战争》(小杰弗瑞·G·史密斯)

六、战争中的士兵

《战争文学的生存意识》(王中才)

《海明威的退却:〈过河入林〉,威尼斯战役》(内尔·施密茨)

《当代中国战争文学中的女战士》(李华元·莫瑞)

《“从越南战场归来”在文学作品中的描述》(玛丽娅·波恩)

《“战士上战场,什么也不想”:朱春雨〈亚细亚瀑布〉中反语的概念》(董保中)

《通俗文学中越南战争在美国人心目中的概念 1965—1967,一位职业士兵的解释》(汤姆斯·弗格森)

七、文学中的道德问题和战争

《美国战争文学作品中的道德选择》(黄国柱)

《以正义与道德背叛为主题的中国战争文学》(丛甦)

《战争·和平·罪人:诺曼·梅勒的〈裸者与死者〉、贝娄的〈晃来晃去的人〉、霍克斯的〈吃人的人〉及瓦尔特·阿贝施的〈德国人是怎么样的?〉》(马克斯·克莱因)

《从人性行为到人格目的——第二次世界大战后美国战争文学的人道主义轨迹》(朱春雨)

《马克辛·洪·金斯顿作品中的战争隐喻》(詹姆斯·R·奥布瑞)

根据徐怀中副部长的指示,由我选编一本《中国当代军事文学作品选》。中方参加会议的 11 人中，有 7 人是小说家，我为每人选了一件代表性作品：徐怀中的《西线轶事》、胡石言的《柳堡的故事》、王愿坚的《党费》、彭荆风的《今夜月色好》、朱春雨的《亚细亚瀑布》（长篇小说节选）、王中才的《最后的堑壕》和乔良的《灵旗》。除此之外，我还为虽然不在这次与会名单中却是当时军事文学十分活跃并且极有潜质、实力和代表性的两位作家各选了一件作品：莫言的《红高粱》和朱苏进的《射天狼》。本书为每位作者附上了小传。多数作家的作品第一次被译为外文出版。我多次与中外文化出版公司的总编辑柳萌先生见面商议出版事宜。他为此书的出版，付出了许多心血。本书的英译由他负责遴选和组织国内一流的优秀翻译人员共同完成。前几年，柳萌先生回忆说，书中的《红高粱》是最早的英译本。

我为该书写了一篇序言，介绍了中国当代军事文学的概况，文中约略谈及美国战争文学对中国作家的影响，还表示了对本次中美双边战争文学研讨会的热切期待，对组织者中方的徐怀中先生和美方的董保中教授、罗伯特·纽曼教授的衷心感谢。同时，也对本选集的汉译英审校专家——新华社的英国专家保罗·怀特和北京大学的胡志挥教授表示了感谢。

由于经费问题，本书只印了 300 册，除了赠送给与会者和相关单位之外，并未进入国内外图书市场，因此，见过的人并不多。事实上，葛浩文在见到本书多年后才推出自己的《红高粱》

英译本。

董保中教授提出，美方对中国战争文学所知不多，希望能带几部战争题材的中国电影在会议期间放映。我们准备了《红高粱》和《晚钟》。《红高粱》在1988年获得第38届柏林国际电影节金熊奖，成为首部获得此奖的亚洲电影。《晚钟》则获得第39届柏林国际电影节银熊奖评审团特别奖。陈明仙女士也认为带这两部电影是合适的。

虽然这次研讨会最终未能按计划举办，但是，整个筹备过程还是让我获益良多。现在回忆起来，往事历历在目。后来，中方组织者徐怀中先生出版了堪称当代中国军事文学巅峰之作的长篇小说《牵风记》；美方组织者董保中教授研究《三国演义》的论文于2008年在《解放军艺术学院学报》发表，但由我翻译的他研究中国当代戏剧的专著《1942至1976年间毛泽东戏剧英雄的蜕变》，只在2014年4月发表了其中的《导言》部分，至今未能全部完成翻译，使我一直心怀歉意。三十年弹指一挥间，胡石言、王愿坚、彭荆风、朱春雨、柳萌、王中才等六位前辈作家都已先后仙逝，而健在者也都步入老年了。也许，现在确实应当回忆一下当时筹备工作的前前后后了。

2019.10.20

学习艺术的门径

什么是艺术？怎样学习艺术？

所谓艺术，迄今并无世界公认的定义。一般认为，艺术是人类以情感和想象为特性，通过审美创造活动，把握和反映世界、表达和表现自身的一种方式，是人的知识、情感、理想、意念、心理的有机产物，是对现实生活和精神世界的形象表现。“艺术（art）”一词源自拉丁文 ars，本意为“技巧”。现在的“艺术”，指人工制造的一切具有审美价值的事物，如文学、绘画、音乐、舞蹈、雕塑、建筑、戏剧、摄影、电影，等等。在中国古代，艺术与今人的用法大不相同，乃是对各种才能和技术的总称。巧艺不亚于造化，艺术家实为“第二造物主”。

人是大自然经过亿万斯年的演化之后造就出的宇宙精灵。人不同于其他动物之处，是人有精神活动。人在精神世界的全部活动，就是对真善美的追求。“真”，就是科学；“善”，就是处世准则；“美”，就是艺术。艺术是人的精神的成果、思想的结晶、意识的积淀。随着科技的发展，艺术手段日益丰富，艺术产品也日益精巧。但是，艺术的发展，常常并不与经济的发展同步。历史证明，人类的童年就曾有过后人难以企及的艺术高峰。艺术是人类梦寐以求的美的极致，既是衣食无虞时用以陶冶性情的掌中玩物，也是穷困潦倒时使人不坠青云之志的生命之光。艺术既是物质的，更是精神的。在艺术有限的形式之中，包容着无穷的可能意味。艺术是柔美的但又是坚韧有力的，例如那些有着精美图纹的古代器物，就实用价值来讲，早已过时甚至已经破损不堪其用，但是，其艺术价值却是永恒不朽的。艺术家创作作品时，均历尽惨淡艰辛，勉力克难，成品方得以超凡脱俗、永垂不坏。故好物难牢，而入于画者长在；欢情苦短，而见诸诗者久传。即使文明毁弃，而文化犹在，例如那些曾经辉煌已极的古代社会，虽然典章制度已不复可考，但当时建筑的残垣碎砾所呈现出的美，仍令今人震撼不已。艺术是一种对象，一种存在，一种精神产品。艺术是可以触摸、可以观赏的。艺术能够培育人文精神，能够让我们知道什么是美。艺术是一种修养，一种情怀，一种人生境界。艺术是可以想象，可以体味的。艺术是美的，是崇高而博大的。艺术能够净化心灵，廉顽立懦。人不能蝇营狗苟地活着，而应当诗意地栖居。艺术使人有文野之分，我们应当对艺术怀有热爱和敬畏之心。因此，艺术不仅令人愉悦甚至能够使身体在疲劳时得到休息，使心灵在失落时得到慰藉，最重要的，艺术能够使人更优雅、更有教养，从而成为文明人。

为了能够接受和欣赏艺术，为了具有艺术家的眼睛和耳朵，我们从小接受美育。长大以后，我们开始附庸风雅。正如钱锺书先生所说的，“习惯转换为自然”，“模仿引进创造，附庸风雅会养成内行的鉴赏”（《写在人生边上·谈教训》）。当我们看到别人对艺术很在行，而自己完全不懂，就强迫自己认为它好，并且以揣以摩，不断去发现它的妙处，直到有一天，我们竟然真的知道它好在哪里了。此犹释氏所谓“游戏神通”。附庸风雅的过程，实际上是一个潜移默化地领悟艺术的过程，我们在身心愉快中接受艺术之美、艺术之智和艺术之益，同时摆脱俗气，接近高雅，逐渐形成自己的独特艺术见解。其有云梦海思者，必是情感丰富之人，而我们竟然发现，自己也有几分艺术天资。

艺术精神固然是形而上的，而艺术却不是抽象的。艺术不仅是思想的，而且是审美的。艺术必须被看作许多极具个性的、独创的具体作品。艺术觉悟是由无数的渐悟达成的顿悟。艺术永远追求创新，但艺术不是科学，艺术不诉诸理性和概念，艺术是感性的、情感的、人文的。艺术排斥雷同、因袭、复制。艺术有其自身发展、运行、繁荣的玄妙规律，而欲发现和掌握这规律，则是非亲身实践和体验不能成办，熟背《艺术概论》

与艺术素养的提高和艺术能力的增强完全没有关系。因此，具体的鉴赏、微观的批评与细部的领悟，乃是窥睹艺术堂奥的必由之路。

与通过附庸风雅学习鉴赏艺术相仿佛，掌握艺术技能、学习创作艺术品的过程也是一个从模仿开始的过程。艺术的各个不同门类，其自身独具的规定性、技术性，分别完满自足。各门艺术皆似系链舞蹈，能于束缚局促之中，呈回旋肆放之观，其美就在于举重若轻、因难见巧。因此，对有志于从事艺术事业的人来说，仪轨范式的掌握、遵从，技术手段的研习、提高，都是必不可少的。老师教徒弟，口传心授，亦不过是令其模仿而已。模仿时，从眼高手低到心手相应，便把老师的本领学到手了。然而，古训有所谓取法乎上，仅得其中，取法乎中，不免为下的说法，因此，多数徒弟超不过师父。如欲成为艺术家，我们取法的对象应当是大师，而不应当是匠人。大师和匠人的区别就是：大师总在出新，匠人却总在模仿——模仿他人或者重复自己。模仿是过程而不能是结果。要成为艺术家而不是终其一生都只当个模仿者，其秘诀就在于创新。具备了创新能力，就达到了学艺的最高境界。犹似思之思之，不意得之，若神告之，若物凭之。

许多古代艺术佳作，经过千百年淘洗而保留下来，成为传世之作，说明它们确实能够真正触摸到人类的心灵深处。艺之为事，分有万殊，艺之为术，理以一贯。不同门类的艺术在本质上都是相通的，因此，这些精品是最好的通识营养品，细细含英咀华，认真切磋琢磨，感受艺术的魅力，揣摩艺术家的用心，对于普通的艺术欣赏者提高审美格调、增强艺术感受能力极有益处，而对于艺术从业者提高艺术素养、增强艺术创造能力，则是绝对必要的。由于种种原因，我们曾经缺了这门课，以至于知识结构很不完备。当然，我们毕竟不是与世隔绝的三家村农夫野老，不能把眼光仅仅局限在这里。通过补学这部分知识，我们的艺术器识便能得到飞跃式提升。文章合为时而著，古来文体皆随朝代破立创新，艺术的时代性也是极为重要的。随着人类社会的进步，特别是科技的发展，新的艺术门类不断应运而生，例如话剧、电影、电视、网络、手机、动漫，等等。但是，无论发展到哪种阶段，艺术总得是艺术，那些基本元素、基本功能还是得有，即使是反传统也要知道传统是什么。因此，读一些经典的或者说基础的作品还是很有必要的。

其实，艺术是可以实现的梦想。人人都可以成为艺术家。让我们学习艺术、创造艺术、享受艺术吧。

2009.12.8

日描夜摹，雅道尚存

——读温骧先生的画

朋友温骧先生是画家，也是中国艺术研究院艺术创作院的特聘研究员。多年以来，我一直关注着温骧先生的绘画创作。因春节禁足，我用 20 天时间，专心读温骧的画，为了看懂他的画，我还上故宫网站，仔细看了 334 幅珍宝级画作，两相对照，受益良多。然后，写了这篇读画记。

温骧先生擅长山水，既有对名山大川的挥翰泼墨，也有对梅兰竹菊的精细点染。非常可贵的是，从他的模山范水里，我们依稀能读出贯注其中的大雅风致。过去，我只知道他是一个勤奋的画家，其实并未完全懂得其作品的妙处。我以为，只有按照知人论世、以意逆志的逻辑，了解其过往经历和创作的背景，才有可能真正认识温骧先生，也才有可能更好地欣赏其中的意义和价值。此时，观画者或能参与作画者的创造，则不仅目中能见画家笔下所画，也能感悟出画家心中所思。下文拟尝试论之。

一

温骧出身于书香门第，受到母亲的影响，自幼喜爱绘事。7 岁上小学。8 岁进入景山北京市少年宫学习绘画（素描、色彩、石膏、静物、人物、外景写生等）。11 岁时创作的表现掏粪工人的绘画《叔叔我也要去》受到奖励，被少年宫作为优秀作品悬挂展览一年。“文革”中，少年宫因“培养修正主义黑苗子”被批判，美术班被停办，温骧无处学画，就在家跟母亲读《古文观止》，背唐诗、宋词、元曲，学习写诗填词。温骧的母亲年轻时与曾任民国总统的徐世昌家子侄一起，由两位清朝老翰林教授诸子百家和绘画。后来“清理阶级队伍”时，母亲被改造，就学不成了。

1969 年，温骧去黑龙江兵团。

1977 年底，温骧回到北京，重拾画笔。

1979 年，温骧开始进入故宫博物院学习临摹历代绘画。历时 5 年。

1988 年，北京文物总店在琉璃厂为温骧举办了第一次“温骧山水画展”。中央电视台和北京电视台同时采访报道。

1991 年，温骧作为访问学者，在日本研修一年。在这一年里，中国驻日大使杨振亚和文化参赞韩秋芳，帮助他疏通了与日本画界泰斗间的关系往来。温骧到日本各博物馆参观学习馆藏的中国和日本的文物绘画；做了中国历史绘画和日本历史绘画的比较研究；做了中国现代绘画大家和日本当代绘画大师东山魁夷、平山郁夫、加山又造等的比较研究。中国古代绘画艺术在日本的广泛深远影响，东瀛恬静的田园和秀丽的山野风光，在温骧的内心深处引发震撼和思考，特别是与东山魁夷、平山郁夫等交流时，他们对中国古代文化的尊崇和他们绘画中那种平实无华的韵味和高雅，深深地打动了温骧，给了他极大的影响，使他从此开始了观察人生的全新视角和恬淡平和的创作态度。在日期间创作的《雪山富士》得到画家平山郁夫的高度评价。创作的《白系瀑布》《日本印象》，被日本前首相竹下登收藏。

1993 年，在中国美术馆举办个人画展。中央电视台、北京电视台、天津电视台同时采访报道，温骧声名鹊起。

2014 年，被中国艺术研究院艺术创作院特聘为研究员。

2015 年，中国艺术研究院在孔庙和国子监博物馆举办“大美寻源，翰墨薪传——温骧作品展”。

2016 年，在荣宝斋美术馆举办个人画展。

二

对温骧来说，最大的幸事就是能够在北京故宫博物院临摹藏画。由于十年动乱，美术人才奇缺。因为有少年宫 4 年的学画基础，温骧获得了“进宫”的机会。

作为中国最大的博物馆，故宫博物院藏有历代绘画作品近 5 万件，都是中国历朝历代绘画的名家名品，其中元代以前的精品有 400 余件，精华荟萃，蔚为大观。温骧如同进入宝山，目不暇接。他知道自己面对的都是经过历史淘澄留下来的珍品。当时，明清时期的绘画是长期展览的，五代宋元的绘画则在每年 9 月至 11 月期间晒画，这个时间里才能临摹。开始，他不择精粗，甜咸杂进，一幅一幅去临摹。渐渐地，有了感悟，他对其中的一些作品产生感情，爱不释手。例如，五代巨然、董源的画，北宋郭熙的《窠石平远图》临过六遍，南宋李唐的《采薇图》和马远、夏圭、刘松年的作品也都临过四五遍之多。在明四家中，他非常崇尚文徵明和沈周，很多作品都被反复临摹。对清代的扬州八怪也下过大功夫，光是郑板桥的兰竹，就曾用 100 多张宣纸临摹，还有汪士慎的墨梅，金农、罗聘的梅花，李方膺的竹子和梅、松，等等。面对这些作品，每日忖之度之，以揣以摩，慢慢地，这些作品就浸透到他的内心深处，活在他心中了。几年下来，便奠定了深厚扎实的基础。

临摹这些经典之作，对温骧的创作有极大益处，其影响深入到了骨血之中。首先，先贤们治学的认真严谨。唐代画家张璪提出的“外师造化，中得心源”创作方法，主张客观物象与主观情感的统一，成为中国画学千年不朽的名言。他们对大自然的观察细致入微，归纳和提炼臻于极致，并且铭记于心，成为一种思维方式。因此，作画时，就像是以自然的方式打开了心扉，内心的那些感觉，包括文思、诗情、画意，就像潺潺溪流一样清澈透明地涌出来。其次，这些作品都是历经千年、无法超越的极品。每一件作品，都是画家将自己的生活阅历和感悟，加上自己深厚的文学功底和超越常人的艺术素养凝聚而成。他们的绘画，如歌如诗般优雅，如乐如舞般美好，却没有丝毫的矫揉造作之笔和标新立异之墨，只有寻常生活中的一山一水一亭一台，恰恰是这种质朴的高贵、自然的典雅中蕴含着几乎令今人不可企及的神韵。第三，这些作品承载着中国历代画家积淀千年、只可意会不可言传、曹丕所谓“虽在父兄，不能以移子弟”的创作密码，隐藏在画家的视角和视野、笔法和墨法、布局和画眼、构成和意境里，诚如宋代大诗人陆游诗所谓：“谁能养气塞天地，吐出自足成虹霓。”临摹5年，天不负人，温骧的画作日日精进。到后期，有的临摹作品几可乱真，有一位英国人非要出价500美元购买其中一幅。当时温骧虽然缺钱，但还是婉拒了。

作为故宫画的狂热粉丝，温骧后来曾专程到台湾，参观台北故宫博物院。1985年和1990年台北故宫博物院的文物绘画来大陆交流展览时，温骧都细细地去看过“门道”。

温骧有幸，虽生于千古之下，却能游于千古之上，如此日熏夜陶，其画或不可以学而能，却必可以养而致。

三

温骧的成长进步离不开几位老师的悉心指教。

北京画院的郭传璋先生是创作黄山烟云的大家，20 世纪 80 年代从学者众，多是模仿之作。温骧则是通过写生回来自己创作，郭先生很喜欢，说：“就是我这个老徒弟犟，不走捷径。”1988 年，温骧在琉璃厂办画展，郭先生看后很满意，大加鼓励，让他多思考。“多思考”从此成为温骧的座右铭。1990 年春节期间，郭先生兴致勃勃地说要和温骧办师生展，可惜不到半年就因脑溢血去世，令温骧遗憾不已。

亚明先生是新金陵画派的领袖，视温骧为得意弟子，常常亲自动手为他改画。亚明先生给他讲中国画中的山石树木人物的大小比例，春夏秋冬不同的细节，还有绘画的入情入理的情节……都是很透彻的分析，令温骧如醍醐灌顶。

何海霞先生是帮助温骧梳理画作的老师。《石涛画语录》中有“搜尽奇峰打草稿”之说，学生们都很喜欢。但是，何先生说：“不要成天去寻找奇峰异景。北海、颐和园、香山、燕山山脉，都是景，都是画，有谁画好过呢？还有唐诗宋词元曲，哪一首不是意境深远呢？思考过吗？”何先生强调：“写生要外师造化，中得心源。要按古人卧游之法，才是写生。绝不可只对一山头、一树木、一画。”何先生的教诲，温骧一直默记于心，念兹在兹。

北京画院副院长张步先生与温骧有同乡之谊，亦师亦友。张步先生在20世纪80年代是山水画家里的少壮派，做人磊落，豪爽大气，常与温骧切磋，给他许多鼓励。

除了上述几位老师的耳提面命之外，温骧在故宫学习临摹期间，常常与一些大家不期而遇。例如，大收藏家钱容之和徐邦达、启功三位先生是好友，总是结伴而行，几乎隔一两天就“进宫”看画展。黄胄先生等也常来。他们一边看，一边品，还常常讨论一些宋元绘画的笔墨技法和渲染之法……温骧在一旁“偷听”，甚是受益。看小青年温骧临摹五代、两宋和元代赵孟頫、黄公望、吴镇、倪瓒、王蒙等人绘画时，认真、安静、略有心得的样子，他们也会驻足观看，有时给予赞许或指点。对大家们的议论，虽然彼时的温骧尚不可能悟出全部妙处，但在以后的几十年里，还是慢慢地理解了。

后来温骧在日本研习期间，数次受到日本当代绘画大师东山魁夷、平山郁夫、加山又造等人的点拨教诲，也使他获益良多。

四

温骧之所以专攻山水画，与其热爱大自然的天性有关。

10年前，我与温骧一起去过内蒙古。“天苍苍，野茫茫。风吹草低见牛羊。”他和大自然之间有一种特殊的亲和关系。一望无际的大草原，九曲黄河的万里沙，让温骧十分兴奋。那次，他画了不少的画。

50年前，才16岁的少年温骧离开大都市北京，来到北大荒。生产劳动之余的孤独与寂寞无法言说，只好日日观察北大荒的阴晴雨雪和兴安岭的自然风光。白山、黑水、远山、近湖。天空低垂着气象万千的云朵，晴空万里中如花的白云，风暴来临之际的浓重乌云，如海浪般滚动翻腾，像诗一样美的画面，像画一样美的诗篇。温骧在遐想中开始孕育对山水绘画的兴趣爱好和向往。内心深处的创作意愿与天地造化交相推挽，他一直在盼望能让胸中郁积喷薄而出、自由创作的那一天。

经过在北大荒8年的“苦其心志，劳其筋骨，饿其体肤，空乏其身，行拂乱其所为”之后，温骧回到北京。在故宫的扎实临摹和日夜深思之后，温骧开始在全国各地写生。先是在四川、贵州、湖南、湖北，后来在云南、广西、广东、福建、安徽、江苏、浙江、江西等省，然后是大西北。他跑遍了整个中国，每到一地，面对山水，盘旋绸缪，眷恋不已。观之不足，而心之慕之，手之追之，欸乃一声山水绿，作品就一幅幅完成了。山水有灵人有意。画家与山水的互动关系，钱锺书先生有非常形象的描述：“人于山水，如‘好美色’；山水于人，如‘惊知己’。”

五

从兵团回来，温骧知道自己读过的书太少了。从故宫出来，他知道了提升内在素养的重要。从日本回来，他开始反思。

温骧开启了一个新的里程。自觉坐了20年的冷板凳，深入学习和了解中华民族的文化遗产、各种传统艺术，包括中华的青铜、漆器、彩画、玉雕、牙雕、木雕、木器、建筑等领域，对凡是与中国画相关的美术渊源都做了不同程度的探讨。经过多方寻找、寻问和寻求，温骧将中国的历史文明和现实文化进行比较，将中国的历史文化和世界的历史文化进行比较，将中国现实的文化与当下的世界文化进行比较。他看到，中国画创作正在断崖式下滑，传统的技法被抛弃，学国画不再讲“外师造化，中得心源”了，课堂上也只有西方的造型理论和素描技术。宣纸上少了文化底蕴、傲骨清雅，多了急功近利、市井习气；少了人淡如菊、泠然希音，多了不伦不类、虚浮甜俗。他开始反思：我们怎么了？传统笔墨的张力到哪里去了？为什么失去了自己的根？我们应当有什么样的审美观念和价值观念？他决心不从流俗，走出自己的路子。温骧认为，中国画是心画，西方画是真画，皆自饶情致。中西绘画的固有差异性是难以融合的，可以相互借鉴，摭我春华，拾其芳草，但还是应当独立发展，没有必要强行融合，必须继承和坚守中国画的精神内涵。

温骧认为，中国画最重要的品格是要有“气韵”。这说明他捕捉到了创作的要旨。在《古画品录》这部论中国画者无法回避的开山之作里，谢赫早就把“气韵”放在了首位。可惜自唐张彦远以来破句相循，流传不改。40年前，蒙钱锺书先生重新句读标点，焕发出新的生命：“六法者何？一、气韵，生动是也；二、骨法，用笔是也；三、应物，象形是也；四、随类，赋彩是也；五、经营，位置是也；六、传移，模写是也。”

温骧解读说，气韵是中国画的首要问题，这需要根基深厚的文化修养。只有高贵灵魂的再现，才能做到气韵生动。我们现在的问题是既无底蕴，更无气韵。骨法指的是用笔，是绘画的基础训练，是长期训练后行笔时会出现的一种气场气质。应物指的是根据对象，描绘形状。随类指的是对造化（大自然）的写生感觉，内心觉悟对自然物象的提炼和归纳。绘事后素，素地加诸彩。经营指的是在创作中运用外师造化后，内心的物象塑造和规划设计（腹稿）。中国画是描述心里有的大自然，而非纯粹现实中的眼中的大自然。传移指的是临摹和写生。临摹前人佳作，此为中国画常用的学习方式；写生则是画家面对山静水动时的纪录，作为后续创作之基础。

谢赫在《古画品录》中反复强调“气韵”或者“韵”。“韵”确实是中国诗和中国画独有的特点。那么，“韵”究竟是什么呢？司空图《诗品》说：“不着一字，尽得风流。”严羽《沧浪诗话》说：“如水中之月，镜中之象，言有尽而意无穷。”钱锺书先生说：诗与画，“须留有余地，耐人玩味，俾由其所写之景物而冥观未写之景物，据其所道之情事而默识未道之情事。取之象外，得于言表，‘韵’之谓也。”“气”是深藏于画面之内、氤氲于画作周遭的一种精神、气质、境界，只隐约于纸上，待有识之士揣摩于心中以参悟和品味。”“韵”是中国人的思维方式在艺术中的表达，只有学高韵胜者才能画出气韵深远的作品。

谢赫的时代，人物画大张，山水诗方兴，山水画尚是蕞尔小国，不足以与人物画和山水诗抗衡。到了宋元，中国的山水画才发展到了顶峰。一时风气使然，佳作喷涌而出。宋代的山水画已从附庸蔚为大国，宁静从容，贵气优雅。成熟的画家不胜枚举，深受温骧喜爱并反复学习临摹的有李成、范宽、郭熙、李唐、刘松年、马远、夏圭等，同时，他也受到苏轼、米芾开创的文人画的深刻影响。到元代，“文人画”成为画坛主流，山水画盛行，强调要有“古意”和“士气”，“遗貌求神”，代表人物也很多，温骧特别喜爱的有赵孟頫、黄公望、吴镇、倪瓒、王蒙、高克恭、王冕等，各人笔墨不同，韵味各异，但都追求物象的内在神韵，抒写画家的主观情趣。

通过传承先贤深厚的文化内涵和宏大的精神气质，摈弃内心污染，充实学养、开阔襟抱，温骧已然悟化到了宋元绘画的气韵。为了创作妙造自然、气古味厚的作品，他更加努力地研习老庄的无为、孔孟的仁义礼智信和禅宗的破执。他的笔墨有明显提升，作品有了蕴藉和雅趣，也就是说有了韵味。几十年来的日思夜想，无数次的尝试探索，他逐步接近梦想中的宋元之韵。今日他笔下的山水，已经与过去大不相同。特别是在 65 岁之后，经过长期从灵魂深处的悟化和不断自我否定、批判反思，他的山水画发生了飞跃。

六

让我们读几件温骧的代表作。

这是一幅秋荷，创作于 2019 年己亥秋月之季。夏天的傍晚，温骧时常去颐和园昆明湖南岸的荷塘画荷花。写生时也常常观察荷叶由夏入秋后产生的变化。画中表现记忆中秋天风雨来临之前，荷叶已然是曲折蜿蜒、起伏跌宕的样子了。题画诗云：“墨荷秋韵诗无尽，碧叶连天写我心。出自污泥尘不染，羞花更是映日新。”

《墨荷秋韵》

温骧崇尚宋元笔墨，但对明代写意大画家徐文长的水墨葡萄尤为喜爱。为了画好葡萄，温骧在院里栽了两株葡萄，常常观察写生。二十年中画过很多次，但一直不得其法。直到己亥秋季得其韵味。欣喜之余，题款感叹世事难过，群氓无识自己本国的文化：“珍珠粒粒在金秋，硕果累累无人收。愚氓只晓洋八股，遗失祖训好个愁。”

《墨韵硕果》

此作有元代文人画之风韵，以画言志。温骧题画诗云：“满幅苍翠意何为，一生酬答百姓身。我问新篁冲天意，虚怀劲节是本心。”

作品采用平远透视，变高远透视，又变平远透视的构图。笔墨采用元人取淡中之浓的手法。墨韵的渲染则是采用元四家吴镇的手法。

《新篁竹石》

此为中国艺术研究院在荣宝斋美术馆举办温骧画展时的第一大尺寸的画作。题材采用皖南黄山太平湖的风景。这是一次求变的尝试。作品选自了元吴镇多用的积墨染法，即墨用淡中之浓。明清时期的绘画诸家中，也多有运用此法者，只是注重手法而忘却神韵，与元人对比，味道差了许多。

《太平山居图》

四尺三裁的小品。画面表现江南水乡风情。温骧根据在江南从富春江到千岛湖再到新安江一带的写生观察后，将凝聚在心里的印象绘出。在笔墨运用上采取了清淡如水、空灵如诗的淡然处理。

《太平渔夫图》

作品用泼墨的手法来表达一种风韵流动、相悦和谐。山体用长线条勾勒出，加上积点成线点画了山头，和山脚丛林深处的流泉飞瀑相映成趣。题画诗云：“老翁竿杖踏山行，仰观白马烟云中。山间飞瀑轰鸣落，神山奇景画图腾。”

《白马山风情》

四尺三裁的小品。画面表现江南水乡风情。五代、宋、元的画家多以贴近自然和生活的场景作为创作题材，如巨然、董源、马远、夏圭、倪瓒、吴镇、黄公望等人皆如是。

《皖南小景之二》

画作的尺幅较大（丈六）。温骧的构思是：以江南山水为题材，以宋画全景山水构图为形式，笔墨则采用了元四家中黄公望和吴镇淡中之浓的手法。借用宋元底蕴成其韵味，以宋元笔法写意。画家之意不在云海奇峰，而在山水民居、渔舟唱晚。

《皖南风情甲天下》

作品以汉柏新篁为题材，表现文人傲骨风韵。自宋、元至明、清，文人画多以松柏竹石为题，求其静雅韵味。其中神品多在宋元两代，如苏东坡、赵孟頫、吴镇等。温骧在故宫临摹时，每日下午 4 点闭馆后，在故宫、景山、北海、天坛等处画松柏，临摹加写生，收获甚巨。此后 40 年，虽画过几千张，均稍逊风神；随着修养与功力的积累提高，直至近年始有飞跃。读王维《竹里馆》等诗，品故宫馆藏画，特别是明文徵明的松柏新篁作品，可知温骧已略得其韵致。从中亦可悟出何以中国画总以松柏梅兰竹菊作为训练和创作的题材的道理。

《篁柏竹韵》

王国维《静庵文集》续编《文学小言》有云：“古今之成大事业、大学问者，不可不历三种之阶级：‘昨夜西风凋碧树，独上高楼，望尽天涯路’，此第一阶级也；‘衣带渐宽终不悔，为伊消得人憔悴’，此第二阶级也；‘众里寻他千百度，回头蓦见，那人正在，灯火阑珊处’，此第三阶级也。”温骧先生的从艺之路，正是经历了这样的途程。第一阶级的重点是“独”和“望尽”，先是蜗处故宫五年，青灯黄卷，博览经典，此后踏遍青山万里，特立独行，一览众山小，有望凌绝顶；第二阶级的重点是“终不悔”，耐得寂寞，受得孤独，拒绝浮世诱惑，始能更上层楼；第三阶级的重点是“千百度”，绳锯木断，水滴石穿，终于“蓦见”。累土为山，积渐而高，历久而入。温骧先生的艺术人生业已证明，画家之所以是画家而不是画匠，就是除了具备卓越的技法功底之外，还需要有陈衡恪所说的“文人画有四个要素：人品、学问、才情和思想，具此四者，乃能完善”。

我衷心预祝温骧先生有更多好作品问世。

2020.3.12

悲欣交集

——读弘一法师遗墨

曾经无数次到过泉州，那里给我留下了无限美好的印象。这次参观纪念弘一法师的书法展，更是受益良多。弘一法师的多幅遗墨颇能引人深思。无论是少年学书临摹的习作，还是后来的篆、隶、楷、行、草，皆端庄厚重，至出家后愈行清逸淡远，老来皆呈朴拙自然之象。这些墨宝弥足珍贵，而最打动我的，还是他用尽所有气力，凝聚全部精神的临终绝笔——“悲欣交集”。

俗名李叔同的弘一法师乃一代高僧，“悲欣交集”必然蕴含了无量数的修为经验和佛学三昧，这是我所不知的。仅以我俗人眼光看来，这四个字全面概括了从李叔同到弘一法师的心路历程。从绚烂归于平淡，由喧嚣达至静谧，临终时发出“悲欣交集”的喟叹，也算是人生的一个至高境界了。李叔同儿时

早慧，饱读诗书。成人后东渡日本留学，更是学一行精一行。他的专业是美术与音乐，却首先在东京成立话剧社团“春柳社”，主持并主演话剧《茶花女》，成为中国现代戏剧的滥觞，后来该社成员陆续回国，对推动中国话剧事业发挥重大作用；创办并主编《音乐小杂志》，也开了中国音乐杂志的先河；他在东京美术学校受到当时风气影响，形成自己的印象派绘画风格。李叔同学成回国后成为中国现代艺术教育的开拓者和奠基人，曾自述：“及门数千，遍及江浙，英才蔚出。足以承绍家业者，指不胜屈。”除了教学，他创作了许多开一时风气的美术作品和广为传唱的歌曲，难怪俞平伯先生曾这样评价他：“李先生的确做一样像一样：少年时做公子，像个翩翩公子；中年时做名士，像个风流名士；做话剧，像个演员；学油画，像个美术家；学钢琴，像个音乐家；办报刊，像个编者；当教员，像个老师……”一个风度翩翩、才情超群的全才艺术家，在声名鹊起、炙手可热之时，突然放下一切，义无反顾地出家了，多么惊世骇俗！他当和尚，不仅践行和弘扬律学，成为重兴南山律宗的一代宗师，而且直面日寇来犯，倡言“念佛不忘救国”。

还是俞平伯先生说的：“做和尚，像个高僧。”优秀的人，做什么都能够做到最好。

其实，命运的跌宕，精神的升华，人生的感悟，也不过就是“悲欣交集”。弘一法师临终前说，若见我“眼中流泪，此乃悲欢交集所感，非是他故”。最后，绝笔写下的亦是“悲欣交集”。一切放下的和放不下的，国家的命运，佛学的兴衰，个人的生死，都是“悲欣交集”。对他而言，看破红尘是一次悲欣交集，圆寂涅槃是最高层次的悲欣交集。

弘一法师在承天寺养正院讲经时，曾写一横批：“念佛不忘救国，救国必须念佛”，表达了一个佛教徒的爱国之心。

2016.2.15

信仰的力量

——观话剧《共产党宣言》所想到的

最近，观看了广州军区文工团唐栋的新戏《共产党宣言》，受到极大震撼和感动。广州军区话剧团曾经成功地推出过一部《马克思流亡伦敦》，莫非又是一部关于马克思故事的戏剧？开演前我一直在猜想。幕启后我才发现，话剧《共产党宣言》不是马克思和恩格斯的故事，而是早期中国共产党人的奋斗故事。广州军区文工团历来擅长艺术创新。这次，他们用极现代的手法演绎了一个革命传统故事。无论是编剧手法、导演技巧还是舞美制作，都尽善尽美，无可挑剔。但是，令人久久不能释怀的，还是林雨霏的故事。

1927 年 12 月，广州起义失败，敌人疯狂抓捕幸存者。女共产党员林雨霏被进步学生邝梅带到家中躲藏。邝梅的父亲邝兆年是林雨霏的前夫；林雨霏曾经帮助因逃婚来广州的谢婉云，却没想到被她夺走了丈夫。离婚15年后再入邝宅，林雨霏最关心的是即将年满20岁的儿子邝为。邝兆年说，邝为刚从黄埔军校毕业，在广东卫戍司令部当稽查队队长。因邝妻谢婉云不欢迎，林雨菲离开邝家后不久即被捕。邝为审讯林雨霏时，发现她大义凛然，完全置生死于度外。她告诉邝为："在中国，第一个读到《共产党宣言》的，是孙中山先生。他受此书影响，才制定了民族、民权和民生的'三民主义'。"邝为极为震惊，她又告诉他：蒋介石背叛了孙中山。"在这中国生死存亡的危急关头，共产党人只有发动暴动，才能制止独裁，挽救革命！"邝为似懂非懂，倍觉奇怪。回家后对父亲说明天就要处决林雨霏，邝兆年说，林雨霏正是他的亲生母亲！邝为深受震撼，理解了林雨霏在狱中的坚定和慈爱。再次审问时，林雨霏的话，往往一语双关，暗隐衷情。邝为听来，声声入耳，句句在理，他感动了，觉悟了，也在《共产党宣言》的影响下走上了革命道路。

面对亲生儿子，林雨霏满怀深情："天底下，也没有哪个母亲愿意离开自己的孩子。母子之爱，是血肉之爱、天地之爱！可是选择了革命，就意味着牺牲，为了孩子未来的幸福去牺牲，更是一种比血还要浓、比天还要大的爱……"她视死如归地说："共产党人今天抛头颅、洒热血，就是为了未来，为了千千万万的人获得解放，为了我们的孩子过上没有压迫、没有剥削的好日子。"因此，她绝不会出卖同志。"我不会说，因为做人比做事重要！我不会说，因为骨气比喘气重要！我不会说，因为主义比生命重要！” 我们听惯了大话、官话和套话，这些话，发自内心，铮铮锵锵，确实能够振聋发聩。

林雨霏是真正的精神高贵者，她对谢婉云说过一段话：“真正的幸福不是身在豪门，不是拥有大宅和金银珠宝、绫罗绸缎，幸福来自内心，来自投身革命和帮助穷人。只有这样，即使一无所有，也会感到幸福；即使失去生命，也会感到幸福……”她出身于官宦之家，丈夫也是富商，但她把这些都看作浮云，作为先知者，毅然走上革命道路。她的“幸福观”更像是针对迷失了方向的今人所说。

林雨霏慷慨就义前留给邝为的祖传瓷碗上，写有八个字：“做官清正，做人磊落。”这难道不应被看作革命先辈对后来者的警策吗？

林雨霏让我们看到了一名真正共产党人的本来形象。在开始步入老年之时，回顾平生，感到幸运的是，我曾有幸见过一些真正的共产党人。我的中学校长王一知就是其中之一。王一知的父亲曾任民国政府国务院主事，家境富裕，她却舍弃一切，投身革命。早年曾在湖南参加“五四运动”。1922 年 2 月与同学丁玲等进入中国共产党主办的上海平民女校读书，同年，经刘少奇介绍加入中国共产党。入党后到北京，住在李大钊家中从事革命活动。1925 年春，从事工人运动，在“五卅运动”中参加过抗议日本资本家枪杀顾正红的抬尸游行。同年底，受党组织派遣从上海到广州，在邓颖超领导的广州妇女协会任宣传部主任，主编《光明》周刊，并协助广州国民政府苏联顾问鲍罗廷的助手张太雷开展工作，不久与张太雷结为夫妻。1927年底张太雷在广州起义中牺牲后，她转入上海中共中央机关工作，坚持白区城市地下斗争长达10年。抗日战争期间，奉周恩来之命，参与在上海设立3个秘密电台，即李白台、杨健生台和郑执中台，定期与延安的党中央联系，担任情报传递工作，以主妇身份掩护党的机要交通工作。1942年9月，李白电台暴露，报务员李白（即电影《永不消失的电波》中的李侠）被捕，她不顾个人安危，立即通知另外两个电台的人员转移。随后去重庆开展地下工作。1948年底，在西柏坡受到毛泽东、朱德、周恩来接见，组织上通知解放后可以在人民政府机关任职，她婉言谢绝，只身到上海，担任吴淞中学校长。1950年10月，组织上要调她到国家教育部任职，她却要求到基层去从事实际教育工作，任华北中学校长。1952年华北中学并入北师大附中为二部，她任副校长，负责二部工作。那时她的工资是行政8级，看到校长的工资为行政12级，于是多次要求将自己的工资降为12级。1953年北师大附中二部改为北师大二附中，她任校长。她激励大家永不自满、奋发上进，提出把学校命名为“101中学”，说：“如果说过去有成绩，那就用‘100’来表示；‘1’是新的起点，让我们从‘1’开始！”她领导学校多次尝试教育改革，使101中学成为北京市最好的学校之一。“文化大革命”中，她受到残酷迫害，但是，革命的信仰一直没有变。直到 80 岁离休，她在中学校长的岗位上辛勤耕耘了 30 年，她用自己的实际行动，诠释了“共产党人不是要做官，而是要革命”……

舞台上的林雨霏，让我恍惚看到了王一知校长的身影。其实，无论是林雨霏还是王一知，都是《共产党宣言》造就的，而她们每个人，由于有坚定的信仰和纯洁的党性，犹如一本本《共产党宣言》。我想，每一个共产党员，都应该以林雨霏为镜子，“任何时候都要问一问自己：还记得你当初的入党誓言吗？还记得共产党的革命宣言吗？”

2011.7.4.

人生如戏，戏如人生

——观话剧《慕春》有感

老托尔斯泰说过："幸福的家庭总是相似的，不幸的家庭各有各的不幸。"戏如人生，《慕春》表现的，不是远国异人，而是身边近事。这又是一座"围城"。姐姐付出青春与才华，进入围城，结果是度日如年。她十年隐忍，曾经的黑管圣手也只落得荒腔野板。即便如是，她还总是催促妹妹"进城"。妹妹能看清姐姐的不幸，却无力把握自己的命运。她涉世未深，单纯直率，想通过恋爱走入婚姻，但是，个人的挣扎敌不过生活的巨河，只能随波逐流。姐姐的教授丈夫冷酷残忍，满口仁义，虽然没有出场，观众已知他是姐姐悲剧的制造者。妹妹前男友玩世不恭，人生如戏；现男友正直善良，卑微自轻。他们是平庸单调的日常生活里的小角色，只能无助、无奈、无望地活着。戏剧是对人生的模仿，观众进入剧场看戏，等于跳出现世，以旁观身份体验愉悦，阅人审己，引发思考。《慕春》作为一出小戏，虽然只是社会肌体的一个小切片，但已有足够大的张力。现实环境总是不能如人意，好在人有慕春之心，这也许就是生活的内在驱动力？

2015.11.4

观唐诗逸舞

《唐诗逸舞》是大编导佟睿睿的跨年大作。剧名语意双关，既表明乃是取自《春江花月夜》《长恨歌》《剑器行》等唐诗超绝出群之意境，犹如《老残游记》所谓：取其片段，“间以曼衍，愈转愈清，其调愈逸”；又嵌入舞者唐诗逸之名，成为“唐诗逸之舞”，看似平实天成，却颇见出编导者之妙意。神来之笔，巧夺天工。各节舞蹈皆颇可观，佟睿睿与唐诗逸非仅取材唐诗，铺排故事，而是在将诗译为舞时，读书得间，别有解会。例如，观唐诗逸之搬演，舞者手中无剑而心中有剑，神驰心往，浏漓顿挫，身随心动，出神入化，即可于诗圣杜甫笔下公孙大娘舞剑器之盛况，约略得之。由剑及履及到笔至墨至，书者观舞而长进，焉能不豪荡感激？唐人之雄健风骨与高雅做派亦跃然可见。以舞蹈解读诗冠张若虚、诗史白居易之千古名篇，重演春江花月、年年相似，再现霓裳羽衣、倾国倾城，编导多巧思，舞者皆擅场，珠联璧合，多有创辟。佟睿睿与唐诗逸以现代舞形式，吸收古典舞因素，演绎中国古代诗歌，形式与内容完美结合，这是个创举。毕竟刚刚起步，以后的路还很长。祝愿她们继续努力，不断上叩一关。

2017.1.2

舞动陶渊明

——舞剧《桃花源记》观后感

湖南演艺集团的舞剧《桃花源记》是佳作。该剧选题好，发现了有人类精神的中国好故事。将作者陶渊明及其作品《桃花源记》联系起来表现，创意可贵。该剧的美术也值得称道。基调淡雅清新，转换自然和谐，对照鲜明简洁，情景交融，意境悠长，现代技术的运用也恰到好处。我愿意高度评价舞剧《桃花源记》，称之为佳作，但我认为，还不是精品。一台初创的舞台作品，必须经过若干年的反复修改和不断打磨，才有可能成为精品，这是常识。我以为，每百部作品，精品最多十部，堪称佳作的不会超过二十部，其余七十部，除了平作、庸作，便是劣作和伪作了。

该剧的不足之处，也十分明显。主要有：

第一，关于立意主旨。本剧意在表现陶渊明、《桃花源记》

以及二者的关系。但我以为对这几点的理解和表现都还没有完全到位。

陶渊明是何许人？史称其人“孤介不群”“独超众类”。因此，仅仅知道“但识琴中趣，何劳弦上声”是很不够的。陶渊明曾赋《感士不遇》以抒怀、传《五柳先生》以自况、歌《归去来兮》以明志、记《桃花源》以憧憬。他最终看透官场“尘网”，厌倦俯仰由人，不愿为“五斗米折腰”，“惆怅而独悲”，毅然回归“方宅十余亩，草屋八九间”的“旧林”“故渊”，享受“采菊东篱下，悠然见南山”的田园生活。

《桃花源记》是何等文章？此文乃是《桃花源诗》之序，在陶令目中，《桃花源诗》远较《桃花源记》重要！事实上，《桃花源诗》确实重要，因为它与《饮酒》《杂诗》等，成为中国田园诗之发源滥觞。《桃花源记》状无为有，以实写虚，构想世外之境，引出《桃花源诗》。因此，《桃花源记》的精魂全在《桃花源诗》中，只有完全读懂《桃花源诗》，才有可能真正理解《桃花源记》。

那么，陶渊明与《桃花源记》又有怎样的关系？这是一个创作主体与其创作物的关系，是一个广大教化主与一篇布道的关系，是一个需要读者将二者有机融合成一体来理解的关系。陶渊明是一个影响了李白、杜甫、白居易、欧阳修、苏轼、王安石等一干人，我们至今仍然可以与之旷世相契的大诗人；《桃花源记》是他神思悠远的理想国，是他对远古的回忆和对未来的畅想，是他自知可望而不可即、能仰望而不能落地的空想。因此，如果只是把它具体化为小儿女的悲情呢喃，哪怕是海枯石烂、忠贞不渝，也还是对陶渊明的误解，对《桃花源记》的误读。

如果用一句话来概括本剧，就应该是：看起来像是写桃花源，实际上应当写陶渊明。

第二，关于结构、冲突与人物。舞剧是剧，当然要讲故事，只不过舞剧是通过舞蹈搬演故事。《桃花源记》要讲谁的故事？陶渊明的故事还是桃花源的故事？我认为，应当是讲“陶渊明讲桃花源”的故事。那么，很清楚了，《桃花源记》的一号主人公应当是陶渊明，而不应当是渔人。《桃花源记》的背景清晰，事件简明，陶渊明必须是寄慨遥深的当事人，现在，他只是一个事不关己的旁观者。陶渊明讲的故事里，没有那个和渔人互慕互爱的桃花姑娘，她的出现，把一个形而上的乌托邦变成了可感可触的世俗社会，部分地歪曲了陶渊明所讲的故事，极大地冲淡了陶渊明的思想力量。有了人物，要讲故事了，观众充满期待：陶渊明如何写桃花源？桃花源是怎样的？发生了什么事？观众的期待最后落空了，虽然有开端与结局，但是没有冲突与高潮。剧中突然出现了官兵强掠百姓，想来是编导意欲告诉观众当时社会的黑暗样貌，遗憾的是，这一段情节出现得过于突兀，完全没有融入剧情中。

第三，关于舞蹈本体。舞蹈是舞剧的语言。观众欣赏舞剧往往并不是去弄懂一个故事，因为舞剧一般不会有复杂的情节，而是在一个简单明快的故事背景中专心欣赏舞蹈。因此，对舞剧来说，整体的结构固然重要，但在舞台上作线形流动的舞蹈才是最重要的。故事、人物的全部思想、所有情感、一切华彩，都是通过舞蹈来表达叙说的。陶渊明创作《桃花源记》，即使是灵感突现，一挥而就，也还有过程，从发起、动机、初心、推敲、杀青、回想、自赏……这些都是独舞的契机。陶渊明不是第一主人公，自然失去了所有这些精彩呈现的可能。舞剧中的双人舞犹如话剧中主要人物间的对话，其对于突显戏剧主题有不可替代的作用。三人舞对于推动戏剧发展的重要性更不必说。本剧独特情境中所可能出现的绝美舞段几乎付之阙如。群舞虽然还算不错，但多是推演过场，亦少有跳出。另外，编舞者似乎尚未找到最适宜的舞蹈语汇，舞台所现，皆是常见景色，少有创新，而艺术的生命力就在于创新。

舞剧是身心劳顿的事，作为观众的我，站着说话腰不疼，以上外行人吹毛求疵的意见，可能并无参考价值。我必须再次申明，舞剧《桃花源记》是佳作，倘能再接再厉，潜心打磨，或可进入精品境界。

2016.8.14

内蒙古敖汉旗访“中华祖神”

建伟兄说了几次，要领我们去见一位中国的“祖神”。我心中充满期待，却故意保持镇静，以免届时被失望轰毁。

这天早晨，天气奇冷，我们乘上越野车，从赤峰赶往敖汉。当我站在这尊人像前面时，完全惊呆了。人像是泥质红陶，2012 年于敖汉旗的兴隆沟遗址出土。发现时虽已破损，但基本都在。收集到的破片计 65 块，由人工拼制复原。整身、盘坐，高 55 厘米，其中头长 20.7 厘米，底部直径 21 厘米。看来像是一个巫者或王者的形象。加平冠，呈坐姿，略前倾。造型准确逼真，不仅工艺圆熟，而且已掌握人体骨骼结构。最妙处是脸部，表情丰富，神态生动，作讲说呼号状。人像堪称一件精致质朴又创意十足的完美艺术品。站在这尊人像前，不由得心怀尊崇，礼敬有加。

我们看到的，只是一个凝固的、一瞥即逝的情景，但我们从这个传神的形象中，可以想象这个陶塑人像是有故事的。他安坐在那里，正口若悬河地讲述着什么，或者循循善诱地教导着谁人。以静态展示人物的活动，雕塑作者巧妙地捕捉到了莱辛所谓的“富于包孕的片刻”，让空间艺术恰到好处地表现了时间运行当中那最精彩的一刹那。这是西方美学史上的一个重要话题。德国美学家莱辛评论古希腊雕塑《拉奥孔》时，曾详细阐述时间艺术与空间艺术的界限，认为造型艺术应当挑选整个“动作”里最耐人寻味和想象的那一“片刻”；黑格尔也认为应该挑选能够集中前因和后果的“片刻”。钱锺书先生则对此加以生发，认为这个理论不仅适用于美术，在古今中外的诗文作品中也不乏成功的例证。

建伟兄是古玩界的知名人士，不但博学多识，而且友朋天下，这次被他导引至此，真是三生有幸！此人像出土后，即被尊为“中华祖神”，更被文物专家称为“国宝中的国宝”。经中国社科院考古专家认定，其距今约 5300 年，属红山文化晚期。这次确实大开眼界。以前只知道赤峰有距今 6000—5000

年的红山文化，也看过一些红山玉器和陶器，却从来不知道这里居然还有更高古的文化。仅在敖汉旗首次发现并以敖汉地名命名的，就有 8500 年前的小河西文化、8000—7500 年前的兴隆洼文化、7200—6400 年前的赵宝沟文化、5000—4500 年前的小河沿文化等四种史前考古学文化。

建伟兄带我们登了红山，看了几家公立博物馆和研究机构，也看了堪称闳富奇观的几家私人藏馆。离开敖汉的时候，大家意犹未尽，一致要求明年夏天还要再去。

2015.12.23

猪年说猪

猪狗皆为家畜之一。狗常被人称颂，或谓之忠实，或赞其聪明。而猪总被鄙视，或谓之肮脏，或骂其愚蠢。狗极精明，向有狗仗人势、狗眼看人低的习性。某种人被称为走狗，“洪宪”闹剧时，更有“狗而不走”，或“走而非狗”，或“亦走亦狗”，尤充类至尽。而猪虽懒散，却堪称厚道。中国人很奇怪，为何浪漫的法国人，见面必互称“笨猪”？

人猪共生，由来有自。猪，一作豕。古人造字以屋下有豕为家，可知猪为人类之密友。其实，猪有高德，而时人不之知也。

其一，粉身碎骨，舍己为人。人标榜孝道，最多不过是“割骨疗亲”；猪为了人类竟然做到了凛然就戮，死而不已：肉被分食，皮被制革，油脂更被广泛用于烹饪。

其二，谦冲低调，与人为善。猪嘴虽大，从不伤人。科学家近日亦认定猪之基因与人最为接近，拟让猪为人类做出更大贡献。即便居功至伟如此，在十二属相中，猪仍然甘居末位。

其三，外拙内秀，大智若愚。猪的智商其实不低，而且也是挺有心计的。据《西游记》第十九回记载，猪八戒将随唐僧至西天取经，乃向高老告别曰："丈人啊！你还好生看待我浑家。只怕我们取不成经时，好来还俗，照旧与你做女婿过活……只恐一时间有些儿差池，却不是和尚误了做，老婆误了娶，两下里都耽搁了？"你看他的思维多么周全，比起哲学家来，一点都不差！猪八戒当然是猪里的出类拔萃者，怎么说人家也是当过"天蓬元帅"的下放干部嘛。

猪自然也有缺点，一是贪吃，二是好色。猪与人类虽然习相远而性相近，这些不过是《孟子》所谓的"食色性也"。人犹如此，猪何以堪？人想想自己就知道：不应该对猪求全责备。

2019.2.8

说圆与方

中国人最重视大团圆，总希望一切都是十全十美地圆满。

钱锺书先生尝谓："形之浑简完备者，无过于圆。吾国先哲言道体道妙，亦以圆为象。""圆之时义大矣哉。"中国传统文化中的儒、道、释皆崇尚圆，不仅以圆为始，以圆为终，而且以圆为美，以圆为智，以圆为道。然而，圆之中心、事之内心、理之核心、人之本心，又必有一个"方"字在焉。《易·系辞》有"蓍之德圆而神，卦之德方以智"，《管子·心术篇》有"能戴大圆者，体乎大方"，《汉书·律历志上》有"规圆矩方"，《关尹子》有"圆尔道，方尔德"，《淮南子·主术训》有"智欲圆而行欲方"，《黄帝内经》有"天圆地方，人头圆足方以应之"，诸如此类，不一而足，皆言有圆有方。世虽圆转，而不能无方。所谓"天圆地方"，是古人对世界的观察与把握，意为圆动方定。所谓“规圆矩方”，是说天地自有规律与法度。所谓“智圆行方”，是说在世为人，圆为态度，方为原则。吾国古钱外圆内方，圆便流通，方利管控。圆方相济，相倚相生，相推相挽，圆中有方，方外有圆。行事有方，万事圆满。圆与方之高智雅趣，自是一言难尽。

正月十五为新年第一次月圆之夜，国人称之为上元节。于佳节之日，观灯火美景，享元宵美食；因浑圆之象，思方正人心。唐诗人孟郊有诗云：“万俗皆走圆，一身犹学方。”警句越千年而不朽。喜今日圆满，愿来日方长。

2019.2.18

与哲人为邻
——赞崇州哲学步道

华道生态社区位于四川崇州十万亩良田之间，由一群有社会责任感的爱心人士于2013年共同发起，用以创造和践行可持续的生活范式。作为旁观者，我到崇州华道社区来过三次了。每一次，我都能看到“天人合一”的努力和进展，看到新文明的创新和迭代。这次所见，最让我震撼不已。社区里出现了一条哲学步道，老子、孔子和王阳明的塑像已经树立在这里。后续还将有数十位中外哲学家的塑像在这里落成。在一个生态破坏、环境污染的社会，发展环境友善的有机农业，已不是易事；在一个道德沦丧、娱乐至死的时代，倡导学贤哲、爱智慧，与大师对话，更是一个伟大的创举。

先秦时期是中国思想史、学术史、哲学史上最辉煌灿烂的时期，当时有所谓诸子百家，其中最具代表性的是儒家和道家，孔子和老子就是这两家的代表人物。他们是对后世中国影响最大的哲学家，也是对全世界影响最大的中国哲学家，《论语》和《道德经》被翻译得最早，传播得也最为广泛。不管你喜欢不喜欢，中国人的文化基因的构成里，已经包含着孔子和老子。我们随手摘几句孔子的话：

“四海之内，皆兄弟也”“与朋友交，言而有信”“人而无信，不知其可也”“如切如磋，如琢如磨”“道不同，不相为谋”“三十而立，四十而不惑，五十而知天命，六十而耳顺，七十而从心所欲，不逾矩”“学而不思则罔，思而不学则殆”“君子和而不同，小人同而不和”“人无远虑，必有近忧”“己所不欲，勿施于人”“是可忍也，孰不可忍也”“诗三百，一言以蔽之，曰：思无邪”。

再摘几句老子的话：

“道生一，一生二，二生三，三生万物”“人法地，地法天，天法道，道法自然”“无为而无不为”“夫唯不争，故天下莫能与之争”“圣人常无心，以百姓心为心”“祸兮福之所倚，福兮祸之所伏”“治大国，若烹小鲜”“天之道，损有余而补不足”“以正治国，以奇用兵，以无事取天下”“千里之行，始于足下”“大器晚成，大音希声，大象无形”“功成身退，天之道也”“圣人处无为之事，行不言之教”“为无为，则无不治”。

也摘几句王阳明的话：

“破山中贼易，破心中贼难”“此心光明，亦复何言”“志不立，天下无可成之事”“天理即人欲”“知是行之始，行是知之成”“心无外物，物以心生”“千圣皆过影，良知乃吾师”“身之主宰便是心”“无善无恶心之体，有善有恶意之动。知善知恶是良知，为善去恶是格物”“心即理也，心外无物，心外无事，心外无理”。

这些话听起来是不是很熟悉？这些都出自《论语》《老子》和王阳明的书。有的已经是成语。这样的话，我们一下子还能想起许多。中国社会科学院有位栾贵明先生，根据钱锺书先生的嘱托，用三十年时间，创建了“中国古典数字工程”，用现代的计算机技术整理浩瀚的中国古籍，完成了人力不及的整理工作。《论语》一万六千字，而栾贵明先生发现的散见于《论语》之外的孔子言论，竟有十六万字，十倍于原书。例如“天下为公”“移风易俗”“不以诚立，虽立不久矣”“良药苦口而利于病”“人天合一”等，确定都是孔子最先说的。《老子》五千字，而栾贵明先生发现的《老子》佚文，竟然已有五万字，也是十倍于原书。这些文献的发现和整理，必将极大地推动中国古典研究。书正在陆续出版。有兴趣的话，也可以买来阅读。

走在哲学步道上，看到这些先哲的塑像，我们会有敬畏感和神秘感，我们会马上想到老子说的“见贤思齐”，会想到孔子说的“三人行必有我师焉”，会想到王阳明说的“致良知”和“知行合一”。他们说过的很多话，都为大家所熟知。马上觉得“温故而知新，可以为师矣”。当我们沉浸其中，能够理解什么是“知之为知之，不知为不知，是知也”，会有满足感和幸福感。住在这里，我们也会有醍醐灌顶、柳暗花明的感觉，会顿悟许多事理，甚至会觉得“朝闻道，夕死可矣”，会产生努力学习的愿望和动力。住在这里，我们的心灵世界将得到净化，精神境界将得到升华。

孔子是儒家第一人，俗话说老子天下第一，王阳明影响了后世五百年，近代日本明治维新、中国辛亥革命以及当代的许多高明之士都从他那里吸取营养。

因此，与哲人为邻，与哲人对话，读他们的书，想他们的话，不仅以他们为师，而且以他们为友，诗意地栖居，高尚地生活，是华道社区居民的高明选择。

我衷心地祝福他们。

2019.3.14

以美为宗教

蔡元培先生曾提出过一个伟大的教育理念："以美育代宗教。"美育就是艺术教育。教育是一门艺术，艺术教育更是一门艺术。科学文化教育授人以"真"，道德伦理教育令人向"善"，艺术美学教育使人爱"美"。要达到人生的最高理想境地，也就是所谓"诗意地栖居"，我们需要把"美"渗透到各个方面去，使人更有审美能力，使工作更有创造性，使生活更有趣味，使社会更和谐、浪漫，富于人文精神。从事艺术教育的过程，就是传播诗意、普及美学、强化人文精神的过程。因此，这是一个愉快的过程。

丰子恺先生也说过："人的生活，可以分作三层：一是物质生活，二是精神生活，三是灵魂生活。物质生活就是衣食。精神生活就是学术文艺。灵魂生活就是宗教。'人生'就是这样的一个三层楼。懒得（或无力）走楼梯的，就住在第一层，即把物质生活弄得很好，锦衣玉食，尊荣富贵，孝子慈孙，这样就满足了。这也是一种人生观。抱这样的人生观的人，在世间占大多数。其次，高兴（或有力）走楼梯的，就爬上二层楼去玩玩，或者久居在里头。这就是专心学术文艺的人。他们把全力贡献于学问的研究，把全心寄托于文艺的创作和欣赏。这样的人，在世间也很多，即所谓'知识分子''学者''艺术家'。还有一种人，'人生欲'很强，脚力很大，对二层楼还不满足，就再走楼梯，爬上三层楼去。这就是宗教徒了。他们做人很认真，满足了'物质欲'还不够，满足了'精神欲'还不够，必须探求人生的究竟。他们以为财产子孙都是身外之物，学术文艺都是暂时的美景，连自己的身体都是虚幻的存在。他们不肯做本能的奴隶，必须追究灵魂的来源，宇宙的根本，这才能满足他们的'人生欲'。这就是宗教徒。"

我是文学与艺术的爱好者，同时也是教育工作者，而且是艺术教育工作者。面对大师，很有必要自我反思。我在三层楼上吗？我只追求高贵的人文精神、高尚的道德情操、高雅的审美情趣和高新的科学视角吗？我是美的宗教徒吗？我知道我还不是美的宗教徒。那么，我全心全意于学问与艺术了吗？我完全脱离了低俗的物欲了吗？我想，我只是个俗人，我的大部分时间驻足于二楼和一楼。二楼让我精神上满足，一楼让我活着。

我希望将来我能够登上第三层楼，成为宗教徒，一个美的宗教徒。

2019.9.15

说“童心”

“童心”是什么？我想到了三位古代先哲。

第一位，李贽。李贽说：“夫童心者，绝假纯真，最初一念之本心也。”童心犹如现在所谓初心。因环境险恶、权力压迫、金钱诱惑、生存不易，而童心有障，始有善恶。善行恶行、善人恶人，区以别焉。

由此，我想到了第二位，王阳明。王阳明的心学，核心是讲致良知，他说：“致良知是学问大头脑，是圣人教人第一义。致良知三字，真圣门正法眼藏。吾平生讲学，只是致良知三字。”那么，什么是“良知”，我以为“良知”就是“童心”。所谓无善无恶、知善知恶、为善去恶，良知即是童心。良知可敬，童心美好。为何还需要“致”？人非不知善恶，只是知行割裂而已。王阳明说：“尔那一点良知，是尔自家底准则……善便存，恶便去，他这里何等稳当快乐！此便是格物的真诀，致知的实功。”“致吾心之良知于事事物物”，“就是知行合一”。

于是，我又想起了第三位，屈原。屈原取世世所传说往古故事，条诘件询，追根究底，铺排推衍，无远弗届，是有童心者也。“举世混浊我独清，众人皆醉我独醒”的屈原精神非常值得今人效法。

当今之世，官贪商奸，骗子横行，童心早已尽失。故而，我深深怀念此三位先哲，呼唤“童心”回归！

2019.9.15

说“酒”

所谓“酒”，是人类生活经验的发现和智慧的结晶，古已有之。酒是好东西，也是坏东西。

说它好，是因为无论历朝历代，无论何时何地，无论帝皇臣民，酒都是能够享乐、壮胆、解忧的好物。魏武帝煮酒论英雄、李白斗酒诗百篇、武松三碗斗猛虎的故事千古传颂。文人墨客，多有歌颂酒德之作。曹植《酒赋》称酒能使“质者或文，刚者或仁，卑者忘贱，窭者忘贫”。李白《行路难》云：“且乐生前一杯酒，何须身后千载名？”吴昌龄《东坡梦》第一折：“佛在心头坐，酒肉穿肠过。”诸如此类，不一而足。

说它坏，禹就有过酒可亡国的预言。据《战国策》记载，在中华民族的第一个朝代夏朝，有“仪狄作酒”的故事。仪狄造出美酒，献给禹，禹饮后感到甘甜美好，但他看到了酒可能乱性的危害，说：“后世必有以酒亡其国者。”于是，疏远仪狄，拒绝饮酒。后来的事实证明了他的担心。禹的儿子启酷爱饮酒，到夏桀更是嗜酒如命，最后亡国。商朝末代君主子受即史称殷纣王者，“以酒为池”，“为长夜之饮”，最后，国亡家灭，自己则“赴火而死”。

民间更有“酒色财气杀人”之说，谓酒香夺志，色满销魂，财迷心窍，气断江山，酒被列为四害之首。其实，酒是酒，人是人，喝酒出人命、丢江山，怪不得酒，只能怪喝酒者。

据善饮者说，饮酒之妙，无法言说，微醺时候，最是佳境。酒之别名无数，如杜康、欢伯、杯中物、金波、壶中物、醍醐、春、忘忧物、扫愁帚、钓诗钩、般若汤，等等，不一而足，都表达了好酒者的心事。一般人所谓“陶醉”，就是借用了饮者的感受，形容那种忘我沉浸的境界。

我虽不善饮，而身边自有酒圣、酒神、酒仙、酒鬼、酒徒合称酒友在。每逢佳节，总要喝酒。酒该怎么喝？其实，“酒”字已经讲清楚了。我以为，“酉”是喝酒的时间——下午五点至七点，白日忙碌，傍晚小酌，自是惬意，但以不超过两小时为宜；“三点水”偏旁是对酒量的表示，古人聪明之至，无论海量三坛、好量三碗、常量三杯或如我无能之辈三滴，都被这“三点水”包括在内了。

2019.9.22

说人际关系

古人云：日光明而五色备。换言之，因有青、赤、黄、白、黑五色，才有太阳的光明与炽热。

同理，人类社会固然庞大复杂，也不过是由不同的人组构而成。原生状态下的人群是自然生长的，自不用说。而以各种原因新结成的人群是带有选择性的。然而，无论如何选择，人与人仍然各不相同。这不同的人，犹如日之五色，大家都发出自己的光，就构成了我们光辉灿烂的太阳。

但是，必须牢记：太阳光下的人际关系，必须由大家共识的原则来规范，才能维持长久。重利轻义，其利短暂；重义轻利，其利长久。受人恩惠，必当重谢，人不需谢，当加倍谢。敬人人敬，爱人人爱，助人人助。诚以待人，大事必成。

2019.11.23

传统文化是什么？

传统文化是什么？不说时好像还知道，想说清楚时就糊涂了。我只知道中华文化有优点，也有弱点，有精华也有糟粕。那么，什么是文化，什么是传统文化，什么是中国的传统文化呢？

首先，文化其实是人化，什么样的人，就有什么样的文化。一个中国人，身上流的血是华夏民族的，这有基因可以测定，无法改变，也无法掩饰。同样，一个中国人，无论是新派的、时尚的、喜欢西方生活方式的人，还是老派的、保守的、不知有汉何论魏晋的桃花源中人，都无所谓，五千年中国文化的积淀，集体无意识的影响，这些构成了他的文化基因，无可遁形，这也是可以测定的。你是中国人，你怎么可能摆脱中国文化？“去中国化”，谈何容易。“砸烂孔家店”，就是给中国人换血取髓转基因；所谓的“彻底决裂”，就好比揪着头发离开地球，都是不可能办到的事。

其次，中华民族的民族性极为强大，能够不断地吸引、容纳和消化各种外来文化。因此，即使我们喜欢并且希望西化，但是所谓的全盘西化也是做不到的，因为西风东渐的过程并不是冷战思维所谓“不是东风压倒西风，就是西风压倒东风”，而是西风与东风融合。与此同时，中国传统文化的时代性表现为能够不断地被历史和时代所扬弃和升华，从而产生新的生命力，并保持活力。因此，即使你不喜欢外来文化，你也将被迫接受世界发展大潮和人类历史前进带来的包括世界观、人生观、价值观和生活方式、工作方式、思维方式的改变。

第三，中国传统文化确实在人类历史上，无论是物质上、精神上还是制度上，都创造过灿烂和辉煌。当然，在天国光鲜的历史巨流河中从来也不缺乏愚昧、落后、自私的个性夹杂其中。从客观上说，我们中华文明大张时，世界的许多地方还是野蛮和黑暗的。我一直认为地球上的春夏秋冬各不一样，不可能环球同此凉热，世界各国的发展也是此消彼长的。我坚信中华传统文化一定会在新的时代复兴，同时我也坚信中华传统文化中的糟粕一定会在新的时代被抛弃，这并不以什么人的主观意志为转移，提倡也罢，反对也罢，都不起根本作用。

有文化的中国人爱说“白云苍狗”“沧海桑田”云云；老百姓则常说：“三十年河东，三十年河西。”人类历史就是这样，如同钟摆，如同潮汐，如同日之升落、月之盈阙，周而复始，无止无息。这不就是孔子所谓“逝者如斯夫！不舍昼夜”吗？

2019.11.23

学习庞朴的“一分为三”论

庞朴先生是当代著名的历史学家和哲学家，对钱锺书先生极为推重，因此，30多年前我在编辑学术丛刊《钱锺书研究》时，曾请他担任编委，当面聆听过他的高见宏论。他说：“要想领略中国辩证法的智慧，与其去读某些以此为名篇的专门著作，不如来读钱锺书先生的《管锥编》。这是我的一条基本的读书心得。”他还说：“《管锥编》中谈中国辩证法，不是给人一条两条三四条辩证法的知识，比如几则规律、几对范畴之类，而是给人一种智慧，一种中国辩证法的智慧，以及领略这种智慧的智慧。因而，它既是示范性的，也是理论性的；是我们在‘跳跃’时信得过的现场指导。”庞先生逝世虽已5年，但他的睿智发见和深刻论述，还在学术界熠熠生辉。作为文化的守望者，庞朴先生对传统的独特解读常常能够发人深省。例如，他提出的“一分为三”论，揭示了中华文化的密码。过去，我们只知道杨献珍因提出“合二为一”被政治迫害，一位青年教员因提倡“一分为二”被赞扬为干部“学哲学的样板”。庞朴先生的“一分为三”论却并未广为人知。这一观点对我来说，既是雷霆，又是醍醐，一下子就击中了内心，从根本上改变了我看待世界的方式和思考万物的方法。我所知庞朴先生的“一分为三”论要点如下：

应妥帖表达对立同一

说到一分为三，大家可能不太熟悉，因为没有见过这个说法。大家见得比较多的是一分为二。有个成语叫“自相矛盾”，就是说势不两立。将“矛盾”应用到哲学范畴是20世纪30年代以后的事，后来又把它普遍化、简单化、明确化了，或者叫作两点论、二分法。

我们现在来思考，“矛盾”并不是最妥帖地表达哲学上所要表达的思想的一个词，哲学上要表达的一种思想是什么呢？就是一切对立的东西在一定条件下又是同一的，一个同一的东西又是由对立的两个方面组成的。对立、同一的哲学思想用矛盾这个概念不能很准确地表达。为什么？因为矛盾的概念更多的是强调不可两立、势不两立那一方面。正因为强调对立，所以它难以表达同一。

谈到对立同一，在中国哲学上有很多词。用得最多的是阴阳这个概念，而不是矛盾。在其他各种领域里，类似的词还有很多，比如，刚柔、经纬、正反等。还有，消息、抱负也是表示对立同一的术语。有些词更偏重对立，有些则更偏重同一；有些偏重变化，有些更偏重不变化。

在很长一段时期，我们强调矛盾比较多，所以更多是强调斗争的一面，强调斗争是发展的动力。其实，发展不是对立面的斗争，斗争恰恰是不发展。当然，斗争提供了发展的动力。但是发展的完成恰恰是靠和谐，靠同一，而不是靠斗争。这一点中医最明显。发展不是在斗争的时候，而恰恰是在不斗争的时候。

二分法、两点论的结果却只有两个，非此即彼，这个跟我们把对立同一仅仅归纳为矛盾，或仅仅突出或强调斗争有关。其实，在中国人的智慧里边，有很多词语能够很好、很简便地把这种关系说得更清楚、更细腻。

不能只见其一，不知其二；也不能只知其二，不知其三

中国人谈对立的时候，实际上最简单的办法是将它分成两种：一个是“两”，一个是“二”。什么叫“两”？中国哲学里面把互相并列的对立关系归类为“两”。“两”就是并存，好比“左右”。在中国哲学里，“二”也是指两个东西，但

是“二”是有主从的关系。比如我们说“二把手”，意味着还有“一把手”在上面，“二”所表示的就是一个主从关系。

如果要表现对立同一的关系，中国也有很好的词，叫“叁”，还有一个和平的“和”。什么时候用“叁”来说明对立同一的关系？比喻双方纠缠不清，闹不完。于是第三方参加进来，提出更公允的意见，这叫作“参”。真正的“参”是有自己独立意见参加到对立的两方中去，使矛盾得以解决。大家注意，带“参”的词特别多。比如参加、参考、参谋、参赞、参议等。

那么，什么时候用“和”来表示对立同一的关系？“和”本来是种乐器，就是那个长短不齐的排箫。由高低不同、快慢不等的音调、音色、音响组合成一个协调悦耳的曲子，这也叫作“和”。再如“和面”，“和”的意思就是使对立的双方组合成第三个东西，由对立变成了同一，由二变成了一。

我们说，任何事物都可以分成两个方面，这不假，但事情到这还没有完，分成对立的“两”还是一个不稳定的状态，只有把它变成“三”以后才是最稳定的。这跟几何学上说三角形是最稳定的图形是一个道理。

有些国家，有些人，有些哲学，有些理论，不同意我这种“三”的说法，认为到“二”就为止。比如，美国哈佛大学有一位很有名的教授叫亨廷顿，他谈到世界将来一定要冲突。为什么？他认为世界文明只有西方文明与非西方文明两种，不是西方文明就是非西方文明，非此即彼。绝对的二分，没有回旋余地，这就是只见到二、没看到三。

“一分为三”的三种形态

那么，何为“三”？三分的形态又有哪些？我认为，大概有这样三种形态。其一：三个都是实体。有一种大家熟悉的儿童游戏叫“石头剪刀布”，说的就是一种循环克制的关系。三个实体间除了有相互克制的关系外，还有一种相互补充的关系。这方面，中国谈得最多的是“天地人”。在中国，无论是儒家还是道家，都主张“天地人”三极。天的作用在化，地的作用在育，人的作用在赞。所以在中国，儒家有一个说法，叫“参赞化育”。这三者合在一块，就合成了一个完整的、完美的、和谐的大自然。

第二种形态：两实一虚，即两个实体、一个虚体。最常见的例子是，在市场上进行交易的，看上去似乎只有买方和卖方，实际上冥冥中还有个第三方，这个第三方在主宰着、控制着、指挥着买卖两方，它虽然不可见，但确实存在。这在经济学上被称为“看不见的手”。中国古书里还说尧舜都有三只眼睛。这第三只眼睛，是一只看不见的眼睛，它既看左边的情况，又看右边的情况，然后综合两边的情况，得出一个正确的判断。这也是两实一虚的关系。

第三种形态：两虚一实。李白有一首诗写道：“花间一壶酒，独酌无相亲。举杯邀明月，对影成三人。”这里面只有李白一个人是实的，其他两个都是虚的，但是他这首诗意味深长，奥妙无穷。当然，如果把时间这一维加进去，你会看到更为复杂的三分关系。最有名的如“正反合”，就是从时间的维度来说一分为三的关系。郑板桥有句名言叫“难得糊涂”，他说聪明难、糊涂难，由聪明到糊涂更难。这其中就包含着非常深刻的正反合的道理。

以上内容，详见庞朴先生的几部著作：《庞朴学术文化随笔》《文化的民族性与时代性》《一分为三——中国传统思想考释》《一分为三论》。

2020.8.5

读书之乐

1968年1月，在还不到18岁的时候，我当兵到了福建前线。1973年，我被单位推荐参加当年的大学入学考试。那一年发生了张铁生“反潮流”交白卷的事件。考试实行差额制，一个名额两人参加考试，根据成绩择优录取。不能选择院校和专业，一切都由上级指定。

考试通过后，我于9月到厦门大学中文系报到。我们没有被称为“学生”，而是被称为“工农兵学员”。这年是“文革”的第7年，是我当兵的第5年，也是我提干的第2年。部队的工作很忙，但也还充实。最痛苦的是除了几种政治理论著作之外，没有书读。当时没有更多的想法，只是渴望上学读书。如果不是“文革”的耽误，这一年我该大学毕业了。

记得某个星期天，我揣着刚发的津贴费，请好假（每个星期日只能有几个战士外出，对个人来说，几个月才能轮上一次），从驻地祭酒岭步行到福州市最大的书店——东街口新华书店。书店里人很少，也没什么书，除了“红宝书”，也就是社论汇编、讲用报告之类的小册子。明知买不到喜欢的书，这里仍然是我上街的唯一去处。我顺着一排排书架慢慢搜寻。突然，我眼睛一亮，发现书架上居然有一部司马迁的《史记》！这可是我向往已久的。我兴奋至极，可是翻开定价一看却愣住了：11.3 元。虽然全月的津贴 1 分钱不少，可是总共只有 6 元。回连队显然来不及了。我就站在东街口路边等，终于向两位同部队的战友借够钱买了书，心中喜不自胜。司马迁“发愤著书”的精神很值得推崇，而《史记》对后世史学、文学乃至整个中国文化的影响实在太大了。现在回头想想，当时懵懵懂懂地读《史记》，尽管没有完全读懂，但就是读懂了的那么一点点，就奠定了我一生的基础。太史公自许“以究天人之际，通古今之变，成一家之言”，其言不虚。

考上大学，我知道，我终于有书读了。

50 年过去，转瞬间，我 70 岁了。退休后，我开始了新的阅读之旅。家中书已无处放置且多有未读者，因此自诫不可再买。然偶遇佳卷仍难割舍。当年快退休时，皇皇巨著《钱锺书手稿集·中文笔记》终于印行，其价值无与伦比，但价格也够高，与我月薪相近。想起当年用两个月津贴买《史记》的壮举，这算得了什么呢！遂立即购之。于是，我知道后半生的主要营生了。享受读书，古人有所谓“负暄”“三上”云云，不仅心向往之，且可以身试之。其中之乐，非个中人何尝能知？钱锺书先生主张：“让灵魂自由地去探胜，安静地默想”，“小屋子可成极乐世界”。我不但自己读书，也带着三两个青年人一起读。一方面，希望读书的种子能够代代相生；另一方面，年轻好学的他们也常常给我以启发。读书，特别是和青年人一起读书，也许是一个防止罹患老年痴呆症的妙法子。

2019.12.31

为什么要读一点古诗词?

从《诗经》、《楚辞》、乐府、唐诗、宋词到元曲，中国的古诗词如同一座座辉煌的珍宝馆，静静地等待着后世的读者。当我们回首故宇、俯瞰诗国，无论打开哪一馆，都会叹为观止。静谧的自然，纯粹的心境，深邃的思索，华美的形式……不时给你意外的惊喜。沉醉其中，不禁想到，在这个世俗的时代，如果不做如读古诗词这样不谋实利的事，活着还有什么意思呢？那么，怎样读古诗词？如《诗经》所云："他人有心，予忖度之。"把自己放进去，会发现千年之前的生命知己，无任欢忭，或可消解胸中块垒。为什么要读古诗词？孔子说过"不学诗，无以言"。学了诗，廉顽立懦，雅驯近仁，我会知道我是谁、我在做什么、我要到哪里去。

2015.6.22

试悟“龙场悟道”之道

——关于王阳明的一个猜想

王阳明先生是圣人，是一位综研儒释道三家之学，经过“龙场悟道”，创立“天人合一”“致良知”的“阳明心学”，影响中国历史500余年的伟大政治家、哲学家、文学家、书法家、教育家和军事家。我读过一点阳明的书，对其事迹略知一二，于“龙场悟道”一节最感神奇而所知最少。因此，久有龙场游之念。

2015年10月，利用到贵阳开会的机会，去了一趟龙场。

龙场位于修文县城东面不远处。放眼望去，一座郁郁葱葱的小丘便是著名的龙冈山了。时值深秋，森森古木，红绿相间，一派画境。

顺着眼前的山间小径拾级而上，很快就到了何陋轩。此即阳明的居室。阳明曾作《何陋轩记》，自述取孔子“君子居之，何陋之有”意，将此室命为“何陋轩”。唯门户密闭，无从偷窥，想来其中或有阳明遗物，亦未可知。

再往前，便是阳明洞了。洞口高处有明贵州宣慰使安国亨题刻“阳明先生遗爱处”；右侧有明罗汝芳题刻“阳明别洞”；左侧有清庞霖题刻“奇境”。洞中题刻较多，字体参差，大小亦不等。此洞本是龙冈山上天然溶洞，原称东洞。洞体蜿蜒，穿山而过，清风贯通，夏时必定凉爽干燥，有别于外面的瘴疠湿热；冬日只须遮挡洞口，内里自是别有洞天，温润相宜。王阳明乃将此造物所赐命为“阳明小洞天”，人称“阳明洞”。王阳明曾在此冥思苦想，格物致知，最终顿悟成圣。

洞口外有一青石铺地的小院，出院的石径口上，两株王阳明亲手种下的参天古柏仍然傲然挺立。

沿石梯而上，右手可达君子亭。此亭正在修葺中，无法亲近，难知究竟。

亭岩石壁下有“知行合一”四个大字，我兀自奇怪它是怎样逃过“文革”之劫的。

左手为王文成公祠。这是一个极小的四合院。正殿供着王阳明铜像，门上三块匾额，中间为“大启文明”，右、左分别为“天地常新”和“兼三不朽”。正殿对面是元气亭，匾额为“培养元气”。此祠始建于明嘉靖三十年（1551），至清乾隆年间重建，现存的房屋当是清嘉庆、道光年间修建。蒋中正曾三次到阳明洞参悟心法，终于未得门径。非常讽刺的是他从1938年起把张学良秘密关押在王文成公祠达两年有余，也许此中有深意吧。

从山上下来，路过碑林，王阳明先生的几十块遗墨刻石，都被很好地用玻璃罩保护起来了。但与此极不协调的是，竟有一张提示“禁止吸烟”的标语贴在玻璃罩上，煮鹤焚琴，大煞风景！

回到宾馆，我一直在想，王阳明在龙场仅三年，便完成“龙场悟道”。结果如此辉煌，过程却鲜为人知。他本人于此讳莫如深，语焉不详。他人则往往一笔带过，不是不想说，而是不知道。

于是，我忍不住，想试悟龙场悟道之道。下文是我关于王阳明的一个猜想。

王阳明确实是不世出之人。其母怀胎 14 个月才出生，5 岁前完全不会说话。从 22 岁到 28 岁参加科考一再失手，复读复考三次始入官场。稍后，在朝廷里备受太监刘瑾的侮辱，遭廷杖，贬谪至穷乡僻壤。途中还被追杀，最后，死里逃生，来到贵州龙场。所有不顺，皆有定数，心智之苦与筋骨之劳，均臻极致，无以复加，岂非孟子所谓“天将降大任于斯人”欤？作为一个正常人，王阳明此时大约也对仕途心灰意冷，心有余悸。当个小小驿丞，虽然清苦，却无官场恶斗，他可以专心读书著作了。三年间，他作《居夷诗》132 首，撰《五经臆说》46 卷，写其他文章 28 篇，真是高产。他省察克治，非常努力地完善圣化着自己。

格物致知是人格修炼的最重要手段。王阳明讲格物致知，强调知行合一。他说：“知是行的主意，行是知的工夫，知是行之始，行是知之成。”我最喜欢王阳明的致良知。他说：“人若知这良知诀窍，随他多少邪思妄念，这里一觉，都自消融。真个是灵丹一粒，点铁成金。”王阳明特别强调知行合一的一念发动，内圣外王。王阳明说：“某于良知之说，从百死千难中得来。”

读过万卷书，走过万里路，吃过万般苦，格过万种物，这些艰难卓绝的经历，这些深思与独创的成果，必然使他致“知”。与此同时，严父慈母生养培育他时所经受的常人难忍的痛苦，善良淳朴的边地彝民无微不至的关怀，使得王阳明心怀感恩。这种与先前官场迥然不同的感受，必然使他致“良”。读圣贤书，想天下事；返求诸心，乃成圣贤。王阳明的“致良知”很有意思。致者，使也，达也，极也；良者，美也，善也，佳也；知者，智也，识也，觉也。孟子以“不虑而知”为“良知”，王阳明之知皆深思熟虑之所得，其所谓“良知”当与孟子区以别焉。我学殖浅陋，把“致良知”读成“致、良、知”，不但把“良知”分开了，更将“致”也分离出去。我认为“致”很有内涵：努力、用心、坚忍、达成。在这个完整的“格物”过程中，使王阳明躬亲实践，深明自觉，扬弃朱子，鼎新陆子，成功地创立了“知行合一”“致良知”的“阳明心学”。

猜想未必正确，但毕竟是费过一番脑筋的思想分泌物。聊备一格，立此存照。

2015.10.31

听西点校长说西点精神

一大早就离开罗德岛州的纽波特，赶到纽约以北哈德逊河畔的西点时，已经 10 点钟了。俗称为“西点军校”的美国陆军军官学院就坐落在这里。依山傍水的校区由大片的草坪和古老而坚固的哥特式城堡群落构成，与建筑物一起代表着西点历史的还有华盛顿、艾森豪威尔、麦克阿瑟、巴顿等十数人的雕像或纪念碑。

还来不及对匆匆一瞥的校园表示惊愕，就看见西点军校的第 56 任校长威廉·J·小莱诺克斯中将已经站在门前迎候。前不久刚在国防大学听了他介绍西点教学理念的学术报告。分别还不到 10 天，客人便做了主人，主人翻成客人。由于已不是初次见面，大家先叙友情。当谈到解放军艺术学院时，满脸堆笑的他大感兴趣，一面拉我合影，一面说：很遗憾，西点没有艺术专业，不过我们的设计专业有些艺术课程。

大家寒暄如仪并喝过咖啡、吃过饼干后，莱诺克斯乃言归正传，继续9天前他在北京开始的话题。他的口才极好，谈锋甚健，抑扬顿挫间充满着自信和自豪。作为一名老兵，我对西点军校的情况略有听闻；作为一名中国军队院校的院长，莱诺克斯中将的讲话给我留下了深刻的印象。

首先，西点教育的根本是灌输价值观。西点是美军第一所军校，也是美国的第一所工程院校。令我惊奇不已的是：作为一所理工科大学，何以将心理学、写作、文学、外语、哲学、历史、经济、政治、法律、伦理学等列为核心课程？莱诺克斯解释说，所有这些课程，都是为了培养美国文化观念和西点"责任、荣誉、国家"价值观。我想，应当在我的学院大力提倡人文教育，因为有的学员竟把自己所学的人文学科专业降到了技术层面，而对蕴藏其中的丰厚人文精神多有忽视。

其次，通过养成训练，让学员学会服从。服从是军人的天职，然而，如西点这般严酷的服从训练并不多见。在西点，学员遇到军官或高年级学员问话时，只有四种回答："报告长官，是"；"报告长官，不是"；"报告长官，没有任何借口"；"报告长官，不知道"。除此之外，不得多说一字。也许是为了展示他的训练成果吧，莱诺克斯安排3名高年级学员参加会见。当问及如何回答上级时，他们重复了上面四种回答，并说最常用的是："报告长官，是！"再问他们这样回答是否有时心里不舒服，他们立即回答：“报告长官，不是！”看来真是融化在血液中，落实到行动上了。

最后，注重品德教育。西点军校的荣誉准则是：“学员不得撒谎、欺骗、偷窃，或是容忍上述行为。”西点要求学员终生保持诚实正直的品质。西点从点滴培养，要求学员忠诚于班，忠诚于连，忠诚于陆军，忠诚于国家。莱诺克斯很坦诚地说，1976 年，西点发生了 100 多名学员考试作弊的丑闻。学校采取断然措施，将这些学生全部开除，以儆效尤。规章制度明确，执行规定严格，学员所受教育深刻，这就是西点。

莱诺克斯校长讲完后，又亲自带路参观校园，边走边讲。2 个小时过去了，早超过了预定的时间。因为他马上要到学校曲棍球队去讲话，并且还要为明天的新生报到做些准备工作，我们便握手告别。莱诺克斯一再表示欢迎再来。

2005.8.16

在中国艺术研究院祝贺莫言获诺奖座谈会上的发言

非常感谢中国艺术研究院邀请我出席今天的会议。刚才，聆听了王文章院长的致辞和莫言先生的讲话，聆听了刘梦溪、范曾、余秋雨、张宏森几位老师的发言，感到很受启发。

莫言获得诺贝尔文学奖，这是 2012 年中国文化界最重要的一件事。莫言获奖堪称实至名归、货真价实，作为一直喜欢莫言作品的老读者，我非常地高兴，由衷地祝贺他。接到贾磊磊先生的邀请时，我正在 301 医院住院，我表示立即出院，参加会议。刚才，大家讲得那么好，我不知道该讲点什么了。我想起 1986 年初读他的小说《红高粱》时，写过一篇《莫言和他的〈红高粱〉》，发表在当年的《文学自由谈》上。现在看起来，这篇文章虽然写得很肤浅、很幼稚，但是其中有一句话，今天读来觉得还是有点意思，就是文中提到“莫言在不长的创作实践中，所表现出的那种大家气象的苗头，那种类似大师的气概”。26 年过去了，当时的美好愿望，所谓的“大家”“大师”云云，已经坐实了，所以我由衷地祝贺莫言、感谢莫言。

现在，我从当时的文章中摘录了几个片段念一下，表达我在当时以及现在对莫言及其作品的看法：

保持着对莫言的敬意和好奇心，我用心地追踪着他的行迹。我感到两点疑问：其一，这样一种高文化档次的作家，竟然会出在部队。莫言的出现也说明他有一个比较宽松的创作环境，这是文学的大幸、民族的大幸。其二，莫言参军十年了，他为什么总爱写农村题材。看得出，他有一种现时的、强烈的表现欲望，他心中郁积、脑中萦绕、得之于少年时代的一连串故事已经熟透，不能不一大把撸下来。通过思考和排解，我对莫言有了更深的敬意和更大的好奇心。

莫言的创作至今堪称独步，他属于什么流派，没有现成的套子套在莫言的头上是合适的。那么，色香味外，谁与造微？我总觉得，覆盖他全部作品的是那种半明半灭、忽坠忽升、能刚能柔、时敛时纵的感觉的流云。由于这独特、锐敏、无所不在的感觉，兼以才人胆大，遂能触绪成趣。

英国美学家鲍桑葵曾经把美分为平易的美和艰难的美。我体会，平易的美应当是指那种浅显的、外露的、传统的、公认的美；艰难的美则应当是指那种深刻的、内在的、新起的、为少数人所率先理解的美。毫无疑义，莫言的小说是一种艰难的美。

现在的中国，正经历着精神觉醒的痛苦。一种强烈的愿望，希冀自己具有独立的人格、独立的思想、独立的语言和独立的风格的愿望，在每一位精神产品生产者的心中萌生，也在许许多多的精神产品消费者的心中萌生。莫言在不长的创作实践中所表现出的那种大家气象的苗头，那种类似大师的气概，难免使人目眩神迷，一时不能消解。

文如其人。读莫言的作品，不能不想到：他是怎样一个人?

我觉得他是一个幸福的人。因为他具有灵敏的审美反应和高度的理智能力，他的作品表现着一种诗性智慧，他是一个过多地享受着美感的人。他善于发现生活中的美，但他并不铺叙这种美，而是写它在被践踏、被损毁、迸裂时发出的那种惊世骇俗的美的光芒。例如奶奶，一个注定要在黑暗的吞噬中失色的弱女子，却闪出了光照千秋、功垂万世的异彩！莫言写出了运动着的、变化着的、升华着的美，写出了生命的美，完成了对人性的发现和歌颂。在这种美的感受和创造中，他必然领略着幸福，享受着幸福。

我又觉得他是一个痛苦的人。这不仅是因为莫言在《红高粱》里说过："任何幸福的后面都隐藏着等量的痛苦。"还因为作为一个创造者，他总要在生活中常常体验那种类似人母妊娠和分娩的痛苦。他必须面对痛苦的人生，淘汰一部分痛苦，选择一部分痛苦，再造出一种新的、能够爆炸的痛苦。他必须用痛苦的心情给痛苦穿上美的和愉悦的外衣，并怀着同样的痛苦心情用自己的作品去磨折读者。日本帝国主义给中华民族制造了亘古未有的痛苦，这痛苦既是肉体上的，也是精神上的。刘罗汉大爷的遭遇恐怕是这种痛苦的极致。作为读者，我们的心灵受到震撼，我们立即满怀道义上的愤怒、冲动。但是同时，我们能否认他的描写是美的，能否认痛苦的情绪也具有悦人性这一美学原则吗？正是莫言，他用一种冷静的激情，把实在事物提高到了审美形象的水平，使我们领悟到，艺术所以高于自然，就是因为它是从模仿给我们的快感中产生的。

我觉得他是一个严肃的人，一个没有小家子气之窘的艺术家；他有很高的抱负，因此，他必须关心哲学，关心理智和认识，关心价值观念，关心生活的意义。莫言属于这种人。他的每篇作品都有刻意的追求，所以，他走过的道路是通往成熟的轨迹。《红高粱》作为莫言的第一篇战争小说，充分展示了他对战争文学的深刻思考。战争有怎样的本质，战争对人有怎样的影响，这是作家不得不严肃考虑的问题。战争体现着兽性与人性的冲突，体现着野蛮与文明的二律背反的精神。这种冲突和二律背反，符合文艺上的某种要求，带着一种美。莫言通过作品告诉读者：

我诅咒战争，但是我得礼赞在战争中牺牲的战士和人民，因为那都是高贵的英魂和不低贱的冤魂。

我又觉得他是一个不安分的人，他在心理上带有反叛和不遵奉的倾向，与此相适应，他又具有自由表达思想的能力。因此，他在创作中表现出一种无羁无绊的魅力，流畅如行云流水，精巧若神工运斧。当然，文学艺术是人类文化的一部分，各个世代的人，举凡要从事这项事业者，都逃不开祖先们亿万斯年间积淀下来的意识遗产。不安分、不蹈故常的心理素质，是文学艺术家有可能做出成绩的可贵品性。

我读着《红高粱》，突然想起桑塔亚纳说过的一段话来："一个人唯有在连他自己也无以名之的种种知觉感触的重担之下辛劳很久，在种种感情与幻想的漫无目标的兴发之中饱经折磨之后，艺术的某种方法才有可能对他的全部或部分灵感提供表达之道，从此足以历永劫而不磨，虽百炼而不殆……那种能够在他天真的心灵之中酿成巨澜的丰富感触与活跃想象不久即将沸沸扬扬，喧腾起来，因而斐然成章，蔚为壮观。"我真切地感到，这似乎说的就是莫言。我明白了，起决定作用的不是被描绘的对象，而是作者。《红高粱》的重要意义之一，就是再一次证明，没有参加过战争的人也能写战争，而且可以写得比参加过战争的人还要好，关键是作家要有崭新的艺术观和高超的表现能力。

莫言的艺术——这将是一个恒久的话题——我指的是这样一些形态特征：不落俗套的思维过程，非寻常方式的思考和联想，超灵敏的感觉，新奇的意象。

总之，《红高粱》如一幅色彩强烈又极工细的油画，意蕴颇丰，一时难以备述。

谢谢。

2012.10.18

中国走向世界与世界走向中国

——在成都“环境、经济和道德”圆桌会议上的发言

人类社会以超高的速度发展着，人类也碰到了前所未有的生存麻烦：战争、瘟疫、毒品、环境污染、恐怖主义，以及价值观沦丧、道德滑坡、伦理危机，等等。

世界向何处去？人类向何处去？

中国是世界的一部分。回顾华夏民族5000年文明史，我们需要做出选择：既要走对自己的路，也要给世界做出应有的贡献！

一、各国文化应当对话交流

我本人是研究文学的学者，因此，我想从文学谈起。

中国有一位学贯中西，也在中国和西方有着重要影响的学

者，他就是钱锺书先生。他的长篇小说《围城》在中国家喻户晓；他更重要的著作《管锥编》《谈艺录》《宋诗选注》，则在学术界影响深远。

钱先生就认为，历史前进的大势总是殊途同归的。这就提醒我们，各国间的交流是发展的必要条件。他在考论《周易正义》时阐发了历史发展的“异路同归”现象。《周易正义》说：“子曰：‘天下何思何虑？天下同归而殊涂，一致而百虑。’”殊途何以同归，百虑因何一致？钱先生认为：“东海西海，心理攸同；南学北学，道术未裂。”不管你是东方人还是西方人，心理运行的规律轨迹是大体相同的；也不管你是南方学派还是北方学派，学术的基本原理和规范是无法割裂背离的。因此，思虑各殊，指归同一，钱先生认为：可以用后来宋代的陆九渊的话来解释《周易正义》的这句话。陆九渊说：“千万世之前有圣人出焉，同此心，同此理也；千万世之后有圣人出焉，同此心，同此理也；东、南、西、北海有圣人出焉，同此心，同此理也。”钱先生更指出，心同理同，正缘物同理同。心之同然，本乎理之当然，而理之当然，本乎物之必然，亦即合乎物之本然也。

二、发出中国的声音

什么是中国文化？

当今的中国文化是传统中华文化与现代世界文化交融发展

的文化。

中国传统文化是一个源远流长、枝繁叶茂的文化，上古便有了巫文化和道文化，这是中国文化的基因。中国传统文化还是一个多元共生、百家争鸣的文化，到春秋战国时期，则有了诸子百家；后世影响力最大、发展最为持久和完备的，除了本土的儒、道，还有外来的释，共三家。

儒家的代表人物是孔夫子，其最核心的思想就是“仁”。儒家倡导“和而不同”。孔子非常经典的一句话就是：“己所不欲，勿施于人。”1993 年 9 月 4 日，在美国芝加哥，世界宗教议会大会通过《全球伦理宣言》，在回顾了世界上各种人为的冲突灾难之后指出，如果没有一种全球伦理，便不可能有更好的全球秩序。《宣言》从世界各大宗教和文化的道德准则中，提出了全人类都应当遵循的一项基本要求：每个人都应受到符合人性的对待！并以耶稣的名言“你们愿意人怎样待你们，你们也要怎样待人”和孔子的名言“己所不欲，勿施于人”作为理论支持。孔子的另一句名言是：“修身、齐家、治国、平天下。”这个“天下”并不是世界，而只是中国。“平天下”就是使天下太平，今天我们可以用来指世界和平。

道家的代表人物是老子、庄子。道家崇尚的是“自然”，倡导“无为而无不为。”道家所谓“无为”，并非无所作为，而是循道而作，法天地而为，自然而为，自然而生，不染物性，不为物累。道家注重功成与弗居，因此，常会讲说“守弱、无用、居下”。但是，不可误以为道家就是避世。道家说的是“道存则隐，道废则现”。道家思想在世界上也有广泛而深远的影响。道家学说在东亚的传播已近 2000 年。《道德经》传入西方虽然只有 200 年，但已有 250 多种不同的译本。奥地利学派代表人物哈耶克 1966 年 9 月在东京演讲时，谈到自发秩序理论时，曾引用《老子》“我无为而民自化，我好静而民自正”来证明自己的观点。另外，有些西方学者认为，道家思想是西方自由主义的直接源头。道家最基本的思想，如自然、无为无不为，等等，都是平和、友善的。

佛教于东汉时自印度传入中国，迄今已近 2000 年。汉传佛教走丝绸之路到中国西部，走海路到中国南方，到南北朝时已经遍布全国。藏传佛教首先进入西藏，而后发展到西部诸省。南传佛教主要在云南传播。在此期间，佛教受到儒家、道家等中国固有文化的影响，形成了禅宗、天台宗、华严宗等中国式的佛教派别。同时，佛教也给中国文化以深远影响。佛教中国化的同时，也从中国传到亚洲各国。佛教重视人类心灵和道德的进步和觉悟。佛教信徒修习佛教的目的即在于依照释迦摩尼所悟到的修行方法，发现生命和宇宙的真相，最终超越生死和苦、断尽一切烦恼，得到究竟解脱。佛教崇尚和平。佛教在中国流行日久，因此，有一句劝善的话叫作：“放下屠刀，立地成佛。”1931 年，中国伟大的文学家鲁迅先生曾给日本友人清水安三题赠四句佛偈曰：“放下屠刀，立地成佛。放下佛经，立地杀人。”当时的情景已不可考，但是，那一年的9月18日，日本帝国主义蓄意制造了侵华事变，从而开启了对中国的野蛮屠杀。

由上可知，以儒释道为主流的中国文化的核心是以人为基本点，儒家研究人与社会的关系，道家研究人与自然的关系，释氏也就是佛家研究人与本心的关系。总的来看，中国传统文化是一种“和”的文化，是一种包容的文化，是一种与周遭邻国和平交融、友好共生的文化。这种文化使得中国即使在国力曾经是世界老大时，也不去侵略别国，从来没有当过殖民者。人类社会的发展进步中，先进的国家不断向相对落后的地区传播新的文明。传播的方式主要是战争，中国非如是，中国通过的是丝绸之路。当年郑和下西洋，使团包括各级官员、士兵、水手、航海技工、医生、翻译共27800多人，海船60多艘，海船长44丈（近150米），宽18丈（60米），在当时世界上属于第一流，航海技术也是当时世界上最先进的。先后7次出访，共到了30多个国家和地区。这是一支仁义之师、和平之师，在了解世界的同时，也让世界了解了中国。

我的朋友、纽约州立大学Constantine Tung教授经过周密、深入的研究，坚定地认为中国从来不是一个扩张的国家，西方的“中国威胁论”完全没有根据。我十分同意他的观点。

三、倾听不同的声音

中国文化是自强不息的文化。何以自强？除了纵向继承，还须横向学习。钱锺书先生常常讲："异域语可参""邻壁之光，堪借照焉"。

中国传统文化的发展并不表现为单一纵向的封闭化发展，除了本位传统的扬弃、积淀和生成之外，传统文化的发展常常受到外来文化因素的影响。同时，传统不可能孤立地存在，由于某种历史契机的出现，不同的传统之间总能发生交流、渗透或融汇，因此，在根本不同的传统当中，常常也能找到相似、相通甚至相同的东西。

中国借鉴"邻壁之光"，容易的是物质层面，先进、好看、好用的器物，可以没有任何阻力地进入我们的生活。非常艰难的是精神层面的东西，那些将导致我们重新认识、反思和扬弃固有的文化并对其进行改造，使之涅槃重生的新东西，接受的阻力必然极大。

地球只有一个，人类本是一家。在未来发展的路程上，中国需要与世界对话，以此为我们古老的文化传统注入新的活力。通过对话，中国不仅为他国发展献计献策，中国自身也将受益良多。当前的中国文化处于一种"转型重构状态"——有三千多年历史的中华传统文化，有近代以来开始传入至今仍然继续的西方文化，还有近百年的革命文化。这三种文化亟需整合，建构、完善成新时代的新的中华文化。

最后，我想再借用钱锺书先生的话来结束我的发言。钱先生说：“‘走向世界’？那还用说！难道能够不‘走向’它而走出它吗？哪怕你不情不愿，两脚仿佛拖着铁镣和铁球，你也只好走向这个世界，因为你绝没有办法走出这世界，即使两脚生了翅膀。人走到哪里，哪里就是世界，就成为人的世界。”“中国‘走向世界’，也可以说是‘世界走向中国’。咱们开门走出去，正由于外面有人推门、敲门、撞门，甚至破门跳窗进来。”

我们希望营造出一种坦诚对话、各美其美、美人之美、美美与共、活力四射、天下大同的新环境。

2016.1.4

我对世界说
——在“是时候了”聚会上的发言

【按】2016年5月11日—14日，我应北京国际交流协会可持续发展专业委员会之邀，参加该会和北极光基金会联合举办的“是时候了”聚会。此活动汇聚了一批来自各国文化界的菁英人士，是一次心灵、思想与大自然的对话盛会，宗旨在于探索切实可行的方法，使人类文明能够更好地适应我们的环境、生态、政治、科技和社会系统的快速变化。这是我在会上的发言提纲。

一、想起小说《苏菲的世界》

挪威有一位叫乔斯坦·贾德（Jostein Gaarder）的作家。他的作品也许不是很多，但是有10多种已经在中国翻译出版了。其中最具影响的，是写给中学生的《苏菲的世界》。9年前，乔斯坦·贾德来到中国时，这本书已被译成56种语言，销售超过3亿册。9年过去了，被翻译的语言和印数必定都大大增加了。他当时说，这本书的最大缺点是，它只涉及了西方哲学，却对浩瀚的东方尤其是中国的哲学没有介绍。他表示，当时正为中国的甲骨文着迷，准备以此为题材写新书。《苏菲的世界》为乔斯坦·贾德带来极大声誉，使他成为世界级的作家。除了创作，他还对公益事业不遗余力，于1997年创立“苏菲基金会”，每年颁发十万美金的“苏菲奖”，鼓励能以创新方式对环境发展做出贡献的个人或机构。我们应当把他引为同道。

《苏菲的世界》不仅是一部启蒙哲学的小说，关心“人是谁”“世界从何而来”这样的问题，它还对当今社会提出了严肃的批评，追问“世界往何处去”“我们怎么办”。书中说：“许多西方的生态哲学家已经提出警告，整个西方文明的走向根本就是错误的，长此下去，势必将会超出地球所能承受的范围。他们谈的不只是环境污染与破坏这些具体的问题。他们宣称，西方的思想形态根本上就有一些谬误。”就在上个月，乔斯坦·贾德在布达佩斯谈到《苏菲的世界》时说：“如果让我今天来写这部小说，将会写得完全不一样，因为里面没有写亚洲的哲学和当今最迫切的哲学问题，即我们是否有能力维持地球上的生活条件。”

二、人类文明史是一部不同文化、不同文明的交融史

人类虽然已有几百万年的历史，但主要是史前史，文明史只有7000—8000年，不过比千分之一稍长而已。在文明史的早期，人口不多（当前世界人口60亿，400年前即公元1600年为5亿，据学者估计，4000多年前即公元前21世纪才0.8亿），最初，语言不通、交通不便，不同人群只能相对孤立地发展。后来，各个群体内产生语言和文化。人因为生存的需要不断迁徙，逐渐扩大了活动范围，不同的文化开始交流并相互影响。河水给人的交流带来便利。最古老的人类文明的五大摇篮都产生在大河流域：西亚的两河流域，北非的尼罗河流域，南亚的印度河、恒河流域、爱琴—地中海地区，华夏的黄河、长江流域。文明就这样产生了。

文明（civilization）一般指外在的、形而下的物质、器物、技术、衣服、食用之具等；而文化（culture）一般指内在的、精神的、形而上的文、学、言、论等。“文化”使各民族不一样，更多地表现出传统，不同的文化间有排斥性；“文明”使各民族不断接近，更多地表现出未来，不同的文明间有吸附性。

不同的时空环境孕育出多样性的文明。各种文明间的相同和差异都很重要。不同文明在其他文明的不断撞击、融会中获得发展、新生或者消亡。

我们发现：不管人们是否意识到了，也不管是否喜欢，人

类一直生活在一个命运共同体中。今天，世界向何处去，人类向何处去？不同民族、不同宗教、不同文化、不同文明的多样并存、交流互鉴，必将为人类的进步与发展做出更大的贡献。人类的新未来、新活力、新愿景，是非常值得期待的。

三、中国的历史

人类学家和考古学家认定，“现代人类”离开非洲后，在5—6 万年前进入欧亚大陆。中国人是不是人类迁移史参加者的后裔呢？他们应当就是我们的祖先。今天，考古学家已经发现中华文明有多个源头、多种印记，例如，许多朋友都去看过的三星堆，那些和一般中国人相貌迥然不同的青铜器面具充分说明：当时有一批外来人类在那里生存过。和而不同、海纳百川的理念，使得中华文明在世界所有文明中唯一自远古传承至今日而未曾中断。

中国是一块广袤的大地。在这片土地上的各个族群在长期的生存过程中，人口流动、文化交融是必不可少的，中心更迭、华夷置换也是不可避免的，历史传承在兼容并蓄、多元融合中完成。

一个世纪前，中国哲人梁启超曾把中国历史分为三个阶段：第一阶段是“中国之中国”，即从公元前 27 世纪的黄帝时代到秦始皇。中国自发达、自竞争、自团结，与外部世界几乎没有交流。第二阶段是“亚洲之中国”，从秦始皇到18世纪，中国与亚洲各国有交流、有矛盾、有征战，也有融合。第三阶段是“世界之中国”，也就是19世纪以来，中国被西方列强强行打开国门，中国开始睁眼看世界，走向世界。

在梁启超之后的100年里，世界大变，中国也大变。今天的中国既是“中国之中国”，不断发展自己；也是“亚洲之中国”，寻求与亚洲甚至超出亚洲的共同发展；更是“世界之中国”，中国对世界各国各地多元文明表现出极大的尊重、理解和包容。中国人民正在努力促进整个世界的进步，让世界的明天更美好。在全球化时代，中国已经和整个世界的命运息息相连，中国对世界的影响也会越来越大。在地球这个全人类共同的家园中，中国必将与不同的文明拥抱合作，力求共赢，人类的未来充满希望。

四、中国的精神

德国诗人歌德在谈到“中国的传奇”时说：“中国人在思想、行为和情感方面几乎和我们一样，使我们很快就感到他们是我们的同类人，只是在他们那里一切都比我们这里更明朗，更纯洁，也更合乎道德。还有许多典故都涉及道德和礼仪。正是这种在一切方面保持严格的节制，使得中国维持到几千年之久，而且还会长存下去。”

中华文明5000年，虽历经磨难，发展至今。所以能够如此，应当说是传承着一种精神。

中华民族的精神，就是《易经》所说的：自强不息，厚德载物。自强不息就是努力向上，绝不停止。厚德载物就是效法大地，包容万物。

中国文化推崇的价值观是什么呢？道德仁义，以和为贵。

中国的哲学要义和普通人的生活态度：道法自然，天人合一。这既是朴素、直觉的，又是丰富和无所不包的。这个道，正心诚意修身是向内求的，先完善自己；向外用则是齐家治国平天下。

中国文明的理想：己所不欲，勿施于人；天下为公，世界大同。

中国人要做的就是：参赞天地之化育。参赞就是弥补的意思，弥补天地化育之不足。人生天地之间，凭借智慧、勇气和能力，克服自然界对人类存在的不利因素，创造出一个完满、和谐的人生，弥补天地的缺憾。

五、中国的故事

我信奉中国古代贤哲的教诲："行万里路，读万卷书。"读世界各国的好书，看各国的美景，总有新的发现，使我获益良多，备受启迪。我也喜欢把中国的故事与朋友们分享。今天，我就讲 3 个在中国家喻户晓的故事。

1. 宋襄公的故事

孟子说过："富贵不能淫，贫贱不能移，威武不能屈，此之谓大丈夫。"先秦时期的中国人，勇武、博学、重人道、讲礼貌、守信义……无论贵族还是平民，许多人身上都流淌着贵族的血液，贵族精神深入骨髓。

公元前638年，两个诸侯国宋与楚争霸，有著名的泓水之战。宋国列好了阵，等楚兵渡过泓水后决战。大将军建议宋襄公趁楚人渡水时截杀，必能大胜。宋襄公却回答说："不行，那不符合战争规则。君子不能攻击已经受伤的敌人，不能擒获须发已经斑白的敌人；敌人处于险地，不能乘人之危；敌人陷入困境，不能落井下石；敌军没有做好准备，不能突施偷袭。现在楚军正在渡河，我军就发起进攻，不合仁义。等楚军全部渡过河，列好阵，我们再进攻。"结果，宋师大败，宋襄公也受了伤，第二年悲惨地死去。

宋襄公一定要光明正大地与敌人决战，虽败犹荣。因为宋襄公所遵循的原则，在当时是被普遍认可与遵守的原则，那是一种贵族精神。

2. 赵氏孤儿的故事

这也是春秋战国时期表现出贵族精神的"道"和"义"的故事，讲述晋国贵族赵氏被奸臣屠岸贾陷害而惨遭灭门，幸存下来的赵氏孤儿赵武长大后为家族复仇，彰显了程婴为兑现承诺牺牲亲生儿子和自己的生命，一群古代英雄舍生取义、勇于献身的精神。

元代纪君祥写成历史剧《赵氏孤儿》。500 年后，1731 年，由法国传教士马约瑟译成法文，在欧洲引起巨大的反响。发生在公元前 6 世纪的故事，众多正面人物惊天地、泣鬼神的忠勇义举，令 18 世纪的欧洲人五体投地。伏尔泰将其改编为话剧《中国孤儿》，特意在剧本题目下加上“根据孔子的教导改编成的五幕剧”，成为第一部传入欧洲的中国戏剧。在巴黎各家剧院上演，盛况空前。哈切特改编的英文版，在伦敦演出又引起轰动。后来，法国的小说家莫泊桑曾借鉴马约瑟的译本写成了短篇小说《族间仇杀》（Unc Vendetta）。

忠诚于国君、公平对待敌手的侠士理念，对于中国人的精神世界影响至深。法国启蒙思想之父伏尔泰毫不讳言从中华文明获得营养，并明确指出：中华文明几千年帝国治理经验中的法律道德体系，有连续文字记载、发展和传承的全部社会科学和自然科学成果真实可信。

3. 玄奘的故事

玄奘是中国佛教史上最伟大的僧人。他克服千难万险，远赴印度取经的故事发生在唐代，至明代被写入“中国四大名著”之一的长篇小说《西游记》后，更成为妇孺皆知的一代名僧。

玄奘 11 岁学佛，13 岁出家为僧。他天资聪颖，又好学不倦，在遍学佛藏，学业精进后，深感不能满足。特别是由于佛典译本不善，致使义理含混，他产生了去印度读原著、取真经之意。29岁时，提出西行求法，未获皇帝批准。不得已，混在饥民中溜出长安城，开始取经之旅。他昼伏夜行，翻山越岭，忍饥耐热，艰苦备尝；路过高昌国，被国王扣留，强邀担任国师，他不得不以死抗争，绝食3日，直至昏迷。国王钦佩不已，遂与之结拜为兄弟，还派队伍一路护送。他且行且学，到印度后，专心学习梵文和佛经，成绩斐然，被尊称为“三藏法师”。在印度17年，学遍了当时的大小乘各种学说，回长安时，共带回佛舍利150粒、佛像7尊、经论657部。唐太宗逼劝归俗，邀他共谋朝政。玄奘不为所动，开始专心翻译佛经。过了近20年，玄奘及其弟子共译出佛典75部、1335卷，长期影响着中国和世界的佛教发展。玄奘所著《大唐西域记》，记述他西游亲历的110个国家及传闻的28个国家的山川、地邑、物产、习俗等，至今仍有史料价值。

当年玄奘为了求法，一路西行2.5万公里，九死一生，终于求得真经。他不畏艰难险阻，拒绝浮华诱惑，一心向学，追求真知的事迹，一直感动和鼓舞着中国人。

随手采撷的这几个故事，分别反映了中国人对待仁义、诚信和学问的态度。类似的故事，在中国悠长的历史和广阔的大地上，可说是俯拾即是，数以万计。

六、对部分发言的回应

两天会议中的精彩发言，使我受益良多。

这次聚会的发起人北极光基金会的两位主席克里斯多夫·庄和博·艾克曼在别开生面的欢迎仪式上热情洋溢的亲切话语，使我十分期待立即开启跟自然、跟天地对话的心灵之旅。庄引导“闻道”与“论道”；博则热情地推出了贝多芬的大赋格，他期望这种音乐能够启发我们的想象力达到或者超越爱因斯坦、毕加索等。他说，人类期待的可持续发展，从来没有成功过。他期望这次聚会能在这方面取得成果。这也是我们大家的共同愿望。

联合国副秘书长扬·埃利亚松说他的日常工作就像巡视雷区一样，每天都要记录 4 到 5 个全球的危机，使我们更加生动形象地了解人类的困境，从而增强解决的紧迫感。他还讲到机构必须反思是为谁服务的，要求更多地倾听女性和青年的声音。他认为，这次聚会和对话可以为这个世界做出伟大的贡献。他鼓励说：“坚持就对了！”作为一个坚定的改革者和一个国际主义者，他期望所有的人同心协力。我要说，这也是我的期望。

观看短片《宇宙旅行》，让我们认识到地球是多么渺小，作为地球上一种小虫子的人更加微不足道。我们必须放弃傲慢，我们必须对天地、自然、他人保持敬畏，友好相处。

查尔斯王子说的“万物一体”“循环经济”，使我想起中国古代经典《中庸》里的著名说法：“万物并育而不相害，道并行而不相悖。”而他“付出了生命中最好的30年，不断就相关话题发出警报”，让我非常感动。“是时候了！”的呐喊振聋发聩，使我们警醒。

圣塔菲研究所布莱恩·阿瑟教授阐释了科研对发展的作用，给我这个文科生极大的启蒙教育。使我们知道，科学技术绝不是冷冰冰的，而是充满着人文的温情和道德的信念。他还提到了老子的《道德经》。我感谢他。

大卫·克里斯提安教授的“大历史”学说，学界评价极高。他从大爆炸说起，把人类史与自然史结合起来，重新描述了创世的过程，给我们启迪极大。学界曾将他与牛顿、爱因斯坦齐名。今天，亲耳聆听了他的演讲，荣幸之至。

美国匹兹堡大学史学系退休名誉教授许倬云先生，用历史学家特有的深邃眼光和诗一般的语言，回顾了人类的历史，描述了他对人类未来的两个梦想：“第一个梦，认识自己，帮助别人，体谅别人，尊重别人。第二个梦，认识环境，体验环境，爱护环境。”“我们要把灵魂重新叫醒，不要只讲物质欲望、暂时的乐趣，我们要想得更远。”不仅要善待人，还要善待自然。许教授是国际知名的大学者，他的话表达了他悲天悯人的伟大情怀。中国传统文化给我们的教导是：“穷则独善其身，达则兼善天下。”对此我是非常认同的。

沙特亲王图尔基·费萨尔历数中国5000年里为人类做出

的重要贡献。他印象最深的是中国皇帝派郑和下西洋，向世界传达友好信息。中国现在对世界经济有重要影响，但没有侵略野心，从中国与沙特的关系就可以看出这一点。亲王是很智慧的人，我相信他说的也是肺腑之言。中国圣贤教导我们："己所不欲，勿施于人。"这句话已通过联合国传布到全世界的广大地区，并取得共识。

高论多多，时间有限，无法一一回应。

七、结语

参加聚会的这些人，有理想，有情怀，有忧患意识，也有远见卓识。犹如中国宋代的文学家范仲淹所说："先天下之忧而忧，后天下之乐而乐。"来自不同国度、不同种族、不同语言、不同文化、不同文明的我们，讨论生活的现状，规划人类的未来。通过对话，沟通心灵，交流情感，播撒和传递文明的种子。来到这里，我看到了新的风景，听到了新的观点，受到了新的启发。我把中国的故事讲给你们听，同时，也非常虔诚地听取你们的故事。英国作家狄更斯说过："这是一个最好的时代，这是一个最坏的时代。"我深感人类面临自律之忧，因此，居安而思危。我知道，世界有世界的问题，中国也有中国自己的问题。

中国文化的"天人合一""知行合一""和谐共生"等内涵，强调包括人与宇宙巨系统之间的紧密结合、友好互动，强调不同民族和文化之间的独立互赖、分别共生，以期人类和环境的永续发展。我欣喜地看到，20天前的4月20日，是世界地球日，175国代表签署了关乎未来的全新契约——人类共同应对气候变化挑战的《巴黎协定》。这是一个好的开头。地球只有一个，人类本是一家。百虑一致、殊途而同归的日子总是要到来的。

2016.5.9

在四川广汉三星堆音乐会上的致辞

尊敬的各位来宾，女士们，先生们：

大家晚上好！

能够在令人惊叹的古文明遗址三星堆，欢迎来自世界各地的朋友们，我感到十分荣幸。

三星堆是一个宇宙奇迹。按照中国文字的本义："往古来今谓之宙，四方上下谓之宇。"先说往古来今。三星堆从1929年被一个农民偶然发现以迄于今，90年间，经过断断续续、大大小小的发掘，已被考古工作者认定：从原始社会的解体，文明的孕育、诞生、发展、走向辉煌到开始衰落，都曾在这一个地方不间断地演进过。这个现象为中国仅见，世界罕见。再说四方上下。三星堆遗址出土了大量青铜器，但其中的人面具和人头像与我们印象中的殷周青铜器完全不同，其中的凸目人像造型新奇，令人极为震惊；大量的人头像、人面像、人面具、人像，都与炎黄子孙的造型迥然有异。是外国人，还是外星人？遗憾的是，出土文物中未发现文字，在中国古代历史典籍中也找不到直接的相关记述。所以，三星堆是怎么回事，至今还是个谜。要解开这个谜，需要在继续发掘的基础上，进行切实的文化学、历史学、人类学、民族学、人种学、民俗学、社会学、语言学、考古学、地方志、生物学等学科的深入研究。希望下一次我们相聚的时候，在座的每一位朋友都能带来自己的研究成果，让我们一起还原三星堆的历史原貌，及其在古代中国文明中的地位。

好，让我们回到现在。我非常崇敬的一位中国著名学者钱锺书教授说过："这个世界给人弄得混乱颠倒，到处是磨擦冲突，只有两件最和谐的事物总算是人造的：音乐和烹调。"说到音乐，我们知道，那是众多天才的合作，是多种乐器的交响，是多样复杂的和谐。说到做菜，用料、配伍和火候是极为重要的，竟与政治有着某种惊人的相似。中国古代的著名哲学家老子，在《道德经》里就说过："治大国，若烹小鲜。"意思是说，治理一个国家与做一盘菜的道理是相通的。如同钱锺书先生所认为的，"一碗好菜仿佛一支乐曲，也是一种一贯的多元，调合滋味，使相反的分子相成相济，变作可分而不可离的综合"。

我从钱锺书先生的说法里得到深刻的启发：我们的生活其实就是一场音乐会。这个世界上，有将近 200 个国家、将近 2000 个民族、将近 70 亿人，说着将近 6000 种语言。语言是人类用来交流的一种工具。这 6000 种语言虽然各不相同，却都被用来表达只有人类才有的有意义的体系。绝大多数研究人类起源的专家都认为：通过说话进行交流，是人类区别于其他动物的最显著的特征。借助语言，人类的大脑得以进行思维。语言是协调人与人关系的中介，是认识客观世界的工具，是积淀文化信息的载体。人类开始进步和发展以后，语言就成为必不可少的工具。今天，由于现代通信技术的进步，所有的国家、所有的民族、所有的语言，有了互相交流的方便。虽然众声喧哗，但是，主旋律只有一个，就是和平、进步和发展，就是在未来为人类建设更好的家园。

明天，我们将开始用语言来交流，讨论如何改善我们的生存环境，讨论如何构建我们的未来生活，我期待能够听到来自世界各地的远见卓识。在此之前，今天晚上全体与会嘉宾将进行一场不需要语言的交流，那就是欣赏音乐会。这非常有意义，具有象征的意味。音乐是人类的第二语言，是无须翻译的公共语言。音乐的本质是和而不同。今晚，我们在领略了古老的三星堆带来的震撼之后，接下来我们欣赏的这场音乐会，将给我们带来新的感动。

祝大家有一个愉快的夜晚。

谢谢！

2018.5.5

从庄子“无以人灭天”想到可持续发展

——在丽江生态文明国际论坛的发言

感谢可持续发展专委会的邀请，我很高兴又一次来到丽江。丽江是个好地方，我已经来过多次。我曾经在这里住过。每天或者在古城散步，或者在城外游览，觉得心神怡然。这里附近有很多吸引人的地方，我也去过玉龙雪山。丽江给了我不同寻常的生命体验，所以，我愿意一来再来。作为旅游者，我在丽江搜寻、观察和感受它独特的美。我观摩东巴绘画，体味东巴文字，欣赏东巴舞蹈，聆听纳西古乐，在这里享受，并获得满足。但是，以往我来这里都是作为游客和旁观者。对这里的认识只是出于好奇，虽然感到震撼，毕竟比较肤浅，流于表面。由于是旅游项目，比较商业化，多少已经与真正的纳西文化有所偏离。这次有机会参加可持续发展专委会的活动，深入文笔村，参与原汁原味的纳西文化体验，我感到非常荣幸。

丽江是个神奇的地方。丽江拥有三项世界文化遗产。如果说“三江并流”是大自然所赠予的，丽江古城和东巴文化则是纳西族人民的智慧与勤劳的结晶。值得纳西族人自豪和骄傲的是他们所创造的灿烂文化。祖祖辈辈居住在这里的纳西族，是一个有着自己独特文化个性的民族。作为学者，我曾经读过一些有关纳西族的文献。丽江以及周边地区的自然地理状况，佛教文化、儒家文化、道教文化的影响，纳西族的历史、宗教、语言、文字、文学、艺术、心理、习俗等方面的独特性，构成了其神秘的魅力，持久地吸引着全国甚至全世界人的关注。纳西族有能开九重天、能辟七层地的豪气，有能翻越九十九座山精神更旺盛的毅力，有能抵御任何敌人的侵袭的实力，有能与大自然保持兄弟般的感情的襟怀，他们还有从“生”到“战”再到“和”这样的文化精神历程。纳西族文化的精华，除了这些豪气、毅力、实力、襟怀和文化精神历程之外，还有很重要的一条，那就是对“天”、对“大自然”的敬畏，他们有非常虔诚、非常隆重的祭天仪式。因此，要讲到纳西族的发展和可持续发展，不能不提到“天人合一”。

“天人合一”是中国传统文化的一个重要理论观点，儒、释、道三家都有阐述。一般认为，儒家的“天人合一”说，孔夫子时就开始讲了。实际上，迟到汉代，董仲舒才提出：“天人之际，合而为一。”（《春秋繁露·深察名号》）而一字不差地提出“天人合一”的，是宋代的张载。他说：“儒者则因明致诚，因诚致明，故天人合一，致学而可以成圣。”佛教传入中国后，吸收汉地的哲学，使佛教中国化，佛教的“天人合一”说，认为人的真心与天同一，因此天人是合一的。至于道家的“天人合一”说，虽然老子已经有这个思想，但是，真正明确提出的是庄子。他在《齐物论》篇里说：“天地与我并生，而万物与我为一”；在《山木》篇里说：“人与天一”；在《达生》篇里说：“与天为一”……都是这个意思。这些话的意思，就是“天人合一”，大家可能都很熟悉。我在读《庄子》时，《秋水》篇里的一句话引起了我的特别注意，那就是“无以人灭天”。

《秋水》写北海海神跟河神的谈话，一问一答，一气呵成，层层递进，最后提出了返归本真的主张，即不以人为毁灭天然。这一段的原文是：

曰：“何谓天？何谓人？”北海若曰：“牛马四足，是谓天；落马首，穿牛鼻，是谓人。故曰：无以人灭天，无以故灭命，无以得殉名。谨守而勿失，是谓反其真。”

翻译成白话就是：

河神问：“能告诉我什么是天然，什么是人为吗？”海神回答：“牛马天生就有四只脚，这就是天然；给马套上笼头，用牵牛绳穿过牛鼻子，这就是人为。所以说，不要用人为去摧毁天然，不要用人的意图去毁灭自然的禀性，不要为获取虚名而做事。谨慎地持守天然不失本性，这就叫返归本真。”

“无以人灭天”是庄子一贯的思想，他在书里举过很多例子，如《应帝王》篇中的儵忽凿浑沌和《至乐》篇中的鲁侯养鸟都十分典型。儵忽凿浑沌的原文是：

南海之帝为儵，北海之帝为忽，中央之帝为浑沌。儵与忽时相与遇于浑沌之地，浑沌待之甚善。儵与忽谋报浑沌之德，曰：“人皆有七窍以视听食息，此独无有，尝试凿之。”日凿一窍，七日而浑沌死。

翻译成白话就是：

南海的帝王名叫儵，北海的帝王名叫忽，中央的帝王名叫浑沌。儵和忽时常到浑沌的地面相会，浑沌对待他们非常友好。儵和忽就商量如何报答浑沌对他们的好意，说：“是人都有七窍，用来看、听、饮食、呼吸，唯独他没有，我们试着替他凿出来。”于是一天凿一窍，到了第七天浑沌就死了。

鲁侯养鸟的原文是：

昔者海鸟止于鲁郊，鲁侯御而觞之于庙，奏九韶以为乐，具太牢以为膳。鸟乃眩视忧悲，不敢食一脔，不敢饮一杯，三日而死。

翻译成白话就是：

从前，一只海鸟飞到鲁国都城郊外停下来，鲁国国君让人把海鸟接到太庙里供养献酒，演奏高雅的音乐想让它高兴，送上丰盛的牛、羊、猪肉作为膳食。海鸟竟眼花缭乱忧心伤悲，不敢吃一块肉，不敢饮一杯酒，三天就死了。

自以为是的人干的蠢事讲完了。让我们回到丽江。

明天，我们将到文笔峰观看神圣的祭自然神仪式。纳西人称自然神为“署”。根据传说，人和署本来是同父异母的亲兄弟，后来分家。人所居住地区的田地、家畜归人所有；其他的大地、水源、动物、植物归署所有。起初，人署相安无事。后来人类变得贪婪起来，乱砍滥伐森林，肆意捕杀动物、污染水源等，侵扰并损害了署。署十分愤怒，于是制造灾害报复和惩罚人类。经过谈判，人署达成协议：署考虑到人生的困难，允许人为了活下去，可以有限地猎杀动物；为了盖房子，可以少量地砍伐树木。人则保证定期举行祭拜仪式，感谢大自然赐予万物，表达与署和谐共处的诚意；对为了生存不得不做的猎杀、砍伐之类的事情，表示谢罪并乞求署的宽恕。从此，纳西人祖祖辈辈恪守诺言，对天和大自然表示敬畏，署则保证风调雨顺，人署继续保持兄弟情义，和谐共处。丽江是人和署的共同家园。祭自然神就是人与署的交流，人向署检讨自己的过失，乞求获得宽恕，求取福泽恩惠和善意。仪式结束时，人们相信已经得到了署的许愿和祝福。对此，我十分期待。

从全球的角度看，中国是发展中国家；从全国的角度看，丽江是发展中地区。我认为，丽江发展迟缓的状态中，隐含着一种目所不及的意义和创造性前途，实际上具有后发优势。在世界现代化的进程中，以核武器为代表的军备竞赛愈演愈烈，伴随着物质生产发达，生活水平提高，资源枯竭、环境污染已经伤及每一个人。生态危机促使人类觉醒，并以新的自然观取代传统观念，树立正确的生态伦理，平衡人与自然的关系。可持续发展观将“无以人灭天”，不再允许竭泽而渔、焚薮而田的做法，不再重演儵忽凿浑沌、鲁侯养鸟的悲剧。中华各民族的文化是多彩的，也是平等的，更是包容的，古老的纳西文化将在保存个性的前提下融入现代文化，未来充满机遇和希望。丽江将在走向未来的过程中，建设成为纳西人民更加美好、更加光明的家园。

2019.10.22

我这十七年（代跋）

今年，我 70 岁了，终于活到可以从心所欲而不逾矩的时候了。回首这 17 年，不禁感慨系之。

2003 年，开年就遇到了 SARS（非典型肺炎）病毒疯狂肆虐。非典型肺炎使我非典型上班。我利用这个难得的较少加班的时段，整理写过的一些文字，梳理出两本书，《围城内外》交给解放军出版社，《荷戈顾曲集》交给解放军文艺出版社，几个月后都出版了。

6 月，我从总政艺术局局长任上调到解放军艺术学院任副院长。这一年，我 53 岁，是知天命的第四年，是当兵的第 36 年。半年后，我被任命为院长。根据学院的具体情况，我主要抓了教学正规化和教师学术水平的提高。

到军艺后，感觉最好的是周围有强大的学术气场。举头四望，周围远近都是高等学府和顶级科研机构。与中国农业科学院仅一墙之隔，与北京理工大学、中央民族大学、北京舞蹈学院、中央广播电视大学则是比邻而居。在 2 公里之内有中国人民大学、北京交通大学、中央财经大学、北京外国语大学、中华文化学院，3 公里之内还有北京电影学院、北京邮电大学、中国政法大学、首都体育学院，4 公里之内还有中国科学院、北京师范大学、首都师范大学、北京航空航天大学，5 公里之内还有北京大学、清华大学、中国地质大学、北京语言大学，8 公里之内还有国防大学、军事科学院、中国农业大学、北京体育大学、北京林业大学等，共有几十所中国最好的学府。距离国家图书馆仅有 1 公里之遥，借书犹如从自家书架上取书一样方便。从衙门到黉宫，由胥吏变身为教授，更可喜的是离开西城旃檀寺，来到京西魏公村，我有了自己的书房——西山轩。《山海经》尝谓“西山有文虎”，此其由来所自也。

2004 年，饶宗颐教授给我的书房题写了匾额。后来又题赠了一首诗。2002 年我赴香港公干时，在“学艺双携——饶宗颐书画展”上，由孙立川兄引见得以初识饶公。后来多次参加他在中国美术馆、故宫神武门、国家博物馆、敦煌博物院的书画展活动。

这年，一次去看望杨绛先生。她问我最近在读什么书，我回答说，一是释读《钱锺书手稿集·容安馆札记》；二是翻译钱先生的牛津大学学位论文《十七、十八世纪英国文学中的中国》。杨先生说，牛津的学位论文就不要翻译了。英文原文会出版的。读者有研究能力，需要读的就去读原文，读不懂英文的，就不必读了。我说，我发现我手边的这份1945年打印稿对1940年发表在《书林季刊》的版本做了许多修改。我为了看懂才细细比较，草草翻译的。释读和翻译是真正只给自己用的，而不是为了出版。因为我既不懂法、德、意、西、拉丁文，也不可能找全这两部著作所涉及的海量文献用以校核。

2005年5月，我参加中国军队院校长代表团到美国访问，在纽约以北哈德逊河畔、俗称为西点军校的美国陆军军官学院，与该院第56任院长威廉·J·莱诺克斯中将见面，听他介绍治校方略：灌输价值观、学会服从和珍视荣誉。这是200年的经验。

8月，我接到总政文化部通知，刘白羽老部长在家中摔倒后病危，已送301医院。我立即赶往医院，眼睁睁看着他因抢救无效而仙逝。他是我到总政治部工作后的第一位领导。多年来，我们之间有许多纯学术的对话。

2006年，我与中国人民大学国学院院长冯其庸、清华大学新闻与传播学院院长范敬宜等前辈学者一起，被全国政协教科文卫体委员会与联合国教科文组织等九单位评为“中国十大教育英才”。冯先生是我聘请的军艺客座教授，我也曾多次到他家中求教。

9月，日本诺贝尔文学奖得主大江健三郎应邀到中国社会科学院演讲，我有幸到会聆听他是怎样走上文学道路，怎样受鲁迅影响，等等。承蒙陈众议、陆建德先生的美意，邀我与大江健三郎、莫言在一桌共进午餐。用餐时，大江健三郎说莫言一定会获得诺贝尔文学奖。

2007 年，金庸先生应我之邀来解放军艺术学院演讲，大受欢迎。我邀请三位获茅盾文学奖的军艺毕业生莫言、柳建伟和徐贵祥到场。当晚，我在小餐馆刘家香请饭，金庸先生伉俪对杭帮菜极为满意。我还先后邀请贾平凹、张平、王安忆、丁荫南、濮存昕、王仁杰等来院演讲，都受到师生们的热烈欢迎。

2008 年 10 月，我因达到最高任职年龄而免职。年初，我曾向上级要求按期免职，但还是被推迟了 6 个月。

同月，与美国布法罗纽约州立大学教授 Constantine Tung（中文名：董保中）在北京建国饭店聚会。自从 1987 年开始筹备中美军事文学研讨会起，在北京与董教授有多次见面，谈文学，谈戏剧。董教授对中国的古典文学、现当代文学和戏剧都有精深的研究，我曾翻译过其专著《1942 至 1976 年间毛泽东戏剧英雄的蜕变》一书的导言。

11 月，随中国作家代表团去西班牙和厄瓜多尔访问，团长陈崎嵘，团员还有何立伟、徐小斌，翻译杨玲。在马德里时，除与西班牙作家协会交流外，还到普拉多国家博物馆（Museo Nacional Prado），参观戈雅、拉斐尔、提香等大师真迹。在厄瓜多尔美洲大学演讲，介绍中国文学，并到博尔赫斯思想之家，与该国作家帕德里西奥等交流。

2009年1月，应泉州好友蔡友平之邀，与孙立川等到石狮市祥芝镇图书馆。此馆系蔡友平捐建并任馆长，并邀孙立川为名誉馆长，我为顾问。宋代理学家朱熹曾盛赞泉州："此地古称佛国，满街都是圣人。"我以为，泉州今以文名，人人皆是才子，例如我的这一众泉州好友周焜民、李大洲、王仁杰、林剑朴……均非等闲之辈。

2010年10月，作为不担任行政职务的军艺教授，我退休了。随即与大学同学、时任香港天地图书公司总编辑的孙立川兄一起，被辽宁师范大学曲庆彪校长聘为博士生导师，在该校开创中国现当代文学博士点。

11月，应中国社会科学院之邀，参加纪念钱锺书诞辰100周年学术研讨会，并在会上宣读论文《孤独的境界》。得与王水照、许渊冲、黄宝生、邓绍基、刘世德、郭宏安、陈子善、陆建德诸教授、学者见面交流并和请教。

2011年2月，我去探望100岁的杨绛先生，她说，《孤独的境界》写得好，社科院很多人也都这样认为。我感谢她的鼓励。但我一辈子都不是专业研究人员，只是业余作者。作为一个"钱迷"，能有幸参加这个会，是获得了一次向专家学者请教的机会。我告诉她我也退休了。她很吃惊，便开始教我做八段锦。她的动作精准到位，一丝不苟。然后像以往每次见面一样，告诉我最近读了哪些书，有哪本要推荐给我。

2012年，莫言获得诺贝尔文学奖。这是当年中国文化界最重要的一件事。莫言获奖堪称实至名归。中国艺术研究院邀请我出席祝贺莫言获奖座谈会，艺术研究院院长王文章和莫言到会。刘梦溪、范曾、余秋雨、张宏森与我先后发言。

2013年3月，厦门大学黄炳辉教授来电，命我为其自传——《浮生剪影》写序。我诚惶诚恐地答应下来。1973年，我有幸成为黄教授的学生。须臾一瞬间，我已是退休有年的教授了。师命不可违。于是认真拜读，把感动的心情写下来，权充作序。2004年，他来北京领取中华文化优秀著作奖时见过一面，多年后，我回厦大时，也曾专程到他家中看望。

2014年8月，随立川兄到拐棒胡同看望周有光先生。他每次来京，都会去看望周先生，我亦经常陪同。周先生时年109岁，头脑清晰不输少年，谐谑成趣，反应极快。虽蛰居斗室之中，看世界却能洞若观火，其视野之广阔、思虑之深沉，常人皆难望其项背。

2015年2月，与陈履安教授谈禅修和觉性科学。陈教授是美国麻省理工学院学士、纽约大学库兰特数学科学研究所数学博士。他每年都会闭关禅修。我十分好奇的是，他甚至能够看到自己的前世。他仙风道骨，敦仁笃诚。陈教授坦言，禅修和宗教没有什么关系，而是一套帮助人认识自己的生命和心性的科学方法，是中华文化儒道佛三家思想的精髓。我深以为然。

2016年11月，参加中国作家协会九大，我因到年龄，不再担任全委，被推举为名誉委员。此次会上，见到并聊几句的师友太多。最先见到的是许怀中教授，他是我在厦门大学中文系读书时的老师。还有莫言、扎西达娃、陈众议、贾平凹、曹文轩、雷达、孙绍振、廖奔、贺捷生、柳萌、郭小东、陶然，等等。

2017 年 4 月 5 日凌晨 3 点 11 分，我的父亲因病救治无效，在解放军 304 医院逝世，享年 89 岁。他罹患前列腺癌和肺癌，三四年间，辗转就医于协和医院、北大医院、301 医院和 304 医院。因有子女昼夜陪护，他最后的这段时间还是比较心安的。父亲强忍着癌痛，脸上总是保持着笑意。他常常说“你也是快七十岁的人了”，劝我回去休息。这几年，生病的父亲和陪护的子女都备受煎熬，身心疲惫，但父亲的心里应该还是满意的。

8 月，与栾贵明先生谈他的“中国古典文献数据库”项目。钱锺书先生最早提出用计算机技术支持古典文献的整理和研究，栾先生经过 30 多年的惨淡经营，终于递交了一份完美的答卷。钱先生说：实践证明，能帮助人的计算机需要人的更多帮助。栾贵明团队就是帮助计算机的人。栾先生是一位善良刻苦的学者。我 1982 年回京后，就曾得到栾先生的许多无私帮助。

2018 年初，收到军队老作家徐怀中的长篇小说新作《牵风记》初稿。我认真阅读后提出了意见，并且到他家中详谈。徐怀中认为我的意见颇有可取之处。杜子美诗云：“庾信文章老更成，凌云健笔意纵横。”我移用此联评价今日之徐怀中先生，并写成评论，张守仁和张和平读后都曾予以谬奖。未久，《牵风记》获茅盾文学奖，看来执事者尚能体恤民意。

10月，我与史振中、孙立川、曾利明、于吉阳五位50年的同学、好友创办了“五读”公众号。所谓“五读”，就是五人好读书，好书读五遍，不过是一个交流读书心得的平台，只讨论纯学术的“荒江野老两三人之事”。

11月，到福建师大中文系陈祥耀教授家中拜谒。陈教授是46年前我参加硕士学位答辩时的委员会成员之一。他97岁，而精神矍铄，头脑清醒，锦心绣口，谈锋甚健。当场为我撰书嵌名联：“文情落纸饶高致，虎气从戎见烈风。”李大洲称赞道：“陈老联如老松古柏，骨气洞达，弥足珍贵。”

2019年6月，我到辽宁师范大学文学院，参加博士生林国宏的论文答辩。林国宏读博期间，经历诸多的不顺，好在最后拿到博士学位。还有两位博士生也都天分高、学养厚，却因为不得已的缘由，未能完成全部学业，最后以结业了事。我为他们深感遗憾。辽宁师大老校长曲庆彪教授和现任校长李雪铭教授给予我极大的关心和帮助。我向他们表示，明年就70岁了，为了不误人子弟，不再带博士生了。

2020年，开年就碰上了COVID-19（新型冠状病毒肺炎），从武汉开始，向全国蔓延。1月23日武汉封城，北京也开始紧张。真是历史的讽刺：到了本该从心所欲的70岁，反而没有了起码的自由。苍生默然，余亦无言。年中疫情舒缓时，我曾先后去了青岛、大连、横店和西双版纳，山水如故人般亲切，故人似山水样本色。心情遂稍为宽解。

10 月，“五读”停办。两年间，出了 100 期，相当于周刊。正在考虑改版优化时，戛然而止了。

17 年间，由于种种机缘，我常常会接触到政要首长、上庠名宿、学界宗师或艺坛明星等。大多只如过眼烟云。让我感到忻幸的是，在此期间，我曾有机会向许多大学问家请教，小叩之则小鸣，大叩之则大鸣，从而受益良多。正所谓谈笑有鸿儒，往来无白丁。精神上的快乐，是最完全彻底的快乐。自 1 月以迄于今，我拾掇旧文，稍加理董，其中有一部分记述了此类交往。许多的聆教获益，我未能一一记述，而沾溉时雨，槁禾复苏之恩，更非语言所能表达。卷首插页图片里的人物，就是给予过我教诲的众多学者中的一部分，时至今日，他们的形象总在我的面前。1982 年我刚回到北京，钱锺书先生就说我可以随时到他家，使我从此有缘亲炙，获得许多汲引点拨。业师郑朝宗先生的提携更是具体入微。我在厦门大学读研时，为了写论文方便，做了《管锥编》索引，郑先生认为可能对他人有用，就推荐给中华书局。根据中华书局的要求，我把本来的按拼音排序改为按四角号码。这本幼稚的小书后来曾再版，可见还有些读者。由于现在四角号码被弃用，再加上电脑的普及，这种索引就没人用了。但当时这本书给我的激励极大，一直鼓舞着我业余研究“钱学”。

这 17 年，从 SARS 起，到 COVID-19 止，都是事发突然，令人猝不及防。马上过年了，追忆前尘，明年可能会好些吧？

明年元旦后，可能疫情仍会继续。我将以断舍离的精神，整理藏书，给好友蔡友平先生的公益图书馆捐一批书。

2020.12.20

【附记】本书由厦门大学中文系学长兄、泉州市副市长周焜民先生题签，我深以为幸。他是难得的文武双全人物——既是泉州市书法家协会会长，又是中华五祖拳的传人。同窗好友孙立川先生在百忙中拨冗为本书写序，亦令我感激之至。他是著名的编辑家——以前是香港天地图书公司的总编辑，现在是《美术家》杂志的总编辑，也是名动中外的学者，有大著多种，其中最有影响的是与饶宗颐、池田大作合著的《文化艺术之旅：鼎谈集》。去年初，我的学生朱航满建议我把散见的旧文收集出版；随后，又费时费力帮我看稿，联系出版社，才有了这本书。我对他表示诚挚的谢意。最后，我对为本书的出版付出了大量精力和心血的黄山书社编辑张月阳女士表示由衷的感谢。

2021.5.18